【데이트 어 걸 case-1 휴일】

"저기…… 제 이야기 좀 들어주지 않겠어요?"
어느 휴일, 같은 고등학교에 다니는 친구인 토카, 오리가미와 함께 놀고 있던 쿠루미가 느닷없이 이야기를 시작했다.
"실은 저, 신경 쓰이는 남자분이 생겼는데 말이죠……."
"음……?!"
"자세하게 이야기해봐."
토카와 오리가미는 쿠루미의 말에 눈을 치켜떴다. 두 사람 다 여고생이기에 이런 이야기에 관심이 많았다.
"아직 친밀해지지는 않았지만, 제가 막 전학을 왔을 때 친절하게 마을을 안내해주 셨답니다. 그래서…… 좀 괜찮은 분이라는 생각이 들었어요."
"오오, 상냥한 남자구나! 괜찮은 사람 같다!"

"나도 그렇게 생각해."
"우후후…… 두 분도 그렇게 생각하시나요"
쿠루미는 부끄러움과 기쁨이 뒤섞인 미소 지었다.
"여러분은 마음에 둔 분이 없나요?"
"음…… 아, 그러고 보니 나도 있다!"
토카가 그렇게 말하자, 오리가미와 쿠루미 흥미롭다는 표정을 지었다.
"토카한테 말이야……?"
"어머나, 대체 어떤 분이시죠?"
"음, 요리를 잘하는 남자다. 나한테 맛있 밥을 잔뜩 만들어주지."
토카의 말에 두 사람은 납득한 듯한 표정 지었다.
"아하."
"토카 양답군요. 하지만 토카 양에게 잘

울리는 분이라고 생각해요."

왜! 정말이냐?!"

그때, 오리가미가 「흐음」 하고 낮은
을 흘리면서 턱에 손을 댔다.

하고 보니 두 사람에게는 말하지 않았
는구나. 실은 얼마 전에 고백을 받았어."

엇?!"

거, 어머! 어떤 말을 들으셨나요?"

쭉 너를 지켜봐왔어. 방과 후에 교실에서
체육복 냄새를 맡았어, 라는 말을 들었어."

……?!"

친…… 좀……."

와 쿠루미는 오리가미의 말에 식은땀을
다.

만 당사자인 오리가미는 약간 부끄러워
볼을 붉혔다.

"운명적인 무언가를 느꼈어."

"으, 으음…… 그러하냐?"

"확실히 오리가미 양에게 잘 어울리는 것 같
기는 한데 말이죠……."

쿠루미는 그렇게 말한 후, 마음을 다잡으려는
듯이 가볍게 헛기침을 했다.

"아, 아무튼 저희 모두가 마음에 둔 분이 있다
니 잘 됐네요. 누가 가장 먼저 커플이 될지
경쟁하죠!"

"오오! 지지 않겠다!"

"내가 유리해."

세 사람은 그렇게 말하더니, 서로를 쳐다보
며 빙긋 웃었다.

【데이트 어 걸 case-2 마법소녀】

"성화(聖火)를 두르며 화려하게 변신! 매지컬 카마엘 등장!"
"청렴한 이슬…… 이노센트 자드키엘이에요……!"
"위조 콤팩트로 누구로든 변신, 뷰티 하니엘이야."
어디선가 들려오는 정체불명의 BGM에 맞춰, 세 마법소녀가 자신들의 이름을 밝혔다. 그리고 포즈를 취하자, 꽃잎이 주위에 휘날렸다.
"자, 가자! 마을의 평화를 되찾는 거야!"
"예……!"
"……."
카마엘의 말에, 자드키엘이 대답했다. 하지만 한 마법소녀는 아무 말 없이 그 자리에서 몸을 웅크렸다. 하니엘이었다.
"하니엘! 왜 그래? 적이 눈앞에 있잖아."
"……아. 왜지, 갑자기 부끄러워져서 말이야. 나는 마법소녀보다는 조력자가 더 어울려…… 『사악한 기운이 느껴져나츠~!』 소리나 하는 조그마한 동물 같은 게……."
"그, 그건 마스코트예요, 하니엘……."
"그렇긴 한데…… 그래도 뷰티는 좀 아니잖아……. 코토리나 요시노라면 몰라도 왜 내가……."
"……! 잠깐, 본명으로 부르지 마!"
"어? 정체가 드러나지 않은 설정인 거야?"
카마엘인 코토리가 그렇게 말하자, 하니엘인 나츠미가 눈을 동그랗게 떴다. 이꼴로도 정체가 들통 나지 않다니, 마법이란 정말 대단한 힘이다.
바로 그때, 자드키엘인 요시노가 외쳤다.
"카, 카마엘, 하니엘! 적이 나타났어요……!"
그녀의 말대로 거대한 인형탈 같은 적이 양손을 치켜들고 이쪽으로 다가오고 있었다. 나츠미는 그 모습을 보더니 허둥지둥 도망치려 했다.

하지만―.
"태워라! 매지컬 메기도!"
"잠들어라…… 이노센트 시른."
코토리의 스틱에서 엄청난 불꽃이, 그리고 『요시농』의 입에서 강렬한 냉기가 뿜어지더니, 적을 순식간에 소멸시켰다.
"말도 안 돼?!"
귀여운 겉모습만 봐서는 상상도 안 되는 그 어마어마한 위력에 나츠미가 새된 목소리로 외쳤다.

"아니, 마법소녀인데 이렇게 파괴력이 중시되는 능력을 지닌 거야?! 내 능력은 거울로 변신하는 게 다인데?!"

"하니엘, 무슨 소리를 하는 거야. 첩보, 파괴공작에 있어서 최강의 능력이잖아. 네가 박살낸 마피아와 마약 신디케이트는 한 손으로는 다 셀 수 없지 않아?"

"나, 어느새 그런 실적을 쌓은 거야?! 그것보다 적대 조직이 너무 리얼한 거 아냐?! 마법소녀가 싸울 상대가 아니거든?!"

"앗?! 본부에서 통신이 왔어요. 내일 심야에 일본의 폭력단과 러시아 마피아가 무기 거래를 한대요……!"

"뭐? 하니엘! 네가 나설 차례야. 마피아로 변장해서 거래현장을 알아내."

"뭐. 뭐어어어어어어어어엇?!"

상황을 이해하지 못한 채, 마법소녀 뷰티 하니엘은 동료들에게 질질 끌려갔다.

[데이트 어 걸 case-3 아이돌]

연예기획사의 한 방에서는 아이돌 그룹의 멤버인 키쿠야, 유즈루, 니아 군은 표정으로 인기투표 의 결과를 확인하고 있었다.

"으으윽...... 미쿠가 또 압도적인 득표수로 1위를 한 것이냐!"

"불복. 어떻게 하면 따라잡을 수 있을까요."

"으음...... 그녀가 인기인 이유를 분석해서 흉내 내는 건 어떨까?"

니아가 그렇게 말하자, 키쿠야는 턱에 손을 대고 입을 열었다.

"미쿠가 인기 있는 이유라면...... 노래 아닐까?"

"동의. 하지만 그 목소리는 흉내낼 수 없어요."

"에이~ 그래도 키쿠양과 유즈룽은 그나마 나아. 나는 성우가 없어서 노래를 할 수 없어......"

"잘은 모르겠지만, 위험 발언 좀 자제해 줄래?!" 니아의 말에 키쿠야가 바로 태클을 날렸다.

니아는 에헤헤~ 하고 뻔뻔하게 미소를 지었다. "뭐, 그 외에는 여자애를 좋아한다는 점일까 백합 영업이라는 말도 있잖아. 남자애기는 흥미 없어, 라는 게 팬들을 안심시켜주는 거 아냐?"

"그, 그렇구나......"

"제안. 그럼 다음 라이브에서 시험해보죠. 간주 중에 서로의 허리에 손을 두르는 건 어떨까요?"

"그거 괜찮네! 그럼 나는 왕자님처럼 손등에 키스라도 해볼까!"

그 후로도 세 사람의 회의는 계속됐다.

며칠 후, 라이브 당일. 미쿠를 비롯한 네 사람은 열기로 가득 찬 무대 위에서 노래와 댄스를 선보였다.

그리고 노래의 1절이 끝나고 간주에 들어갔다. 키쿠야와 유즈루는 눈짓을 교환한 후, 관능적인

손길로 서로의 허리를 향해 손을 뻗었다.

하지만 다음 순간, 두 사람은 숨을 삼켰다.

"……윽?!"

두 사람이 포옹을 하려던 순간, 미쿠가 어느새 두 사람 사이에 나타난 것이다.

"아앙~! 오랫동안 꿈꿔왔던 자매 샌드위치예요~!"

미쿠가 교성을 지르더니, 황홀한 표정을 지었다.

"말도 안 돼……?!"

"동요, 전혀 보이지 않았어요……"

두 사람은 경악을 금치 못하며 눈을 치켜떴다.

하지만 라이브를 중단할 수도 없기에 당황해하면서도 노래를 계속 불렀다.

하지만 그것으로 끝이 아니었다.

다음 간주 때, 니아가 진지한 표정을 지으며 무대에서 한쪽 무릎을 꿇더니 유즈루의 손에

키스를 하려고 했다. 하지만……

"꺄아! 니아 양은 대담하네요!"

"……윽?! 유즈루에게 키스를 한 줄 알았는데, 밋키에게 키스를 했어?!"

무슨 말을 하는 건지 도통 모르겠지만, 니아도 자기가 무슨 일을 당한 건지 도통 알 수가 없었다.

진짜에게는 이길 수 없다. 여러 가지 의미로 말이다.

카구야, 유즈루, 니아. 세 사람은 위대한 아이돌, 이자요이 미쿠를 향한 숭배에 가까운 존경심과 함께 약간의 공포를 느꼈다.

결국 공연은 대성공을 거뒀으며, 미쿠의 인기는 식을 줄을 몰랐다.

DATE A LIVE ENCORE 7

Foodfight TOHKA, Experience YOSHINO, Valentine KURUMI, Exchange YAMAI,
Burglar MIKU, Measurement MIKIE, Marriagehunt REINE

CONTENTS

DATE

데이트

A

어

LIVE

라이브

ENCORE
앙코르 7

글 : **타치바나 코우시**
그림 : **츠나코**
옮긴이 : **이승원**

령(精靈)

계(隣界)에 존재하는 특수 재해 지정 생명체. 발생 요인, 존재 이유 둘 다 불명.

쪽 세계에 모습을 드러낼 때, 공간진(空間震)을 발생시켜 주위에 심각한 피해를 끼친다.

, 엄청난 전투 능력을 보유하고 있음.

OF COPING1

처법1

을 통한 섬멸.

위에서 말했듯 매우 강대한 전투 능력을 보유하고 있기 때문에 달성 가능성이 극도로 낮음.

OF COPING2

처법2

데이트를 해서, 반하게 만든다.

데이트 어 라이브
앙코르 7

DATE A LIVE ENCORE 7

SpiritNo.7
Height 144 Three size B69/W55/H70

토카 푸드파이트

FoodfightTOHKA

DATE A LIVE ENCORE 7

"우물우물…… 꿀꺽."

"냐암…… 우물…….."

토카와 무쿠로는 열심히 길쭉한 것을 입에 밀어 넣으면서 시선을 교환했다.

주위에는 추운 겨울인데도 불구하고 격렬한 열기가 소용돌이치고 있었다.

둘 다 입 안이 가득 차 있기 때문에 말은 할 수 없었다.

하지만 그 시선은, 움직임은, 두 사람의 투지를 말 이상으로 웅장하게 전해주고 있었다.

—꽤 하는구나, 무쿠로!

—절대 지지 않겠느니라!

그것은 오감으로도 파악하지 못할, 초월자들의 대화였다.

전쟁터. 광기에 찬 연회. 아수라장.

남들이 보기에는 이상한 광경에 지나지 않으리라.

하지만 당사자들은 뜨거운 투지와 꿈을 가슴에 품은 채, 최강의 호적수와, 서로의 몸에 손가락 하나 대지 않으며 주먹다짐을 벌이고 있는 것이다.

—오오오오오!

—하아아아앗!

두 사람의 소리 아닌 소리가 서로의 마음에만 울려 퍼지듯, 조용하면서도 뜨겁게 메아리쳤다.

"음……."

어느 겨울 날. 야토가미 토카는 시도의 집 거실에서 코타츠 위에 놓인 귤을 만지작거리며 낮은 신음을 흘렸다.

칠흑빛 머리카락, 그리고 수정처럼 몽환적인 눈동자가 인상적인 소녀였다. 하지만 그녀의 아름다운 얼굴은 약간의 당혹감이 섞인 고민으로 물들어 있었다.

"으음…… 하지만, 역시……."

"어이, 토카?"

"……뭐하는 거야?"

토카가 손에 든 귤을 입에 넣으려 한 순간, 뒤편에서 의아한 목소리가 들려왔다.

목소리가 들린 쪽을 향해 고개를 돌리자, 어느새 그곳에는 두 사람이 서 있었다. 한 사람은 중성적인 외모를 지닌 소년, 그리고 다른 한 사람은 막대사탕을 입에 문 아담한 체구의 소녀였다. 그들은 바로 이 집의 주인인 이츠카 시도와 코토리였다.

"오오, 시도, 코토리. 멋대로 들어와서 미안하다."

"아, 그건 괜찮은데……."

시도는 말을 이으면서 토카의 손 언저리를 손가락으로 가리켰다.

"음? ……오오?!"

토카는 시도의 손가락이 향하고 있는 곳을 쳐다보고 눈을 크게 떴다. 토카가 먹으려고 했던 것은 아직 껍질을 벗기지 않은 귤이었던 것이다.

"지적해줘서 고맙다, 시도. 아무래도 넋이 나가 있었던 것 같구나."

"아, 그랬던 거야? ……다행이네. 드디어 굶주림을 참다못해 귤을 껍질째로 먹으려는 건 줄……."

"음?"

"아, 아무 것도 아냐."

코토리가 얼버무리듯 고개를 젓자, 시도는 쓴웃음을 지으며 입을 열었다.

"그것보다, 무슨 고민이라도 있는 거야? 괜찮다면 우리가

의논 상대가 되어 줄게."

"오오, 정말이냐?"

토카가 눈을 반짝이며 그렇게 묻자, 이번에는 코토리가 고개를 끄덕였다.

"물론이지. 정령을 돌보는 건 〈라타토스크〉의 중요한 업무잖아. ……그리고 나는 이래 봬도 토카를 친구라고 생각하거든?"

코토리는 약간 부끄러워하듯 고개를 돌리면서 그렇게 대답했다. 그 말에 토카는 「오오!」 하고 탄성을 지르며 눈을 크게 떴다.

"그래! 이게 소문으로 들었던 그 츤데레라는 것이구나!"

"어? 방금 츤 요소가 있었어?!"

"……토카, 그런 말은 누구한테 배웠어?"

"니아가 자주……."

"그 애는 정말이지……."

코토리는 토카의 말을 끝까지 들어보지도 않고 표정을 일그러뜨렸다. 하지만 곧 한숨을 내쉰 후, 토카 쪽을 쳐다보았다.

"뭐, 좋아. 그런데, 대체 무슨 일이야?"

"실은 무쿠로에 관한 거다만……."

"무쿠로?"

시도가 고개를 갸웃거리면서 되묻자 토카는 고개를 끄덕였다.

호시미야 무쿠로. 토카를 비롯한 다른 정령들과 함께 이 집 옆에 있는 맨션에서 살고 있는 소녀이자— 얼마 전에 시도가 영력을 봉인한 정령의 이름이다.

  "으음…… 왠지 무쿠로가 나를 싫어한다고나 할까, 나를 피하는 듯한 느낌이 든다."

  "피한다, 라……. 구체적으로 어떤 일이 있었는데?"

  "음. 어제 맨션 로비에서 요시노와 나츠미, 그리고 무쿠로가 이야기를 나누고 있어서 나도 낄까 싶어서 다가갔다. 하지만 무쿠로는 내 얼굴을 보자마자 다른 곳으로 가버리더구나."

  "흠……."

  "그랬구나……."

  시도와 코토리는 낮은 신음을 흘리며 턱에 손을 댔다.

  토카는 한숨을 내쉬면서 말을 이었다.

  "그리고 카구야, 유즈루와 즐겁게 게임을 하고 있는 무쿠로에게 다가갔을 때도, 콘트롤러를 집어던지며 도망쳤지."

  "으음……."

  "그 외에도 말이다, 미쿠가 『이야~, 무쿠로 양을 봉인할 때는 정말 힘들었다니까요. 참, 무쿠로 양. 텐구시에는 화해를 할 때 서로의 가슴을 주무르는 풍습이 있다는 건 알고 있나요?』라고 말하더니, 손을 꼼지락거리면서 무쿠로에게 다가갔을 때의 일이다."

  "잠깐만 있어봐. 왠지 무쿠로에 관한 것 이외에도 신경 쓰이는 이야기를 들은 것 같은 느낌이 들거든?"

코토리는 식은땀을 흘리면서 「그 애는 정말……」 하고 중얼 거렸다.

그에 시도가 마음을 다잡으려는 것처럼 어험 하고 헛기침을 한 후, 입을 열었다.

"아, 아무튼, 무쿠로가 토카를 피하는 건 사실 같네."

"음, 그렇다. 하지만 대체 왜 피하는 건지 모르겠구나. 나도 모르는 사이에 무쿠로에게 나쁜 짓을 하기라도 한 것일까……."

"아…… 으음……."

"그, 그게 말이지……."

토카가 난처한 표정을 지으며 그렇게 말하자, 시도와 코토리는 팔짱을 끼면서 미간을 찌푸렸다. 토카의 말을 듣고 생각에 잠겼다기보다— 마치 짐작 가는 구석이 있는 듯한 반응이었다.

"음? 두 사람 다 짐작 가는 구석이 있는 것이냐?"

"으음…… 알고 있다고나 할까……."

"뭐, 무쿠로는 반전체일 때의 토카만 만나봤으니까, 거북해하는 것도 무리는 아닐 거야……."

"반전?"

"아, 별거 아냐."

토카가 고개를 갸웃거리자, 코토리는 손을 가볍게 내저었다.

"아무튼, 무쿠로는 토카를 오해하고 있어. 그러니까 제대로 이야기를 나눌 기회만 생긴다면, 분명 화해할 수 있을 거야."

"정말이냐?!"

"응. 그러니까…… 내일은 학교가 쉬는 날이니까, 무쿠로에게 마을을 안내해 주는 건 어때? 무쿠로한테는 내가 말해둘게."

코토리가 그렇게 말하자, 시도는 약간 불안한 표정을 지었다.

"단둘이서 괜찮을까? 토카는 몰라도 무쿠로는 아직 약간 불안정한 상태잖아. 나도 같이 가는 게……."

"그야 시도가 곁에 있으면 무쿠로도 안정되겠지만…… 그래서는 시도와 계속 이야기를 나눌 테니 토카와의 관계 개선이라는 목적을 달성할 수 없어. 뭐, 〈라타토스크〉에서 모니터링을 할 테니까 걱정하지 마."

"으음…… 그것도 맞는 말이긴 해. ―토카, 해볼래?"

"오오……! 좋다! 해보마!"

토카는 시도와 코토리의 말을 듣고 눈을 반짝였다.

무쿠로와 친해질 수 있을지도 모른다는 기대감, 그리고 새로운 정령에게 마을을 안내해 준다는 막중한 임무를 맡은 데서 비롯된 고양감 때문인지 토카는 몸을 앞으로 쑥 내밀었다. 그리고 그녀는 코타츠에서 다리를 빼더니, 가벼운 몸놀림으로 벌떡 일어섰다.

"그래! 이러고 있을 때가 아니지!"

"응? 토카, 어디 가는 거야?"

"내 방으로 갈 거다! 이 마을에는 멋진 장소가 잔뜩 있다는 걸 무쿠로에게 가르쳐 줘야 하니 말이다! 내일 무쿠로와 함께 돌아볼 루트를 짜야겠다!"

토카는 시도와 코토리를 향해 손을 흔든 후, 그대로 거실을 뛰쳐나갔다.

◇

"오오, 무쿠로! 오늘 잘 부탁한다!"

다음날. 토카가 외출 준비를 마치고 맨션 입구에서 기다리고 있자, 무쿠로가 시도, 코토리와 함께 내키지 않는 걸음걸이로 다가왔다.

무쿠로는 지면에 닿을 정도로 긴 금발을 단정하게 땋은 후 목에 둘렀다. 그런 그녀의 황금색 두 눈에서는 우울한 느낌이 감돌고 있었으며, 경계심으로 가득 찬 눈길로 토카를 쳐다보고 있었다.

"……나리, 진짜로 괜찮겠느냐? 저 여자, 느닷없이 무쿠를 물어뜯으려고 달려드는 것 아니냐?"

무쿠로는 시도에게 낮은 목소리로 그렇게 말했다. 그러자 시도는 어깨를 으쓱하면서 쓴웃음을 지었다.

"토카는 개가 아냐……. 그리고 어제 설명해줬지? 무쿠로가 그때 만났던 토카는 토카지만 토카가 아냐. 그러니 지금의 토카와 이야기를 나눠봐 주지 않을래?"

"흐음……."

무쿠로는 마치 이해는 했지만 납득은 안 된다는 듯한 표정을 지으며 고개를 끄덕인 후, 머뭇거리면서 시도의 뒤편에서 나와 앞으로 나섰다.

"……토카. 무쿠는 내키지 않는다만, 오늘은 나리의 부탁에 따라 어쩔 수 없이 그대와 함께 다니겠노라. 고맙게 생각하거라."

"오오! 고맙다!"

토카는 무쿠로의 손을 꼭 잡으면서 순순히 그렇게 말했다. 그러자 무쿠로는 뜻밖이라는 듯이 눈을 동그랗게 뜨고 시도 쪽을 쳐다봤다.

"내 말 맞지?"

"……으음."

무쿠로는 퉁명한 표정을 지으면서 토카의 손을 떨쳐냈다.

"인사는 이쯤 하면 되겠지. 시간이 아까우니 빨리 가자꾸나."

"음! 그럼 시도, 코토리! 다녀오마!"

"응. 잘 다녀와."

"저녁 식사 때까지는 돌아오도록 해."

시도와 코토리는 손을 흔들면서 두 사람을 배웅했다. 토카는 「음!」 하고 힘차게 대답한 후, 코토리의 「저녁 식사」라는 말에 반응을 보였다.

"그런데 시도, 오늘 저녁 식사는 무엇이냐?"

"으음, 질 좋은 쇠고기를 얻었으니까 로스트비프를 만들까 하는데…… 오븐 상태가 좋지 않거든. 어쩌면 메뉴가 바뀔지도 몰라."

시도는 그렇게 말하면서 코토리 쪽을 쳐다보았다.

"저기, 코토리. 이참에 신형 오븐 레인지를 사면 안 될까?"

"뭐? 수리하면 되는 거 아냐?"

"아, 요즘 나온 건 굉장하거든. 화덕식이라 성능이 끝내준다고."

"하아, 그런 이야기라면 나중에 해. 아무튼, 토카와 무쿠로는 잘 다녀와."

코토리는 그렇게 말하면서 손을 흔들었다. 시도는 「그럼 하다못해 새 압력솥이라도……」 라고 말했지만, 코토리는 그의 말에 귀를 기울이지 않는 눈치였다.

"흠. 그럼 가자, 무쿠로."

"……음."

토카는 무쿠로를 데리고 의기양양하게 걸음을 내디뎠다. 그리고 작게 콧노래를 부르면서 주택가를 지나 그대로 대로로 향했다.

바로 그때, 토카의 뒤편에 있던 무쿠로가 입을 열었다.

"……그런데 토카, 오늘은 마을을 안내해 준다고 들었다만, 어디에 갈 생각인 게냐?"

"오오, 아직 말해 주지 않았구나!"

무쿠로를 향해 돌아선 토카는 어깨에 메고 있던 조그마한 파우치를 뒤지더니, 그 안에서 조그마한 수첩을 꺼냈다. 어젯밤에 토카가 텐구시의 지도와 눈싸움을 하면서 작성한, 최강 안내 파일이었다.

토카는 형사, 혹은 탐정처럼 수첩을 펼치더니, 거기에 적힌 플랜을 쳐다보며 씨익 웃었다.

"우선— 햄버그다."

"……흐음?"

토카의 말에 무쿠로는 의아하다는 듯이 고개를 갸웃거렸다.

"아, 설명이 부족했구나. 대로변에 있는 『하나마루』의 숯불 점보 햄버그다."

"아니, 정확한 명칭이 궁금했던 건 아니다만……."

무쿠로는 고개를 저으면서 말을 이었다.

"점심을 먹자는 게냐? 아직 좀 이른 듯한 느낌도 든다만……."

"음? 그럼 다른 곳에 갈까?"

"……아니, 오늘은 그대가 하자는 대로 할 것이니라. 자, 무쿠를 거기로 데려가다오."

"그러하냐! 자, 이쪽이다!"

토카는 힘찬 목소리로 그렇게 말한 후 무쿠로를 데리고 대로변에 있는 햄버그 전문점을 향해 걸어갔다.

통나무집 느낌의 외벽, 그리고 손글씨로 쓴 오늘의 추천 메뉴가 인상적인 가게였다. 토카가 익숙한 듯이 목제 문을 밀어서 열자, 카운터 안쪽에서 힘찬 목소리가 들려왔다.

"어서 오십시오! 어라? 토카, 오늘은 친구와 함께 왔구나!"

통나무 같은 몸통에 굵직한 가지 같은 손발을 붙인 듯한 인상의 건장한 점장이 쾌활하게 웃으면서 토카를 반겼다.

"음! 항상 시키던 걸로 부탁한다, 점장!"

"그래. 친구도 같은 거면 되겠니?"

점장은 무쿠로를 쳐다보며 물었다. 무쿠로는 상대방이 느 닷없이 말을 건 바람에 약간 놀란 표정을 지었지만, 곧 고 개를 끄덕였다.

"좋아. 금방 내올 테니까 마음에 드는 자리에 앉아서 기다 리렴."

"음, 부탁한다! 자, 무쿠로! 저쪽으로 가자!"

"으, 음."

토카는 무쿠로를 데리고 가게 안쪽에 있는 자리를 향해 걸어갔다.

"⋯⋯흐음."

무쿠로는 4인용 좌석에 앉아 주의 깊게 주위를 관찰한 후, 맞은편에 앉아 있는 토카를 쳐다보았다.

—솔직히 말하자면, 무쿠로는 이 토카라는 소녀에게 딱히 호감을 가지고 있지 않았다.

일전에 시도와 데이트를 하고 있을 때, 느닷없이 난입한 이 소녀는 두 사람을 인정사정없이 공격했다. 그뿐만 아니라 시도를 네 발로 기게 한 후, 엉덩이에 걸터앉기도 했던 것이다. 무쿠로가 불신감을 가지는 게 당연했다.

"......."

하지만 지금 눈앞에 있는 소녀가 일전에 싸웠던 정령과 동일인물이라는 것이 믿겨지지 않는 것도 사실이다.

외모 자체는 그때의 토카와 똑같았다. 하지만 지금의 행동거지와 부드러운 표정— 특히 햄버그를 진심으로 고대하며 기다리고 있는 모습은 무쿠로가 싸웠던 냉혹한 정령과는 명백하게 달랐다.

코토리의 말에 따르면, 그때의 그녀는 토카지만 토카가 아니라고 한다. ……잘 모르겠지만, 이중인격 같은 것일까.

적어도 현재의 그녀에게서는 악의나 살의, 아니 독기 자체가 느껴지지 않았다. 코토리가 말한 것처럼, 앞으로는 사이좋게 지낼 수도—.

"많이 기다렸지? 평소 시키던 거 2인분이야."

무쿠로가 그런 생각을 하고 있을 때, 가게 점장이 무쿠로와 토카 앞에 뜨겁게 달궈진 철판을 내려놓았다.

무쿠로의 얼굴만 한 거대 햄버그가 놓인 철판을 말이다.

"……흐, 음?"

무쿠로는 느닷없이 눈앞에 나타난 고깃덩어리를 보고 얼이 나가버렸다.

맛있어 보이기는 했다. 치지직 하는 소리를 내는 기름과 향긋한 냄새가 식욕을 자극했다.

하지만, 거대했다. 너무나도, 거대했다.

적어도 토카나 무쿠로 같은 체격의 소녀에게 내놓을 만한 양이 아니었다. 아마 점장이 다른 테이블에 가져다 줄 음식을 잘못 가져온 것이리라.

무쿠로가 그 점을 지적하려던 순간, 맞은편에 앉아 있던 토카가 팡! 하는 소리가 날 정도로 힘차게 박수를 쳤다.

"오오, 바로 이거다! 자, 무쿠로도 먹어보거라! 맛은 내가 보장하마!"

"으, 음……?"

무쿠로가 당혹스러워하는 사이, 토카는 「잘 먹겠습니다!」라고 힘차게 말한 후 그 거대 햄버그를 먹기 시작했다.

"으음! 역시 맛있다! 실력이 여전하구나, 점장! 시도가 만든 햄버그에 버금갈 정도다!"

"하하…… 토카, 그게 칭찬이야?"

"당연하지! 최고의 칭찬이다!"

토카의 말에 점장은 쓴웃음을 지었다.

바로 그때, 무쿠로가 나이프와 포크를 쥐지 않았다는 것을 눈치챈 토카가 고개를 갸웃거리며 입을 열었다.

"음? 무쿠로, 왜 그러느냐. 안 먹을 것이냐?"

"아니…… 먹을 것이니라."

무쿠로는 약간 당황해하면서도 햄버그를 한 입 크기로 잘라 입에 넣었다.

잘 만든 데미글라스 소스와 육즙이 무쿠로의 입안에 퍼져 나갔다. 확실히 토카가 말한 것처럼 정말 잘 만든 햄버그였다.

"음……. 맛있구나."

"그렇지?!"

무쿠로가 혼잣말을 하듯 그렇게 말하자, 토카는 환한 미소를 지었다. 아마 자기가 추천한 가게가 인정을 받아서 기쁜 것이리라.

그런 그녀의 표정에 무쿠로는 또 독기가 빠졌다. 이 커다란 햄버그를 보고 토카가 자신을 골탕 먹일 속셈이라고 생각했지만, 그녀는 자신이 좋아하는 가게를 무쿠로에게 소개해 주고 싶었을 뿐이었던 것이다.

"……음."

무쿠로는 왠지 자기만 날을 세우고 있는 듯한 느낌이 들어서 약간 부끄러워졌다. 무쿠로는 고개를 약간 돌린 채 햄버그를 먹기 시작했다.

—그리고, 약 30분 후…….

"……우읍."

시간이 조금 걸리기는 했지만, 무쿠로는 숯불 점보 햄버그를 남김없이 다 먹었다. 무쿠로는 약간 불룩해진 듯한 배를 매만지면서 숨을 내쉬었다.

"휴우, 정말 맛있구나. 무쿠는 만족했느니라."

"오오!"

무쿠로의 말에 토카는 기쁘다는 듯이 탄성을 질렀다.

참고로 토카는 햄버그를 다 먹었을 뿐만 아니라 큐브 스테이크와 새우튀김, 해서 포테이토도 추가 주문해서 먹어치웠지만, 아직도 여유가 넘쳐 보였다. ……대체 그녀의 저 호리호리한 몸 어디에 그 많은 음식이 다 들어간 것일까. 인체, 아니 정령의 신비였다.

"자, 그럼 다른 곳으로 가자! 이 마을에는 여기 말고도 끝내주는 곳이 잔뜩 있다!"

"으음…… 그러하냐. 다음에는 어디에 가려는 게지?"

무쿠로는 그렇게 말하면서 생각에 잠겼다. 과식을 했으니 격렬한 운동을 하는 곳은 피하고 싶었다. 가능하면 시도와 마을을 돌아다녔던 것처럼, 상점가와 백화점을 돌면서 쇼핑을 하거나 경치가 좋은 곳에서 잠시 쉬고 싶은데…….

무쿠로가 그런 생각을 하고 있을 때, 토카는 파우치에서 수첩을 꺼내 보면서 고개를 끄덕였다.

"다음은— 돈가스구나."

"…………뭐?"

무쿠로는 뜻밖의 말을 듣고 그대로 얼이 나가 버렸다.

"윽……, 우, 읍……."

그로부터 약 세 시간 후…….

무쿠로는 토카와 함께 길을 걸으면서 괴로운 듯이 숨을 내쉬었다.

그럴 만도 했다. 햄버그 가게를 나선 후 돈가스 가게로 향한 토카는 그 후에도 회전초밥집, 이탈리안 레스토랑, 도넛 가게 등에 갔던 것이다. 그리고 그 모든 가게에서 식사를 해야 했던 무쿠로의 배는 이미 한계 상태에 도달했다.

하지만 무쿠로가 먹은 양의 몇 배나 되는 양을 먹어치운 토카는 여전히 기운이 넘쳤을 뿐만 아니라, 왠지 맛있는 음식을 먹어서 더욱 기운이 난 것처럼 보였다. 패기가 넘치는 듯한 토카의 뒷모습을 본 무쿠로는 부릉부릉 하는 자동차 엔진 소리가 들리는 듯한 착각마저 느꼈다.

"토, 토카, 잠깐 기다려다오."

"음? 무쿠로, 왜 그러느냐. 혹시 먹고 싶은 거라도 있는 것이냐?"

"그, 그런 게 아니니라."

무쿠로는 새파랗게 질린 얼굴을 좌우로 저으며 말을 이었다.

"저, 저기, 이제 그만…… 음식점 이외의 장소도 안내해 줬으면 한다만……."

"오오, 알았다!"

토카는 손뼉을 치면서 그렇게 말한 후, 수첩을 펼쳐서 거기에 적힌 글을 손가락으로 훑으며 읽어봤다.

"그럼, 시도가 전에 데려가 줬던 수족관이나 영화관은 어떠냐?"

"오오…… 괜찮을 것 같구나."

아무래도 저 수첩에는 음식점 이외의 장소에 대한 정보도 적혀 있는 것 같았다. 드디어 한숨 돌릴 수 있을 것 같다고 생각한 무쿠로는 안도했다.

"음, 수족관의 선물 매장에서 파는 물고기 쿠키도 맛있고, 영화를 보면서 먹는 팝콘의 맛도 각별하지!"

"……."

토카가 싱글벙글 웃으면서 그렇게 말하자, 무쿠로는 무심코 입을 꾹 다물었다.

……하지만 다른 음식점에 끌려가는 것보다는 훨씬 낫다고 생각한 후 괜한 소리를 하지 않으며 조용히 고개를 끄덕였다.

"으음, 그럼 그 수족관과 영화관에 데려가다오."

"알았다!"

토카는 힘차게 고개를 끄덕이더니 앞장을 서듯 걸음을 내디뎠다.

하지만—.

"음……?"

대로로 나온 무쿠로는 걸음을 멈췄다.

아니, 정확하게는 앞장서서 걷던 토카가 갑자기 걸음을 멈춘 바람에 그녀의 등에 부딪치고 말았다.

"토카, 뭐하는 게냐. 갑자, 기—."

무쿠로는 말을 이으려다 입을 다물었다.

토카에게 물어보지 않고도 그녀가 걸음을 멈춘 이유를 알았기 때문이다.

"아니—."

대로 쪽을 쳐다본 무쿠로는 눈을 치켜떴다.

현재 텐구시의 대로에는 개성적인 복장을 한 남자들로 북적이고 있었던 것이다.

"키키킥…… 못 참겠는걸……."

"빨리 오늘 제물을 잡자고~!"

"끼얏호~!"

물소뿔 같은 것이 달린 헬멧을 쓴 근육질 남자, 동글동글해 보일 정도로 살이 찐 남자, 닭의 볏 같아 보일 만큼 완벽한 모히칸 헤어를 자랑하는 남자 등등……. 그들은 하나같이 날카로운 징이 박힌 가죽옷을 입었으며, 몸 곳곳에 프로텍터를 달고 있었다. 그야말로 세기말 느낌이 물씬 나는 집단이었다. 주위에서는 끼얏호~! 끼얏호~! 하고 괴조의 울음소리 같은 소리가 울려 퍼지고 있었다.

"이 녀석들은 대체 무엇인 게냐?"

무쿠로가 식은땀을 흘리면서 미간을 찌푸렸을 때, 모히칸 헤어를 한 남자가 토카와 무쿠로 쪽으로 시선을 돌렸다. 그리고 뭔가를 발견했는지 눈을 치켜떴다.

"……앗! 너는……!"

"응? 무슨 일이야?"

"끼얏호~!"

"다들 저기 좀 봐! 〈여왕〉이다! 텐구의 〈퀸〉이 나타났다고!"

"뭐어?!"

모히칸 남자가 그렇게 외치자, 다른 이들이 일제히 토카와 무쿠로를 둘러쌌다.

"키키키키키…… 〈퀸〉, 역시 나타난 거냐."

"이때를 오랫동안 기다려왔지. 오늘이야말로 지금까지 쌓인 원한을 풀어주마!"

"네 녀석한테 당했던 이 볼의 상처가 욱신거리는걸……."

남자들은 그런 말을 늘어놓더니, 우둑우둑 소리가 나게 손가락을 풀거나 나이프를 혀로 핥기 시작했다.

"〈퀸〉……?"

무쿠로는 남자들이 토카를 쳐다보며 입에 담은 단어에 고개를 갸웃거리면서 그녀를 쳐다보았다.

하지만 토카 또한 저 남자들이 무슨 말을 하는 건지 모르겠다는 듯한 표정을 지었다.

"〈퀸〉……? 나 말이냐? 그게 무슨 소리지?"

"크크큭…… 시치미 떼지 말라고!"

"텐구 시내에서 현상금이 붙어 있는 온갖 곱빼기 메뉴를 제패한 〈퀸〉 야토가미 토카. 이 인근의 대식전사(大食戰士)들 중에 그 이름을 모르는 녀석은 없을걸?"

"푸드파이터……?"

무쿠로는 또 귀에 익지 않은 단어를 듣고 고개를 갸웃거렸다. 그러자 뿔이 달린 헬멧을 쓴 남자가 팔짱을 끼면서 씨익 웃었다.

"그래. 인류의 근원적 욕구이자 원죄(原罪)인 『식(食)』─ 그것을 『양(量)』이라는 관점에서 극한까지 갈고닦은 전사들을 말하지."

"……잘은 모르겠다만, 간단히 말해 누가 음식을 더 많이 먹는지 겨루는 자들이라는 게냐?"

"크하하! 뭐, 그런 거라고!"

남자는 호쾌하게 웃음을 터뜨렸다. 무쿠로는 「으음」 하고 낮은 신음을 흘리며 고개를 끄덕인 후, 그 남자의 옷차림을 손가락으로 가리켰다.

"푸드파이터가 뭔지는 알겠느니라. 그런데 왜 그런 옷차림을 하고 있는 게지? 식사와는 딱히 관련이 없어 보인다만……."

"크하하! 이 꼬맹이가 뭘 몰라도 한참 모르네! 우리는 푸드파이터! 전사를 자칭하는 자로서, 전쟁을 치르러 갈 때 전투복장을 걸치는 게 당연하잖아!"

남자는 자신만만한 목소리로 그렇게 말했다. 그 말을 들은 무쿠로의 볼을 타고 땀방울이 흘러내렸다.

"그, 그런 게냐……. 그 소뿔 같은 건 식사를 할 때 방해가 될 것 같은데 말이다."

"홋, 풋내가 풀풀 나는 꼬맹이군. 같은 푸드파이터라도 각자 특기 분야라는 게 있다. 스테이크를 단숨에 먹어치우는 게 특기인 바로 나, 〈지고육괴(至高肉塊)〉우시야마는 이렇게 나만의 아이덴티티를 드러내고 있는 거라고!"

<small>슈프림 스테이크</small>

"흐음…… 그럼 옆에 있는 뚱뚱한 남자는 어떤 자인 게냐?"

"이 녀석은 〈기름은 음료수〉 카츠타. 돈가스를 각별히 사랑하는 남자지."

<small>벌컥벌컥 오일</small>

"그럼 닭 볏 같은 머리를 한 남자는 어떤 자지?"

"건담귀(健啖鬼) 후라이. 프라이드치킨 빨리 먹기로는 누구에게도 지지 않는 녀석이다."

<small>켄터키</small>

"……흐, 흐음."

무쿠로는 볼을 긁적였다. 무심코 납득을 하기는 했지만, 역시 잘 이해가 되지 않았다.

"뭐, 좋다. 그런데 푸드파이터라는 자들이 잔뜩 모여서 뭘 하고 있는 게냐?"

"훗— 뻔하잖아. 저걸 보라고!"

우시야마는 손을 치켜들었다. 그러다 자기가 쓰고 있던 헬멧의 뿔 부분에 손을 세게 부딪친 바람에 약간 울상을 지었다.

그 광경도 신경이 쓰였지만, 무쿠로와 토카는 우시야마가 손가락으로 가리킨 방향을 쳐다보고— 눈을 크게 떴다.

대로 한가운데에는 커다란 무대가 만들어져 있었으며, 그곳에는 『텐구시 많이 먹기 선수권 대회』라는 글자가 큼지막하게 적혀 있었던 것이다.

"보라고! 이 많은 강자들이 모일 이벤트라면 바로 저거뿐이잖아! 오늘, 이곳에서! 텐구시 제일의 푸드파이터가 결정되는 거다!"

"헷, 시치미 그만 떼라고, 〈퀸〉 씨~. 너 정도 되는 푸드파이터가 우연히 여기를 지나쳤다고 떠벌리기라도 하려는 거야?"

"아니, 진짜로 우연히 여기를 지나가고 있었던 거다만……."

토카가 당황한 목소리로 그렇게 말했지만, 남자들은 들은 척도 하지 않았다. 하나같이 텐션이 하늘을 찌를 것 같았으며, 투지를 활활 불태우고 있었다.

"나는 잊지 않았다고……. 두 달 전, 『칼리』의 특 곱빼기 카레를 최단 기록으로 클리어한 내 앞에 나타난 너는, 나와 같은 시간에 특 곱빼기를 두 그릇이나 먹어치웠지. 덕분에 내 기록이 가게에 장식된 건 겨우 5분밖에 되지 않았다고!"

"옆에 앉아 있던 너를 의식해서 초모룽마 스파게티를 시켰다가 과식을 한 나는 집에 돌아가는 길에 비틀거리다 오른쪽 볼에 상처가 나고 말았어······!"

"으음······ 그건 적반하장인 듯한 느낌이 든다만······."

무쿠로가 그렇게 말했지만, 남자들은 들은 척도 하지 않았다.

하지만 토카 또한 저 남자들과 얽힐 생각이 없는 것 같았다. 그녀는 무쿠로의 손을 잡아끌면서 고개를 휙 돌렸다.

"미안하다만, 나는 무쿠로에게 이 마을을 안내해 주느라 바쁘다. 이만 실례하지."

토카는 그렇게 말하면서 이 자리를 벗어나려 했다.

하지만 남자들은 포위망을 푸는 것을 고사하고 아예 토카를 막아섰다.

"어이쿠, 그렇게는 안 되지~."

"설욕할 기회를 놓칠 수야 없다고."

"어이, 〈퀸〉이라는 녀석이 눈앞에 적이 있는데 도망치려는 거냐?"

"큭······."

토카는 인상을 찌푸렸다. 물론 토카가 마음만 먹는다면 이런 남자들은 단숨에 쓸어버릴 수 있을 것이다. 하지만 정령은 존재 자체가 은닉되고 있다. 그러니 이런 길 한복판에서 소란을 일으킬 수도 없는 것이다.

"긴장하지 말라고, 〈퀸〉. 우리는 푸드파이터지만 너를 잡아먹을 생각은 없어. 정정당당하게 싸워주기만 하면 돼."

"나쁜 제안은 아니잖아? 우승을 하면 호화 식사권 10만 엔어치와 최신 화덕 오븐 레인지를 차지할 수 있다고. 집에서도, 그리고 외출했을 때도 맛있는 밥을 먹을 수 있는 거지. 센스가 좋다니깐. 뭐, 물론 둘 다 내가 차지하겠지만 말이야."

남자들은 야심으로 가득 찬 미소를 지었다. 다들 자신이야말로 최강이라는 확신에 가득 차 있는 것 같았다.

"음……? 화덕 오븐……?"

그때, 토카가 남자들의 말 속에서 뭔가가 생각난 듯한 표정을 지으며 턱에 손을 댔다.

"토카, 왜 그러는 게냐?"

"아, 그러고 보니 아까 시도가 집에 있는 오븐의 상태가 나빠서 새것을 가지고 싶다는 말을 했던 것 같아서 말이다……."

"아, 그러고 보니……."

무쿠로가 그렇게 대답했을 때, 잠시 생각에 잠겨 있던 토카가 무쿠로 쪽으로 돌아섰다.

"무쿠로, 미안하지만 나에게 잠시만 시간을 주지 않겠느냐?"

"흐음……? 그건 상관없다만, 설마 토카, 그대……."

토카는 무쿠로의 말에 힘차게 고개를 끄덕였다.

"음. 소동을 일으키지 않고 이 상황에서 벗어나는 것은 힘들 것 같다. 게다가— 화덕 오븐을 가지고 돌아간다면, 시도가 기뻐할지도 모른다는 생각이 드는구나."

그렇게 말한 토카는 볼을 살짝 붉히며 미소 지었다.

"으음……."

무쿠로는 약간 빨라진 심장 박동을 억누르려는 것처럼 가슴에 손을 댔다.

예전처럼 시도를 독점해야 직성이 풀리는 것은 아니다. 하지만, 뭐라고 할까…… 무쿠로 본인도 이해 못할 감정이 그녀의 가슴 언저리에서 소용돌이치고 있었다.

"토카여. 그대는…… 나리를 어떻게 생각하느냐?"

"음? 시도 말이냐? 물론 좋아한다! 그래서 시도가 기뻐하는 얼굴이 보고 싶은 거다!"

"……으, 음."

토카는 구김 없는 미소를 지으며 그렇게 말했다. 그 표정과 말을 접하자, 무쿠로는 가슴이 옥죄어 드는 듯한 감각을 느꼈다.

이유는 단순했다. 시도가 토카에게서 선물을 받고 기뻐하는 광경을 한순간 상상했기 때문이다.

가슴 속의 응어리가 점점 커져갔다. 토카가 시도를 좋아한다는 것은 물어보지 않아도 이미 알고 있다. 토카가 말한 것처럼, 시도는 화덕 오븐을 받고 기뻐할 것이다. 그리고 무쿠로 또한 시도가 기뻐하는 모습을 보고 싶다. 하지만—.

"……앗?!"

바로 그때였다.

무쿠로는 희미한 위화감을 느끼며 미간을 찌푸렸다.

몸이 아주 약간 뜨거워지더니, 가슴에 댄 손바닥에 그 열기가 모여들고 있었다.

"이건……."

천천히 손을 펴서 손바닥을 쳐다본 후— 작게 숨을 삼켰다.

"—토카!"

무쿠로는 무심코 토카를 불렀다. 그러자 다른 남자들과 함께 무대에 올라가려던 토카가 걸음을 멈추더니, 의아한 표정을 지으며 무쿠로를 돌아보았다.

"음? 무쿠로, 왜 그러느냐?"

"무쿠도…… 그 대회에 출전하겠느니라!"

무쿠로의 선언에 토카와 남자들은 뜻밖이라는 듯이 눈을 크게 떴다.

◇

『—자, 「텐구시 많이 먹기 선수권 대회」의 막이 올랐습니다! 무대 위에는 굶주린 푸드파이터들이 시작을 알리는 공이 울리기만 기다리고 있습니다!』

텐션이 하늘을 찌를 듯한 사회자의 목소리가 스피커를 통해 울려 퍼졌다.

토카는 특설 무대 위에서 그 말을 듣고 있었다.

무대 위에는 몸집이 큰 남자들이 줄지어 있었고, 무대 아래에는 상당수의 관객들이 모여 있었다.

그리고 토카의 옆에는— 표정에서 강렬한 결의가 묻어나고 있는 무쿠로가 있었다.

그렇다. 무쿠로는 현장 참가 선수로서 정식으로 참가한 것이다.

"으음, 솔직히 좀 놀랐다. 무쿠로도 아직 배가 차지 않았던 것이냐?"

"으음…… 뭐, 그러하니라."

무쿠로는 토카 쪽을 힐끔 쳐다보면서 애매하게 대답했다.

"음……?"

토카는 무쿠로에게서 느껴지는 묘한 분위기에 위화감을 느꼈지만, 그 점에 대해 물어보려던 순간에 사회자의 목소리가 스피커에서 흘러나왔다.

『규칙은 단순합니다! 제한시간 안에 가장 많은 핫도그를 먹은 선수의 승리입니다!』

사회자가 설명을 마친 순간, 참가자들의 눈앞에 있던 긴 테이블 위에 핫도그가 잔뜩 담긴 접시가 놓였다. 빵에 소시

지를 끼우기만 한 심플한 핫도그이지만, 토카는 핫도그에서
흘러나온 맛있는 향기에 표정이 환해졌다.

『자, 여러분! 핫도그를 받으셨습니까? 앗, 아직 손대면 안
됩니다. ─그럼, 준비…… 시작!』

""""오옷!""""

사회자가 시작을 외친 순간, 무대 위에 있던 푸드파이터
들이 일제히 핫도그를 먹기 시작했다.

토카는 「잘 먹겠습니다」 하고 손바닥을 맞댄 후, 입을 크
게 벌려 눈앞에 있는 핫도그를 베어 물었다.

"우물…… 오오, 꽤 맛있구나…….”

폭신폭신한 빵, 그리고 탱글탱글한 소시지가 토카의 입안
에서 춤췄다. 경기용으로 만든 대량생산품이지만, 맛은 나
쁘지 않았다.

아무리 빨리 먹기 대결이라고 해도, 이것은 엄연한 식사
다. 토카는 핫도그의 맛과 식감, 향을 즐기면서 금방 씹어서
삼켰다.

푸드파이터 중에는 소시지를 먼저 먹고 빵을 물에 적셔서
입에 우겨넣는 방식으로 빨리 먹어치우려 하는 자도 있었지
만, 그래서는 핫도그가 아니라 소시지와 물에 적신 빵이다.
빨리 먹을 수는 있겠지만, 토카는 그다지 좋아하지 않는 방
법이었다.

『자, 선수들이 엄청난 기세로 핫도그를 먹고 있습니다! ─

아앗?! 벌써 탈락자가 발생한 것 같습니다! 우시야마 선수, 헬멧의 뿔이 양옆에 있는 선수를 방해해서 실격! 카츠타 선수는 기름지지 않은 빵이 목에 걸려서 기권! 전달사항에 따르면, 후라이 선수는 자기가 닭고기 이외의 고기를 좋아하지 않는다는 사실을 이제야 떠올린 듯 합니다!』

이름이 귀에 익은 선수들의 탈락이 연이어 보고됐다. 토카는 닭고기 이외의 고기를 좋아하지 않는다는 선수가 안됐다고 생각하면서 다음 핫도그를 향해 손을 뻗었다.

바로 그때였다.

『—오오?! 맙소사! 벌써 두 번째 접시에 돌입한 선수가 있다고 합니다! 현장 참가 선수인 호시미야 무쿠로 선수입니다아아아아앗!』

"윽……! 이럴 수가!"

사회자의 목소리가 무대 위에 울려 퍼지자, 토카는 눈을 크게 뜨고 옆을 보았다. 쟁쟁한 푸드파이터들조차 이제야 반 접시를 겨우 비웠고, 토카조차도 아직 핫도그 하나가 남아있는 상황인데도, 몸집이 작은 무쿠로가 가장 먼저 두 번째 접시에 돌입한 것이다.

토카의 시선을 눈치챈 것일까. 무쿠로는 자신만만한 미소를 지었다.

"우물……. 토카여. 방심하면 이 무쿠가 우승할 것이니라."

무쿠로는 그렇게 말하면서 새로 나온 핫도그를 쥐고 입에 넣었다.

그리고 몇 번 씹지도 않고 그대로 삼켜버렸다. 그 마술 같은 광경을 본 관객들은 경악하고 말았다.

"오오……! 꽤 하는 구나, 무쿠로!"

질 수 없다. 딱히 내키지 않는 승부였지만, 이렇게 호적수가 나타났다면 이야기가 달라지는 것이다.

피가 끓는 것을 느낀 토카는 손에 쥔 핫도그를 순식간에 먹어치운 후, 「한 접시 더 다오!」라고 외치며 손을 들었다.

─푸드파이터들이 귀기마저 어린 듯한 표정으로 핫도그를 먹어대고 있었다.

확실히 푸드 『파이터』라는 말은 과장된 표현이 아니었다. 호쾌하게 핫도그를 먹는 모습에서는 식사를 하고 있다기보다 투쟁이라는 두 글자를 연상케 했다.

"하지만…… 우승은 이 무쿠의 것이니라."

무쿠로는 작은 목소리로 그렇게 말하더니, 손에 쥔 핫도그를 입에 밀어 넣었다.

제대로 씹지도 않은 핫도그가 무쿠로의 목 안으로 밀려들어갔다. 객석에서 그 광경을 본 관객들이 환성을 지르며 술렁거렸다.

무쿠로는 씨익 웃으면서 자신의 목에 손을 댔다.

빨리 먹기로 지금의 무쿠로에게 이길 수 있는 자는 이 지구상에 존재하지 않는다고 해도 과언이 아니었다.

그것도 그럴 것이, 무쿠로의 목 안에는 열쇠의 천사 〈봉해주(封解主)〉에 의해 만들어진 매우 작은 『구멍』이 존재했으며 — 그곳을 통과한 핫도그는 다른 공간으로 이동되는 것이다.

그렇다. 대회 개시 직전, 열기가 느껴진 무쿠로의 손바닥 위에는 조그마한 열쇠가 존재했다.

그러고 보니 코토리로부터 정신 상태가 불안정해지면 영력이 역류할 가능성이 있으니 주의하라는 말을 들었다. 아마 방금 느꼈던 가슴속 아픔 때문에 미세하게나마 영력이 현현된 것이리라.

그리고 무쿠로는 눈치채고 말았다. 〈미카엘〉의 힘을 이용하면 이 대회에서 우승하는 것도 꿈이 아니라는 사실을 말이다.

반칙급의 어드밴티지였다. 아무리 쟁쟁한 푸드파이터라도 위의 용량에는 한계가 있으니, 무한히 먹어댈 수 있는 자는 존재하지 않는다. 무쿠로는 많이 먹기에 있어서 사상 최강의 존재가 된 것이다.

하지만 무쿠로도 음식을 함부로 할 생각은 없었다. 『구멍』을 통과한 핫도그는 그대로 무쿠로의 방으로 전송되어 있다. 나중에 냉동보존을 했다가 조금씩 먹으면 될 것이다.

아무튼 지금은 토카에게 승리해서, 시도에게 줄 화덕 오븐을 손에 넣는 것이 최우선이다. 시도가 기뻐하면 무쿠로 또한 기쁠 것이다. 하지만 무쿠로가 준 선물을 받고 기뻐한다면 무쿠로 또한 더욱 기쁠 게 틀림없다.

"토카, 미안하구나. 하지만 이번만큼은 절대 양보할 수 없느니라……!"

무쿠로는 시선을 날카롭게 만들더니, 네 번째 접시에 놓인 마지막 핫도그를 목에 집어넣고 손을 들어올렸다.

『현장 참가 선수인 호시미야 무쿠로 선수, 벌써 다섯 번째 접시에 돌입했습니다! 엄청난 페이스입니다! ……아니?! 한 명 더 손을 들었습니다! 야토가미 토카 선수입니다아아아앗!』

""""오오오오오오?!""""

사회자의 외침에 관객들도 환성을 질렀다.

"……아니?!"

무쿠로는 뜻밖의 말을 듣고 화들짝 놀라면서 토카를 쳐다보았다.

그러자 사회자가 방금 말한 대로, 무쿠로와 마찬가지로 네 번째 접시를 깨끗하게 비운 토카의 모습이 눈에 들어왔다.

"이, 이럴 수가……."

무쿠로는 경악에 찬 목소리로 그렇게 중얼거렸다.

토카는 분명 엄청난 대식가다. 하지만 오늘은 무쿠로와 함께 오전부터 여러 가게를 돌며 엄청난 양의 음식을 먹었다. 그런데도, 그녀는 무쿠로와 같은 페이스로 핫도그를 해치우고 있는 것이다.

곧 토카의 앞에 핫도그가 가득 담긴 다섯 번째 접시가 놓였다. 무쿠로와 토카는 핫도그를 쥐고, 크게 벌린 입에 집어넣거나 혹은 그대로 베어 물었다.

"……!"

그리고 바로 그때, 무쿠로는 다시 한 번 위화감을 느꼈다.

그렇다. 수많은 푸드파이터들이 수라 같은 표정으로 핫도그를 입에 우겨넣고 있는 가운데, 토카만은 행복한 표정으로 맛을 즐기고 있는 것이다.

"음, 역시 맛있다. 경기용답지 않게 맛이 꽤 괜찮구나……."

"으윽……."

토카가 황홀한 표정을 짓자, 무쿠로는 낮은 신음을 흘렸다.

하지만 질 수는 없다. 무쿠로는 핫도그를 입에 집어넣더니, 페이스를 유지하며 순조롭게 기록을 쌓아갔다. 주위에 있는 푸드파이터와 관객들도 현장에서 참가한 여자아이가 이렇게 선전할 거라고는 생각을 못 했는지, 다들 경악에 찬 눈길로 무쿠로를 쳐다보고 있었다.

그리고, 그대로 순위에 변동이 없이 종반전에 돌입했다.

다른 푸드파이터들도 건투하고 있지만, 역시 반칙을 쓰고 있는 무쿠로를 쫓아오지는 못했다.

그렇다. 마지막으로 남은 적은 단 한 명뿐이다.

『—자, 제한 시간도 얼마 남지 않았습니다! 현재 1위는 바

로 미소녀 파이터 호시미야 무쿠로! 대체 그녀의 저 조그마한 몸 어디에 70개나 되는 핫도그가 들어가 있는 것일까요?! 그리고 반 개 차이로 추격하고 있는 이 또한 미소녀 파이터, 〈퀸〉야토가미 토카! 텐구시의 여자아이는 하나같이 괴물인 걸까요오오오오오오오!』

사회자가 텐션이 하늘을 찌를 듯한 목소리로 행사장 안의 분위기를 띄웠다. 관객들은 두 소녀의 활약을 보며 환성을 질렀다.

하지만 무쿠로는 전혀 여유가 없었다. 겨우겨우 1위를 유지하고 있지만, 토카가 이렇게까지 자신을 추격할 거라고는 생각도 못 한 것이다. 다른 푸드파이터들은 서서히 페이스가 떨어지고 있지만, 토카만은 먹는 속도가 전혀 떨어지지 않았다.

"……윽!"

"……아."

무쿠로와 토카의 시선이 마주쳤다. 물론 핫도그를 계속 먹고 있었기에, 두 사람 다 아무 말도 하지 않았다. 하지만 눈빛을 통해 대화 이상의 깊은 교감을 나누고 있었다.

—질 수 없다! 이번만큼은 절대 질 수 없느니라!

—꽤 하는 구나, 무쿠로! 이렇게 즐거운 승부는 오랜만이다!

하지만, 이 페이스를 계속 유지한다면 우승상품은 무쿠로가 차지한다. 아무리 토카라도 무한한 위장을 손에 넣은 무쿠로에게는—.

"우읍……?!"

하지만 다음 순간, 무쿠로는 손을 멈췄다.

아니, 멈출 수밖에 없었다.

셀 수도 없는 핫도그를 집어넣은 순간, 목에서 이제까지와는 전혀 다른 감촉이 느껴지면서 숨이 막혔던 것이다.

핫도그가 진짜로 목에 걸린 감촉이 느껴졌다. —그렇다. 아마 한정적이었던 〈미카엘〉의 힘이 약해지면서, 목에 존재하던 『구멍』이 사라진 것이리라.

"이럴…… 수가……."

무쿠로는 원래 배가 가득 차 있었다. 그러니 『구멍』이 사라진다면 더는 식사를 할 수 없다. 무쿠로는 그 자리에서 털썩 무릎을 꿇었다.

"우물우물…… 더 다오!"

그 사이, 토카는 접시에 남아있던 마지막 핫도그를 먹어치우더니 또 리필을 요구하며 손을 들었다.

바로 그 순간, 시합 종료를 알리는 공이 울려 퍼졌다.

『겨, 결판이 났습니다아아아아앗! 마지막 순간, 멋지게 제왕의 자리를 차지한 이는, 〈퀸〉 야토가미 토카! 건투를 벌인 호시미야 선수는 한 개 차이로 2위가 되었습니다!』

""""우오오오오오오오오오오오오!""""

사회자의 목소리가 스피커에서 흘러나오자, 관객들은 환

성을 질렀다.

"으음…… 아쉽게 되었구나……."

무쿠로는 손으로 입을 가린 채, 목소리를 쥐어짜냈다.

바로 그때, 누군가가 무쿠로를 향해 손을 내밀었다. 바로 토카였다.

"무쿠로, 정말 대단했다! 역시 무쿠로도 맛있는 걸 좋아하는구나!"

"으, 으음……."

토카가 스포츠맨십으로 가득 찬 환한 표정을 지으며 쳐다보자, 무쿠로는 무심코 고개를 돌렸다.

하지만 토카는 개의치 않으면서 무쿠로의 손을 잡더니, 그대로 잡아당겨 일으켜 세웠다.

와아아아아! 하고 환성과 박수가 울려 퍼졌다. 토카는 그 소리에 답하듯 힘차게 손을 흔들었다.

"……토카. 그대는 왜 이렇게까지 최선을 다한 게지?"

무쿠로가 초췌한 표정으로 묻자, 토카는 빙긋 웃으며 대답했다.

"맛있는 음식일수록 많이 먹고 싶은 법이니까 말이다. 이번에는 무쿠로가 함께 해준 덕분에 정말 즐거웠다! 게다가— 역시, 시도가 기뻐하는 표정도 보고 싶었지!"

"음……."

무쿠로는 토카의 구김 없는 미소를 보며 한숨을 내쉬었다.

그런 무쿠로의 모습을 보고 좀 이상하다고 생각했는지 토카가 어리둥절한 표정을 지었다.

"음? 왜 그러느냐?"

"……신경 쓰지 말거라. 약간 자기혐오에 빠졌을 뿐이니라."

무쿠로는 한숨을 내쉬면서 말을 이었다.

"나리에게 화덕 오븐이라는 것을 건네주고 싶어서 꾀까지 부렸다만, 결국 이런 결과를 맞이할 줄이야. ―토카, 그대는 정말 대단하구나. 정말…… 대단해."

"화덕 오븐을 시도에게? 아, 뭐냐. 무쿠로도 시도에게 선물이 하고 싶었던 것이냐?"

토카는 뜻밖이라는 듯이 눈을 동그랗게 떴다.

그때 마침 마이크를 쥔 사회자가 다가왔다.

『축하드립니다, 야토가미 선수! 멋진 싸움이었습니다! 지금 심경을 여쭤 봐도 될까요?!』

사회자는 그렇게 말하면서 토카를 향해 마이크를 내밀었다. 토카는 「오오」 하고 탄성을 흘리며 그쪽을 향해 돌아서더니 환한 미소를 지었다.

『음! 꽤 맛있었다! 그래도 케첩을 좀 더 넣었으면 내 입에 더 맞았을 것 같구나!』

토카가 핫도그의 맛을 평가하자, 관객들은 웃음을 터뜨렸다. 사회자 또한 과장스럽게 리액션을 취하면서 말을 이었다.

『그럼 상품인 식사권과 화덕 오븐 레인지 교환권을 받아

주시죠!』

"오오!"

토카는 사회자로부터 예쁘게 꾸며진 봉투 두 개를 받고 그것을 힘차게 들어보였다. 그러자 관객석에서 또 박수가 터져 나왔다.

"—음."

한참동안 박수를 받은 후, 토카는 무쿠로를 향해 돌아서서 왼손에 든 봉투— 화덕 오븐 레인지 교환권을 내밀었다.

"으, 음……?"

토카의 뜻밖의 행동에 무쿠로는 그녀의 얼굴을 뚫어져라 쳐다보았다. 그러자 토카는 씨익 웃으면서 이렇게 말했다.

"무쿠로가 시도에게 선물하거라. 시도도 분명 기뻐할 거다!"

"뭐……."

무쿠로는 토카의 말에 얼이 나간 듯한 표정을 짓더니, 곧 어깨를 부르르 떨었다.

"무슨 소리를 하는 것이냐. 이건 토카가 손에 넣은 것이지 않느냐. 무쿠가 이걸 받을 이유는 없느니라."

"음. 이건 내거다. 그러니 내가 누구에게 주건 그것도 내 자유지!"

"허, 허나……."

무쿠로는 말끝을 흐리더니, 곧 고개를 세차게 저었다.

"이럴 수는 없느니라. 무쿠는 졌다. 그러니 토카가 나리에게 이걸 전해주거라."

"으음…… 하지만 무쿠로도 시도에게 선물을 하고 싶었던 것 아니냐? 무쿠로가 건네주더라도, 시도는 분명 기뻐할 거다."

"……아!"

무쿠로는 토카가 별생각 없이 한 말을 듣고 눈을 크게 떴다.

아아, 토카는 그저 시도가 기뻐하는 얼굴이 보고 싶을 뿐이다. 누가 시도를 기쁘게 했는지는 중요하게 여기지 않는 것이다.

"하하…… 못 당하겠구나."

무쿠로는 몸에서 힘이 쫙 빠져나간 것처럼 힘없이 웃었다.

"역시 그건 토카가 나리에게 건네야 한다고 생각한다. 그 편이 가장 좋을 것이니라."

"으음, 하지만 말이다……."

"괜찮다. 역시 무쿠가 쟁취한 것이 아니면—."

『저기…… 말씀 중에 죄송합니다만…….』

무쿠로와 토카가 교환권을 두고 언쟁을 벌이는 그때, 사회자가 갑자기 끼어들었다.

"무슨 일인 게냐?"

『아, 2위인 호시미야 선수에게 드릴 상품을 수여하고 싶은데요. 식사권 3만 엔어치와— 고급 압력솥 세트입니다.』

"음……?!"

"오오……!"

사회자가 그렇게 말한 순간— 무쿠로와 토카는 서로를 쳐다보았다.

◇

"시도! 이걸 받아라! 화덕 오븐 레인지다!"

"나리, 받아다오! 압력솥 세트니라!"

시도의 집으로 돌아간 토카와 무쿠로는 많이 먹기 선수권 대회에서 얻은 상품을 시도에게 내밀었다.

"우왓?! 너, 너희들, 이렇게 비싼 게 대체 어디서 난 거야……?"

시도는 깜짝 놀란 표정을 지었다. 토카와 무쿠로는 서로를 쳐다본 후, 씨익 웃으며 시도를 향해 고개를 돌렸다.

"후후, 비밀이다!"

"소녀라면 누구나 비밀을 가지고 있는 법이니라, 나리."

두 사람이 웃으면서 그렇게 말하자, 시도는 잠시 의아하다는 듯이 둘을 바라보다가 곧 한숨을 내쉬면서 미소를 지었다.

"뭐…… 아무튼 두 사람 다 고마워. 마침 오븐 레인지와 압력솥을 새것으로 장만하고 싶던 참이야. 좋아, 오늘은 이걸로 맛있는 저녁을 만들어 줄게!"

"오오! 기대하마!"

"으, 으음…… 나리, 무리하지 말고 내일이나 모레 만들어

줘도 되느니라……."

토카는 힘차게 대답을 했지만, 무쿠로는 배를 움켜잡으며 딱딱한 미소를 지었다.

세 사람이 그렇게 대화를 나누고 있을 때, 2층에서 발소리가 들려오더니 코토리가 고개를 쏙 내밀었다.

"어머, 둘 다 돌아왔구나."

"그래! 방금 돌아왔다!"

"음."

토카와 무쿠로가 대답을 하자, 그런 두 사람을 번갈아 쳐다본 코토리가 후후 하고 웃음을 흘렸다.

"아무래도 오해는 풀린 것 같네. —그렇지? 무쿠로."

"……윽."

코토리의 말에 무쿠로는 뭔가가 생각난 것처럼 눈을 치켜뜬 후— 토카의 얼굴을 올려다보았다.

"으음…… 그래. 확실히 전에 무쿠와 싸운 여자와는 딴 사람인 것 같구나. —토카."

"음? 왜 그러느냐?"

"지금까지 그대를 피해서 미안하다. 좀 늦었다만…… 앞으로 잘 부탁하니라."

무쿠로는 그렇게 말하면서 천천히 손을 내밀었다.

그 모습에 토카는 「오오!」 하고 눈을 반짝이며 악수를 하려는 듯이 손을 내밀었다.

하지만—.

무쿠로의 손은 그 손을 피하더니, 그대로 토카의 가슴을 움켜잡았다.

그리고 무쿠로는 토카의 가슴을 주무르기 시작했다.

"앗……?! 무쿠로, 뭐하는 것이냐?!"

"흐음……? 잘못된 게냐? 이 지방에서는 화해를 할 때 서로의 가슴을 주무르는 풍습이 있다고 들었다만……."

"그, 그렇느냐?! 으, 으음…… 그러고 보니 나도 그런 말을 들은 적이 있는 것 같구나. 어쩔 수 없지. 나도……."

"둘 다 그만해! 그건 미쿠의 헛소리거든?!"

토카가 무쿠로의 가슴을 주무르기 위해 손을 뻗자, 코토리가 비명에 가까운 목소리로 그렇게 외치며 두 사람을 말렸다.

요시노 익스페리언스

ExperienceYOSHINO

DATE A LIVE ENCORE 7

"자, 오늘은 여러분에게 새로운 친구를 소개할게요."

텐구시에 있는 한 중학교. 그곳의 2학년 B반 교실에서 담임교사의 명랑한 목소리가 울려 퍼졌다.

"─자, 들어오렴."

담임교사는 손짓을 하면서 그렇게 말했다. 그러자 복도에서 기다리고 있던 나츠미와 요시노는 마른 침을 삼키면서 교실 안으로 들어갔다.

"으⋯⋯."

두 사람이 교탁 옆에 서자, 교실 안의 학생들이 호기심에 찬 눈길로 두 사람을 쳐다보았다. 그러자 나츠미는 그 시선이 거북하다는 듯이 몸을 배배 꼬았다.

"그럼 두 사람 다 자기소개를 해주렴."

"아, 예."

요시노는 긴장한 표정으로 고개를 끄덕인 후, 학생들을 바라보았다.

"이, 이츠카 요시노……예요. 여러분, 잘 부탁……드려요……."

그리고 머뭇거리면서 인사를 건넨 후, 고개를 숙였다. 그러자 주위에서 박수 소리가 들려왔다.

다음은 나츠미의 차례였다. 나츠미는 손가락 끝이 희미하게 떨리는 와중에도 숨을 들이마시더니, 시선을 돌린 채 입을 열었다.

―이츠카 나츠미라고 해. 어쩌다 보니 오늘 체험입학을 하게 됐지만, 괜히 친한 척 하지 마. 그리고 요시노를 괴롭히는 녀석은 가만두지 않을 거야.

나츠미는 그렇게 말할 생각이었지만…….

"……카, ……고 해……. 어쩌다…… 입학……지만…… 시노…… 가만…… 않을……."

초면, 게다가 많은 이들에게 주목을 받는 상황에서 긴장을 한 바람에 제대로 말을 하지 못했다. 학생들은 고개를 갸웃거리면서도 박수를 쳤다.

"으음, 이름을 통해 알 수 있다시피 두 사람 다 우리 반인 이츠카 코토리 양의 친척이라고 해요. 체험입학이니 오늘 하루만 한 반에서 지낼 거지만, 그래도 다들 사이좋게 지내도록 하세요."

"""네~!"""

학생들이 힘찬 목소리로 담임교사의 말에 답했다.

"······윽."

나츠미는 그 큰 목소리에 무심코 어깨를 부르르 떨더니, 앞으로 시작될 악몽 같은 하루를 상상하며 땅이 꺼져라 한숨을 내쉬었다.

◇

이 일은 며칠 전, 시도의 집 거실에서 나눈 대화에서 비롯됐다.

"······하, 학교에, 가고 싶은 거야?"

나츠미는 절망적인 심정으로 방금 자신의 고막을 흔든 말을 되뇌듯 입에 담았다.

저주에 가까운 그 말은 순식간에 나츠미의 심박수를 흐트러뜨리더니, 몸속에 존재하는 대량의 혈액을 순환시켰다. 사고능력을 방해하듯 체온이 상승했고, 운동을 한 것도 아닌데 이마에 대량의 땀방울이 맺혔다.

하지만 그것도 무리는 아니었다. 『학교』. 사전에는 『연옥』, 『마계』의 유의어로 표기되어 있는 그 『학교』라는 말을 들었으니 말이다.

하지만 그 저주받은 단어를 입에 담은 당사자— 요시노는 부끄러워하듯 볼을 살짝 붉히더니, 동요한 나츠미를 쳐다보며 고개를 끄덕였다.

"예…… 학교에 다니는, 시도 씨와 코토리 씨를 보니, 왠지 즐거워 보여서……"

나츠미와는 다르게 웨이브진 아름다운 머리카락, 그리고 나츠미와 다르게 사랑스러운 얼굴을 지닌 소녀였다. 이 세상의 『귀여움』을 전부 한곳으로 모은다면, 분명 그녀 같은 모습을 하고 있을 게 틀림없다. 그런 생각마저 드는 외모를 지닌 소녀였다.

"학교라……"

"그렇구나."

그런 여신의 목소리에 답하듯, 소파에 걸터앉아 있던 남녀가 턱을 매만졌다. 한 명은 중성적인 외모를 지닌 상냥한 인상의 소년이었고, 다른 한 명은 검은색 리본으로 머리카락을 양 갈래로 묶은 드센 인상의 소녀였다. 그들은 바로 이 집의 주인인 이츠카 시도, 코토리 남매였다.

"괜찮지 않아?"

"응. 정령의 자발적인 행동은 〈라타토스크〉로서도 환영하는 바거든."

"뭐……?!"

두 사람이 뜻밖의 반응을 보이자, 나츠미는 당황하고 말았다.

"두, 둘 다 잠깐만 있어봐! 요시노를 그런 마굴에 내던질 생각이야?!"

"마굴이라니…… 과장이 너무 심하네."

"과장은 무슨……! 거기는 어린아이들을 가둬두는 강제수용시설이잖아! 집요하게 반복되는 훈련! 죄수들 사이에 형성된 엄격한 상하 관계! 커뮤니티에 소속되지 못한 낙오자는 조소와 모멸을 받으며 하루하루를 살아야 하잖아……?! 인간사회의 흉측한 부분을 가득 채워놓은 듯한 장소란 말이야!"

"……그렇게 악평을 해대는 것도 대단하다면 대단하네."

코토리는 너무 어이가 없어 감탄을 한 표정을 지으며 어깨를 으쓱했다.

그리고 나츠미의 말을 들은 요시노의 표정이 흐려졌다.

"그, 그렇게 무서운 곳……인가요?"

"그래! 최루성 학교 드라마에 속으면 안 돼! 그딴 건 학교 측의 악질적인 선전이야! 이런 문제가 일어나지만 마지막에는 다들 사이좋게 졸업합니다~ 같은 일이 벌어질 리가 없잖아! 성격이 배배 꼬여서 남만 괴롭히는 악동은 평생 그 모양 그 꼴에, 무사안일주의에 젖은 교사는 아무짝에도 쓸모가 없어! 학생들의 분노에 찬 함성도— 우읍?!"

나츠미는 느닷없이 입을 막힌 탓에 말을 잇지 못했다.

코토리는 나츠미의 입을 막은 채로 하아 하고 한숨을 내쉰 후, 입을 열었다.

"좀 진정해. ……하지만 나츠미가 하고 싶은 말이 뭔지는 알아. 학교라는 장소가 지금까지 경험한 환경과 전혀 다른 건 사실이거든. 정신상태가 흐트러지지 않는다는 확신이 없는 한, 〈라타토스크〉 사령관으로서는 허가할 수 없어."

코토리는 그렇게 말하면서 요시노의 왼손— 정확하게는 요시노가 왼손에 낀 토끼 모양 퍼핏인형『요시농』을 쳐다보았다.

『어머~. 코토리, 왜 쳐다보는 거야? 아, 혹시 요시농의 매력이 푹 빠져버렸어?』

그렇게 말한『요시농』이 코미컬하게 허리를 배배 꼬았다. 코토리는 도끼눈을 뜨고『요시농』의 이마를 손가락으로 살며시 때렸다.

『아얏~!』

"으음……."

코토리의 생각을 눈치챈 요시노가 고개를 푹 숙였다.

나츠미도 코토리가 하려는 말이 뭔지 이해했다. 요시노는 친구인『요시농』이 없으면 정신적으로 불안정해지면서 봉인되어 있던 영력이 역류하고 마는 것이다. 비가 내리는 정도라면 괜찮겠지만, 주위가 얼어붙는 건 문제가 될 것이다.

나츠미는 그런 두 사람을 쳐다보며 코토리에게서 떨어지더니, 주먹을 말아 쥐며 외쳤다.

"그, 그래! 요시노에게는 아직 일러……! 괜찮아, 요시노!

학교 따위는—."

하지만 나츠미가 말을 이으려던 순간, 코토리가 다시 입을
열었다.

"—하지만, 아까 말했다시피 〈라타토스크〉로서는 정령의
희망을 가능한 한 들어주고 싶어. 이번에는 요시노가 학교
라는 환경에 적응할 수 있는지 확인하기 위해, 체험입학이
라는 형태로 학교에 가보는 거야. 내가 다니는 중학교도 괜
찮지?"

"……아! 저, 정말, 인가요……?!"

『오오! 잘 됐네, 요~시노!』

코토리의 말에 표정이 환해진 요시노가 『요시농』과 함께
기뻐했다.

"……."

그런 따뜻한 분위기 속에서, 나츠미만 홀로 딱딱하게 굳어
있었다. 말아 쥔 그녀의 주먹 또한 부들부들 떨리고 있었다.

"그럼—."

바로 그때, 코토리가 나츠미를 쳐다보며 말을 이었다.

"나츠미는 어떻게 할래?"

"뭐어?!"

나츠미는 뜻밖의 말을 듣고 새된 목소리로 그렇게 외쳤다.
자신한테 불똥이 튈 거라고는 생각도 못했던 것이다.

"돼, 됐어. 나는 딱 질색이야. 그딴 곳에는 절대 안 갈 거

야……!"

"흐음…… 그래? 뭐, 무리하게 권할 생각은 없어. 요시노가 학교에 가면 나츠미가 쓸쓸할 것 같아서 말을 꺼내봤을 뿐이거든."

"윽……."

나츠미는 그 말을 듣고 숨을 삼켰다.

확실히 코토리의 말이 옳았다. 대부분의 정령이 학교에 다니고 있으니, 요시노가 학교에 다니게 되면 나츠미는 평일 낮에 혼자서 지내야만 한다.

"나츠미 씨……."

요시노는 희미하게 젖은 눈동자로 나츠미를 응시했다.

여신이 저런 눈길로 쳐다보는데, 싫다는 말을 할 수 있을 리 없다. 나츠미의 이마에 땀방울이 맺히더니…….

"…………알았어."

수십 초 동안 침묵에 잠긴 후, 결국 그녀는 체념한 것처럼 한숨을 내쉬었다.

◇

"—자, 그럼 두 사람은 빈자리에 앉아 주겠니?"

2학년 B반 교실에서 담임교사가 빈자리를 손가락으로 가리키면서 그렇게 말하자, 요시노는 고개를 끄덕였다.

"예."

"아…… 예……."

요시노의 뒤를 잇듯, 나츠미가 시선을 피하며 고개를 끄덕였다. 요시노와 나츠미는 각자의 자리를 향해 걸어갔다.

요시노는 나츠미, 코토리와 떨어진 곳에 앉게 되어서 좀 불안했지만, 심호흡을 하며 마음을 다잡았다. 요시노가 학교에 가보고 싶어진 것은 단순히 학교를 동경했기 때문만이 아니라, 조금이라도 인간사회에 익숙해지고 싶다는 마음을 가지고 있었기 때문이다. 이 정도 일로 불안을 느껴서는 앞날이 깜깜하다고 해도 과언이 아니다.

요시노가 그런 생각을 하고 있을 때, 담임교사가 간단한 연락사항을 전달한 후에 조례를 마쳤다. 요시노는 다른 학생들을 따라 일어서서 인사를 한 후, 다시 자리에 앉았다.

"……아!"

바로 그때, 요시노는 눈을 동그랗게 떴다.

주위에 있던 학생들이 요시노에게 관심을 가진 듯한 표정을 지으며 그녀의 자리로 몰려들었던 것이다.

"저기, 요시노 양은 어디에서 왔어?"

"그것보다 그 토끼 인형은 뭐야?"

"아, 으음……."

갑작스러운 일에 요시노가 당황하자, 『요시농』이 코미컬한 동작을 취하면서 질문에 대신 대답했다.

『으흥~, 다들 요시농에게 관심이 많나 봐? 조숙하네~.』

"우왓! 말했어!"

"바보야, 복화술이야."

"우와~, 귀여워~!"

『요시농』이 도와준 덕분에 분위기가 괜찮아졌다. 초면인 학생들과 잘 지낼 수 있을지 걱정됐지만, 아무래도 괜한 걱정이었던 것 같았다.

바로 그때─.

"저기, 나도 인사를 하게 좀 비켜줄래?"

요시노가 머뭇거리면서도 다른 사람들의 질문에 대답하고 있을 때, 갑자기 그런 말이 들렸다. 그리고 상류층 아가씨 같은 분위기를 지닌 소녀가 다른 학생들을 거느린 채 인파를 헤치며 모습을 드러냈다.

"당신은⋯⋯."

"만나서 반가워. 나는 아야노코지 카논. 이 반의 반장이야."

"아⋯⋯ 자, 잘, 부탁드려요⋯⋯."

요시노는 고개를 꾸벅 숙였다. 그러자 카논은 흐흥 하고 잘난 척을 하듯 웃음을 흘리며 말을 이었다.

"모르는 게 있으면 뭐든지 물어봐. 바로 나, 아야노코지 카논에게 말이야!"

"아, 예, 아야노코지 씨─."

"어? 혹시 성으로 눈치챘어? 우후후, 하긴 눈치챌 만도

해. 맞아! 전에 열렸던 천앙제 미인 대회에서 1위를 한 아야노코지 카린은 바로 내 언니야. 바로 그! 이자요이 미쿠가 심사 위원을 맡았던 대회에서 말이지!"

"그, 그런가요……?"

카논이 갑자기 자랑을 시작하자, 요시노는 어리둥절한 표정을 지으며 그렇게 말했다. 주위에 있던 클래스메이트들은 「또 시작됐네……」 하는 듯한 얼굴로 쓴웃음을 지었다.

"그래. 하지만 나는 그런 걸로 으스대지 않으니까 안심해도 돼. 왜냐면 대단한 건 이자요이 미쿠에게 인정을 받은 언니이지 내가 아니잖아? 나는 아름답고 마음씨도 고운 언니와 같은 피를 이어받았을 뿐인걸!"

"아, 아하하……."

요시노가 완전히 압도당하고 있을 때, 갑자기 그녀의 핸드폰이 진동했다.

"아—."

요시노는 가방에서 핸드폰을 꺼냈다. 그러고 보니 학교에서는 핸드폰을 꺼둬야 한다는 것을 깜빡했다. 전화를 건 사람에게는 미안하지만, 요시노는 그냥 전원을 끄려고 했다.

하지만 바로 그때, 클래스메이트 중 한 명이 화면에 표시된 이름을 보고 놀란 듯한 목소리로 외쳤다.

"—어? 요, 요시노 양, 핸드폰 화면에…… 이자요이 미쿠라고……!"

"……어?"

카논이 그 말에 눈을 동그랗게 뜨더니 핸드폰 화면을 쳐다보았다. 그리고 미심쩍다는 듯이 미간을 찌푸리면서 통화 버튼을 눌렀다.

"아……."

그러자 다음 순간, 스피커 설정이 된 핸드폰에서 흘러나온 음성이 주위에 울려 퍼졌다.

『헬로~! 요시노 양! 중학교에 다닌다는 게 정말인가요오오오?! 교복을 입은 요시노 양의 사진을 찍고 싶은데, 그래도 될까요?! 그래도 되죠?! ……으응?』

학생들이 술렁거리는 소리를 들었는지 미쿠가 의아해하는 목소리로 말을 이었다.

『아, 혹시 지금 학교인가요? 클래스메이트 여러분~! 저는 이자요이 미쿠예요~! 세기의 미소녀, 요시노 양을 잘 부탁드려요~!』

"……윽! 저, 저기, 미쿠 씨, 나중에 다시 전화 드릴게요……."

요시노는 얼굴을 새빨갛게 붉히며 핸드폰을 조작해서 통화를 중단했다.

하지만 이미 소동은 벌어지고 말았다. 이자요이 미쿠의 목소리를 들은 클래스메이트들이 「오오오오오오오오오오?!」 하고 환성을 질렀다.

"뭐야?! 방금 그 사람, 진짜 미쿠땅이야?!"

"미쿠땅의 목소리가 틀림없어!"

"어, 요시노 양은 이자요이 미쿠와 아는 사이야?!"

"그, 그게…… 저기…… 아하하……."

요시노는 얼버무리듯 웃으면서 핸드폰의 전원을 끈 후, 가방에 다시 집어넣었다.

"……크윽……."

클래스메이트들이 흥분한 가운데, 카논은 분해 죽겠다는 듯이 주먹을 쥐고 덜덜 떨고 있었다. 하지만 요시노는 다른 클래스메이트들을 상대하느라 눈치채지 못했다.

"……."

나츠미는 아무 말 없이 시끌벅적한 요시노 쪽을 멍하니 쳐다봤다.

사실 처음에는 나츠미한테도 말을 거는 클래스메이트들이 있었지만, 그녀가 입을 다문 채 계속 고개를 반대편으로 돌리니 아무도 다가오지 않았다.

"나, 츠, 미~."

바로 그때, 한 소녀가 가벼운 발걸음으로 나츠미에게 다가왔다. 바로 코토리였다. 지금은 흰색 리본으로 머리카락을 묶었으며, 나츠미, 요시노와 같은 교복을 입고 있었다.

"……왜, 왜 그래?"

"정말~, 모처럼 다른 애들이 말을 걸어주는데~, 그런 태도를 취하면 곤란하지~."

코토리는 그렇게 말하면서 평소보다 코미컬한 태도로 나츠미의 코를 톡톡 두드렸다. 그런 코토리를 본 나츠미는 무심코 눈썹을 찌푸렸다.

"……어, 코, 코토리? 왜 그래? 엄청 기분 나쁘거든? 혹시 이상한 거라도 먹었어?"

"응~? 그게 무슨 소리야~? 나는 항상 이런데~?"

코토리는 방긋 웃으면서 나츠미의 머리를 으스러뜨릴 듯이 두 손으로 움켜잡았다.

"아야야야얏?!"

나츠미는 항복 의사를 표시하듯 허둥지둥 코토리의 손을 두드리다…… 그제야 떠올렸다. 그러고 보니 코토리는 머리카락을 묶은 리본의 색깔을 통해, 중학생 모드와 사령관 모드로 나눠 활동했던 것이다.

"정말……. 그것보다, 나츠미도 다른 애들과 사이좋게 지내야지?"

"시, 시끄러워……. 나는 딱히 그러고 싶지 않단 말이야……."

"또 그런 소리 하기는~."

코토리는 질렸다는 투로 그렇게 말하더니, 곧 뭔가가 생각난 것처럼 손뼉을 쳤다.

"아, 그렇지!"

그리고 자신의 자리에서 공책을 가지고 오더니, 나츠미의 책상 위에 펼쳐놓았다.

"나츠미, 그림 좀 그려봐."

"……뭐?"

"뭐든 상관없어. 아, 니아가 그리는 만화의 캐릭터는 어때?"

"……뭐, 뭐야, 대체……."

코토리는 재촉을 하듯 나츠미의 어깨를 흔들었다. 그러자 나츠미는 미간을 찌푸리면서 한숨을 내쉬더니, 어쩔 수 없다는 듯이 펜을 쥐고 니아가 그리는 만화의 캐릭터를 간단히 그렸다.

"응, 잘 그렸네."

만족했다는 듯이 고개를 끄덕인 코토리는 숨을 들이마신 후, 큰 목소리로 외쳤다.

"우와~! 대단해! 나츠미는 그림을 잘 그리는 구나~!"

"……어?!"

그런 코토리의 갑작스런 행동에 나츠미는 얼이 나가버렸다.

그리고 코토리의 목소리에 반응한 클래스메이트들이 나츠미의 책상 위에 놓인 공책을 보더니 와아~ 하고 환성을 질렀다.

"어, 이걸 네가 그린 거야?!"

"우와~! 실물의 파티마잖아!"

"다른 것도 그릴 수 있어?"

"어……, 저……기……."

나츠미는 자신의 주위에 학생들이 몰려들기 시작하자 완전히 당황하고 말았다.

"엄청 잘 그리네! 중학생 수준이 아냐."

"맞아! 대단해~!"

"……아니, 저기……."

"혹시 장래에 만화가가 될 거야?"

"사인을 미리 받아 둬야겠다~!"

"……우, 우갸아아아아아앗!"

쏟아지는 칭찬을 견디다 못한 나츠미가 결국 절규를 내지르며 공책을 갈기갈기 찢었다.

"우왓!"

"왜, 왜 그래……?"

"바보 취급하기는…… 바보 취급하기는……! 너희, 입으로는 그딴 소리를 하면서 머릿속으로는 나를 비웃고 있지?! 만화나 그리는 오타쿠, 역겨워~ 라고 생각하고 있잖아! 다 알아! 다 안단 말이야!!"

"어, 어어……."

나츠미가 고함을 지르자, 학생들은 당혹스러운 표정을 지으며 흩어졌다.

"하아, 하아…… 아얏!"

나츠미가 거친 숨을 내쉬고 있을 때, 그녀의 정수리에 손날치기가 꽂혔다. ─코토리가 날린 것이었다.

"이 바보."

"으윽……."

나츠미는 대꾸하지 못하고 다시 자리에 앉아 빨리 쉬는 시간이 끝나기만을 바라며 책상에 엎드렸다.

◇

─그 후로도 상황은 별반 다르지 않게 흘러갔다.

3교시. 수학, 영어 수업을 마친 요시노와 나츠미는 체육복으로 갈아입고 체육관에 집합했다.

아무래도 이번 수업에서는 배구를 하는 것 같았다. 하지만 아직 시합 형식으로는 하지 않고, 토스 같은 연습을 주로 하는 것 같았다.

"자, 다들 마음에 맞는 사람들끼리 조를 짜렴!"

운동복 차림의 체육교사가 큰 목소리로 그렇게 말하자, 체육복을 입은 학생들이 친한 이들끼리 조를 짜기 시작했다.

"으음, 나는……."

요시노는 당황한 눈길로 주위를 둘러보다, 혼자 멍하니 서 있는 나츠미를 발견했다.

"아, 나츠미 씨─."

요시노는 나츠미와 조를 짜기 위해 그녀에게 다가갔다.

하지만 그 순간, 길게 돌돌 말린 롤 머리카락이 요시노를 막아서듯 휘날렸다. —아야노코지 카논의 머리카락이었다.

"어머나, 요시노 양! 혹시 조를 짤 사람이 없는 거야?"

"아, 아뇨. 저기⋯⋯."

요시노가 무슨 말을 하려 했지만, 카논은 들은 척도 하지 않았다. 그녀는 볼륨 있는 머리카락을 흔들면서 말을 이었다.

"어쩔 수 없네! 정 원한다면 내가 조를 짜줄 수도—."

"아, 요시노, 같이 하자~."

"어~, 나도 요시노와 같이 하고 싶어~."

"그럼 가위 바위 보로 정해야겠네."

카논이 말을 이으려던 순간, 양옆에서 다른 클래스메이트들이 나타나더니 요시노를 둘러쌌다.

"⋯⋯."

손으로 입을 가리며 웃음을 터뜨리려던 카논의 어깨에, 시종처럼 그녀와 함께 다니던 학생이 손을 얹었다.

학교는 무간지옥이나 다름없는 악몽의 공간이지만, 그중에서도 실기과목처럼 무자비한 것은 없다.

백만 보 양보해서 필기과목은 차라리 낫다. 때때로 답을 맞혀야 할 때도 있지만, 기본적으로는 아무 말 없이 자리에 앉아서 버티기만 하면 언젠가 끝나는 것이다.

하지만 실기는 그렇지 않다. 스스로 능동적으로 움직여야만 하는데다, 무엇보다—.

"자, 다들 마음에 맞는 사람들끼리 조를 짜렴!"

체육교사가 아무렇지도 않게 『그 말』을 했다. 그것은 죽음의 주문이다. 커뮤니케이션 레벨이 낮은 학생이라면 즉사할수도 있는 힘을 지닌 필멸(必滅)의 문장이었다.

"저기~ 있잖아~, 나랑 같이 조를 짜자~."

"응. 좋아~."

"……."

나츠미는 그 자리에서 꼼짝도 하지 않고 차례차례 결성되는 조를 멍하니 쳐다보고 있었다.

수업의 일환인 만큼 나츠미도 조를 짜야만 할 것이다. 하지만 직접 남에게 말을 건다는, 악마도 울며불며 도망칠 초고난이도 퀘스트를 나츠미가 간단히 클리어할 수 있을 리가없다. 지금 행동에 나선 클래스메이트들은 악마 이상의 존재인 것이다.

애초에 수업에서 조를 짤 때, 조 편성을 학생들의 재량에맡긴다는 행위는 자주성이라는 단어로 포장된 교사의 태만이다. 낮을 가리는 학생도 있으니, 조는 교사가 미리 정해줘야 하는 것이다. 아니, 조를 짜서 임해야 하는 수업 자체를해서는 안 된다. 아니, 학교라는 영혼의 감옥 자체를 파괴해야만 하는 것이다. 모든 교육은 인터넷으로도 충분하다. 일어서라, 외톨이! 진정한 독립을 거머쥐자! 진정한 자유를 쟁취하는 것이다!

그렇게 나츠미가 테러리즘에 물들어가고 있을 때, 체육복을 입은 요시노와 코토리가 각자 다른 방향에서 손을 흔들며 그녀에게 다가왔다.

"아, 나츠미 씨—."

"어이~, 나츠미~."

"……아! 너희들……."

나츠미는 어두운 지옥에 한 줄기 광명이 비친 듯한 느낌을 받았다. 그야말로 지옥 한복판에서, 하늘에서 내려온 거미줄을 발견한 심정이었다.

역시 조 편성은 학생들의 재량에 맡겨야 한다. 클래스메이트 전원이 사이좋게 지낸다는 것은 있을 수 없는 일인 만큼, 교사가 멋대로 조를 정했다간 학생들 사이에서 거북한 분위기가 조성될 수도 있다. 그리고 친구들끼리 조를 짠다면 능률도 좋을 것이다. 그렇다. 바로 나츠미처럼—.

"어머나, 요시노 양! 혹시 조를 짤 사람이 없는 거야?"

"코토리~! 나랑 같이 하자~!"

"아, 아뇨. 저기……."

"어, 어어~."

하지만 나츠미에게 도착하기 직전, 두 사람은 다른 조로 끌려갔다.

"……."

나츠미는 뻗으려던 손을 다시 내리고, 침묵에 잠긴 채 고개를 돌렸다.

"자, 다들 조를 짰니? 그럼 조끼리 토스 연습을…… 어머, 너는 혼자구나. 어떻게 된 거니?"

"……윽!"

나츠미는 가능한 한 눈에 띄지 않도록, 그야말로 배경에 녹아들 듯 존재감을 지우려 했다. 하지만 다들 조를 짜서 모여 있는 가운데 혼자만 멍하니 서 있는 모습이 체육교사의 눈길을 끈 것 같았다. 체육교사가 나츠미에게 다가왔다.

"아…… 저, 몸이…… 양호……."

나츠미는 몸이 좋지 않다는 핑계를 대며 양호실로 대피하려 했지만, 입에서 말이 제대로 나오지 않았다.

물론 그런 기어들어가는 목소리가 체육교사의 귀까지 전해질 리가 없었다. 그 결과, 나츠미는 다른 학생들의 시선을 받으면서, 봐줄 줄 모르는 교사(고등학생 때 배구로 전국대회에도 나간 적이 있는 것 같았다)가 토스한 공을 필사적으로 쫓아다녀야 했다. 눈물이 났다. 여자애니까 울어도 되지?

◇

　4교시 수업이 끝난 것을 알리는 종소리가 학교 안에 울려 퍼졌다.

　학생들이 고대하는 점심 식사 시간이다. 다들 도시락을 꺼내더니 친구들과 책상에 둘러앉아 식사를 시작했다.

　요시노 또한 다른 학생들과 마찬가지로 가방에서 도시락을 꺼냈다.

　"……♪"

　딱히 의도한 것은 아니지만, 자연스레 콧노래가 흘러나왔다. 학교에서 점심을 먹는 것을 학교 드라마 같은 것을 보며 동경했기 때문이다.

　물론 평소 먹는 점심 식사에 불만이 있는 것은 아니지만, 요시노는 친구와 함께 특별한 공간에서 점심을 먹는 것을 꿈꿔왔던 것이다.

　게다가 이 도시락은 오늘 아침에 시도가 토카, 코토리의 도시락과 함께 만들어준 것이다. 그것을 항상 부러워했던 요시노는 소원이 하나 이뤄진 듯한 기분이었다.

　『으음~. 기분이 좋아 보여, 요시노~.』

　"응……!"

　요시노는 『요시농』의 말에 미소로 답한 후, 나츠미, 코토리와 함께 도시락을 먹기 위해 자리에서 일어났다.

하지만 바로 이때를 노린 것처럼, 기다란 롤 머리카락이 요시노의 눈앞에 나타났다.

"어머나~, 요시노 양! 혼자 밥 먹는 거야?! 정 원한다면—."

"아, 요시노, 밥 같이 먹자~."

"자, 이쪽으로 와~."

"와아, 요시노의 도시락은 정말 예쁘네~!"

"어, 저, 저기……."

카논의 옆에서 도시락을 들고 불쑥 나타난 여학생들에게 둘러싸인 요시노는 그대로 그녀들에게 끌려갔다. 카논은 잠시 멍하니 서 있다가, 원망에 찬 시선으로 요시노를 쳐다보았지만— 요시노는 눈치채지 못했다.

"……."

나츠미는 도시락을 무릎 위에 올려놓은 채, 혼자서 식사를 했다.

지금 나츠미가 있는 곳은 교실이 아니라 사방이 벽에 둘러싸인 좁은 공간이었다. 중앙에 엉덩이를 걸칠 수 있는 기구가 있고, 벽에는 동그랗게 말린 휴지가 설치되어 있는 이곳은— 바로 화장실이었다.

나츠미도 처음에는 교실에서 식사를 하려고 했지만, 요시노와 코토리가 다른 그룹으로 끌려간 탓에 이곳으로 온 것이다.

나츠미가 교실에서 혼자 도시락을 먹어봤자 아무도 신경 쓰지 않겠지만, 나츠미의 과도한 자의식은 주위에서 느껴지는 별것 아닌 시선과 목소리를 무시무시한 흉기로 둔갑시키고 만다. ―어쩌면 저 여자애들이 내 험담을 하고 있는 것은 아닐까. 지금 이쪽을 힐끔 쳐다본 남자애가 나를 바보 취급하고 있는 게 아닐까. 그런 망상이 나츠미의 마음을 괴롭히고 있었다.

게다가 요시노와 코토리도 나츠미가 교실에 없는 편이 나을 게 틀림없다. 코토리는 물론이고, 요시노 또한 나츠미와 다르게 클래스메이트와 사이좋게 지내고 있었다. 그렇다면 모처럼의 런치 타임을 나츠미 같은 오물이 방해해서는 안 된다. 이것이 최선의 선택이다.

"……어라?"

그런 생각을 하며 도시락을 먹던 나츠미는 갑자기 젓가락질을 멈췄다. 항상 완벽하게 간을 맞추던 시도의 미니 햄버그가 왠지 짜게 느껴졌던 것이다.

바로 그때였다.

화장실 칸막이 너머에서 쾅! 하는 소리가 들리더니, 그 뒤를 이어 거친 목소리가 들려오자 나츠미는 숨을 삼켰다.

"정말…… 뭐 그딴 애가 다 있어! 모처럼 이 내가! 아야노코지 카논이 신경을 써주는데, 매번 무시를 해?!"

카논은 화장실에 들어서자마자 고함을 질렀다. 그러자 카논을 따라온 여학생, 오츠키 노리코가 어깨를 으쓱하며 입을 열었다.

"아니, 딱히 무시한 건 아니지 않나요? 굳이 따지자면 카논 양이 요시노 양의 말을 무시한 것 같은데요."

"입 다물어!"

카논은 노리코의 말을 딱 자르더니, 두 손을 부들부들 떨면서 이를 악물었다.

"더는 못 참아……. 그딴 태도를 취한다면, 나한테도 생각이 있어."

"으음…… 무슨 짓을 할 건데요?"

"그야 뻔하잖아. 나를 얕본 걸 후회하게 만들어줄 거야. 철저하게 괴롭히고 또 괴롭혀서, 다시는 학교에 안 가~! 라고 생각하게 될 정도의 트라우마를 심어주고 말겠어!"

"우와…… 관두는 편이 좋을 것 같은데요……."

"시끄러워! 나는 한다면 하는 여자야!"

카논은 고함을 지른 후 간단히 화장을 체크하더니 씩씩거리면서 화장실 밖으로 나갔다.

불같이 화를 내며 고함을 질러대던 여학생이 사라진 후…….

끼익…… 하는 소리를 내면서 화장실 칸의 문이 열렸다.

"……"

그리고 그 안에 있던 소녀는 아무 말 없이 눈썹을 찌푸리더니, 귀찮다는 듯이 한숨을 내쉬었다.

◇

"훗훗훗…… 우선 이것부터 해야지."

학생들이 얼추 식사를 마쳤을 즈음에 교실로 돌아온 카논은 손에 쥔 네모난 물체를 만지작거리면서 음흉한 미소를 지었다.

"……응? 그게 뭔가요?"

노리코가 고개를 갸웃거리면서 물었다. 그러자 카논은 그것을 검지와 중지 사이에 끼운 후, 노리코를 향해 내밀었다.

"봐도 모르겠어? 지우개야, 지우개."

"아, 그건 아는데요. 그걸로 뭘 할 건데요?"

"후후, 뻔하잖아."

카논은 필통에서 커터 칼을 꺼내더니, 지우개를 작게 잘랐다. 그리고 그 지우개 파편을 손바닥 위에 올리고 다른 손으로 그것을 쳐서 노리코의 머리에 정확하게 맞혔다.

"……어?"

느닷없이 포격을 당한 노리코가 영문을 모르겠다는 듯이 고개를 갸웃거렸다. 카논은 팔짱을 끼면서 씨익 웃었다.

"어때? 비기(秘技), 지우개 총알이야. 하늘이 도우시는 건지, 그 여자애는 바로 내 앞자리잖아? 수업이 시작되면 이걸 날려줄 거야. 다른 데 정신이 팔린 그 애는 수업에 집중하지 못할 테고, 선생님이 질문을 던져도 바로 대답하지 못할 테지. 그리고 점점 정신이 피폐해져서…… 크크크큭."

"……아, 뭐, 좀 짜증이 나긴 할 것 같네요."

카논의 악랄하기 그지없는 책략을 들은 노리코가 당혹스러운 표정을 지으며 그렇게 말했다. 그러자 카논은 입술을 삐죽 내밀었다.

"뭐야. 불만이라도 있어?"

"그런 건 아닌데, 훨씬 악랄한 짓을 꾸미고 있을 줄 알았거든요."

"어떤 거 말이야?"

"예? 으음…… 글쎄요. 신발에 압정을 넣어두거나, 화장실에 갔을 때 물을 끼얹거나, 교과서를 찢어버리거나, 창밖으로 책상을 던져버린 다음에 네 자리는 없어! 하고……."

"뭐…… 뭐?! 무슨 생각을 하는 거야?! 그러면 너무 가엽잖아!"

카논은 노리코의 말에 무심코 크게 외쳤다.

"……아, 예. 그렇죠."

노리코는 납득이 안 된다는 듯한 표정을 지으면서도, 일단 그렇게 수긍했다.

바로 그때, 점심시간이 끝난 것을 알리는 종소리가 울렸다. 학생들은 하나둘 자기 자리로 돌아갔다.

"자, 노리코. 너도 자리로 돌아가. 그리고 걔한테 신의 철퇴가 내려지는 순간을 똑똑히 봐둬."

"아, 예."

노리코는 건성으로 대답하고 자기 자리로 돌아갔다.

곧 예의 그 여자애, 이츠카 요시노가 카논의 앞자리에 앉더니 뒤이어 5교시 수업을 담당하는 교사가 교실에 들어왔다. 자리에서 일어나 교사에게 인사를 하고 다시 자리에 앉자, 수업이 시작됐다.

"후후후……."

카논은 교과서로 앞을 가리고 지우개를 잘게 잘라 손바닥 위에 올려놓았다. 그리고 요시노의 뒤통수를 향해 그것을 날렸다.

조그마한 지우개 파편이 힘차게 요시노를 향해 날아가더니—.

뒤통수에 명중하기 직전, 보이지 않는 벽에 부딪쳐 튕겨난 것처럼 카논을 향해 되돌아왔다.

"아얏!"

"아야노코지 양, 왜 그러죠?"

카논이 뜻밖의 일에 놀라 비명을 지르자, 교사는 의아하다는 듯이 그녀를 쳐다보았다.

"아…… 아무 것도 아니에요."

카논은 그렇게 말한 후, 교사가 수업을 다시 시작할 때까지 기다린 후에 또 지우개 파편을 날렸다. 하지만 결과는 같았다. 지우개 파편은 요시노에게 명중하기 직전에 튕겨나면서 카논을 향해 되돌아온 것이다.

"……."

안달이 난 카논은 탁, 탁, 탁, 하고 연속 사격을 날렸다. 하지만 그 모든 지우개 파편이 튕겨나더니 카논의 머리에 전부 명중했다.

"……아아, 정말! 뭐가 어떻게 된 거야?!"

"아야노코지 양!"

"……윽! 죄, 죄송해요……."

교사가 날카로운 눈길을 보내자 카논은 고개를 돌리면서 몸을 웅크렸다.

◇

"……큭, 대체 뭐가 어떻게 된 거야?!"

5교시 종료 후. 카논은 얼굴을 한껏 찌푸렸다. 교사에게 혼이 난데다, 지우개로 범벅이 된 얼굴을 본 클래스메이트가 웃어대기까지 한 걸로 모자라, 지우개 파편이 머리카락에 붙어서 잘 떨어지지 않았다. 정말 최악이다.

"뭐…… 의자 등받이에 투명한 막이라도 세워둔 게 아닐까요?"

옆에서 걷고 있던 노리코가 성가시다는 투로 그렇게 말했다. 그러자 카논은 언짢은 듯이 입술을 쑥 내밀었다.

"그럼 뭐야? 그 애, 내가 지우개를 날릴 거라는 걸 눈치채고 있었다는 거야?"

"그건…… 저도 모르겠네요."

"……뭐, 좋아. 다음 작전으로 가자."

"하아, 다음에는 뭘 할 건데요?"

노리코가 별로 궁금하지 않다는 투로 물었다. 그러자 카논은 의미심장한 미소를 지으면서 손에 쥔 앞치마 세트를 가리켰다.

"우리 반의 다음 수업이 뭔지는 알고 있지?"

"그야…… 가정 수업이죠. 오늘은 쿠키를 만들던가요?"

"맞아. 걔의 쿠키 반죽에 소금을 잔뜩 집어넣을 거야. 한입 베어 물면 「짜~!」 하고 외칠 정도로 말이야!"

"……아, 그런가요."

노리코는 어이없다는 표정을 지었다. 하지만 카논은 개의치 않았다. 그리고 콧노래를 부르면서 조리실로 들어갔다.

조리실에는 앞치마와 두건을 착용한 학생들이 모여 있었

다. 그리고 클래스메이트들의 주목을 모으고 있는 이는—

짜증나게도 예의 그 이츠카 요시노였다.

교복 위에 푸른색 앞치마와 두건을 착용했을 뿐인데, 그녀의 사랑스러움과 덧없는 느낌이 어우러지면서 이 세상 그 누구든 매료시킬 듯한 분위기가 완성됐다. 게다가 한 손에 장착한 토끼 모양 퍼핏 인형이 더해지자, 그 귀여움 게이지는 한계치를 돌파하고 말았다.

"우와…… 정말 귀여워……."

"……응? 카논 양?"

"윽! 아, 아무 것도 아냐."

카논은 얼버무리려는 듯이 헛기침을 하더니, 서둘러 준비를 시작했다. 그 후 종이 울리며 수업이 시작됐다.

학생들은 여러 조로 나뉘어서 조리를 시작했다. 다행스럽게도 카논의 조는 요시노가 속한 조의 옆 조리대에 배정됐다. 카논은 운이 따른다고 생각했다.

"……지금이야!"

쿠키를 만들면서 빈틈을 노리던 카논은 요시노의 손 언저리에 있던 쿠키 반죽에 대량의 소금을 투입했다. 그리고 반죽을 뒤섞어서 겉보기에는 티가 나지 않게 한 후, 자기 자리로 돌아갔다. 그 모든 일을 하는 데 겨우 5초밖에 걸리지 않았다. 그야말로 전광석화 같았다.

"어……?"

"응? 요시노, 왜 그래?"

"아…… 왠지 아까보다 반죽이 커진 것 같은 느낌이 들어요……."

"그래~? 난 그대로인 것 같은데? 아무튼 빨리 틀로 모양을 내서 굽자!"

"아…… 예. 그래요."

조원들의 재촉에 요시노는 틀을 이용해 모양을 내기 시작했다. 카논은 그 모습을 곁눈질하면서 히죽거렸다.

그리고 30분 후. 모든 조가 쿠키를 완성했다. 오븐에서 쿠키를 꺼내자, 조리실은 맛있는 향기로 가득 찼다.

"오오~! 맛있을 것 같아! 요시노, 빨리 맛 좀 봐봐!"

"아, 예!"

요시노는 볼을 붉히면서 고개를 끄덕이더니, 갓 구운 쿠키를 입에 넣었다.

"크크큭……."

카논은 무심코 씰룩인 입을 숨기듯 손으로 가렸다. 하지만—

"아! 맛있……어요."

"뭐?"

요시노가 뜻밖의 말을 입에 담자, 카논의 눈이 휘둥그레졌다.

카논은 요시노의 쿠키 반죽에 어마어마한 양의 소금을

집어넣었다. 그 반죽으로 만든 쿠키는 사람이 먹을 게 못될 것이다.

하지만 요시노의 표정에서는 짠맛을 참고 있는 듯한 기색이 보이지 않았다. 대체 어떻게 된 것일까.

"카논 양, 저희도 맛을 보죠."

"뭐? 으, 응…… 그러자."

같은 조인 노리코의 말에 카논은 고개를 갸웃거리면서 자신이 구운 쿠키를 입에 집어넣었다.

그러자…….

"윽?! 짜~?!"

입 안을 자극당한 카논은 비명을 지르며 그 자리에서 펄쩍 뛰었다. 그녀는 콜록거리면서 허겁지겁 물을 마셨다.

"하아, 하아, 이, 이건……?!"

카논은 땀으로 범벅이 된 얼굴로 거친 숨을 내쉬었다.

─이 강렬한 맛. 틀림없다. 카논이 소금을 대량으로 투입했던 쿠키였다.

굽기 전에 요시노가 속한 조의 쿠키와 바뀐 것일까. 그 외에는 설명할 방법이 없었다. 설마, 요시노가 일부러……? 카논이 인상을 쓰면서 생각에 잠겨 있을 때, 노리코는 쿠키를 씹으면서 의아하다는 듯이 고개를 갸웃거렸다.

"카논 양, 왜 그래요?"

"윽?! 노리코, 너는 괜찮은 거야?!"

"괜찮다니…… 뭐가 말이에요? 이 쿠키, 그냥저냥 먹을 만한데요?"

"대, 대체…… 뭐가 어떻게 된 거야?"

카논은 당혹스러운 표정을 짓더니, 신음을 흘리듯 그렇게 말했다.

◇

"—아야노코지 카논! 결코 포기하지 않는 점이 네 장점이야!"

방과 후. 카논은 아무도 없는 교실에서 과장스럽게 포즈를 취하며 그렇게 외쳤다.

"끈질긴 건 결점이지만요."

"시끄러워!"

카논은 한숨을 내쉬며 노리코가 한 말에 찢어지는 듯한 날카로운 목소리로 대꾸했다. 노리코는 귀를 막는 시늉을 취하더니, 카논을 향해 다시 고개를 돌렸다.

"그런데, 또 뭘 할 건데요? 어차피 실패할 게 뻔하니까 이제 슬슬 관두는 편이 좋을 것 같은데요."

"무슨 소리를 하는 거야! 이렇게 당하고 순순히 물러서라는 거야?!"

"저기, 카논 양이 혼자서 난리를 피우고 있을 뿐이잖아요."

노리코는 체념 섞인 한숨을 내쉬더니 「그건 그렇고」 하고 말을 이었다.

"이번에는 뭘 할 거죠?"

"훗훗훗…… 이걸 봐."

카논은 그렇게 말하면서 교실 입구를 가리켰다. ―정확하게는 문틈에 끼어있는, 분필 가루가 잔뜩 묻은 칠판지우개를 말이다.

그렇다. 교실 함정의 원초이자 정점, 칠판지우개 함정이었다.

"……고전적인 방법이네요."

"고전은 명작이니까 아직도 남아 있는 거야!"

카논이 힘찬 목소리로 그렇게 외치자, 노리코는 턱에 손을 대면서 신음을 흘렸다.

"하지만, 이미 방과 후잖아요. 요시노 양도 집으로 돌아가지 않았을까요?"

"후후후…… 생각이 짧네. 오늘 당번이 누구인지 잊은 거야?"

"당번……은 코토리 양…… 아, 혹시…….."

"그래! 친척이 당번이라면, 같이 돌아가기 위해 도울 게 뻔하잖아?! 마침 두 사람은 쓰레기를 버리러 갔어. 이제 곧 돌아올걸? 그리고 코토리 양은 쓰레기통을 들고 있을 테니, 문은 요시노 양이 열겠지! 어때?! 완벽한 작전 아냐?!"

"……너무 희망적인 관측 아닐까요?"

"아냐~! 그 애라면 분명 그럴 거야! 착한 애거든!"

"아무렇지 않게 칭찬을 하네……."

"시끄러워…… 어, 앗! 쉿! 조용히 해! 온 것 같아!"

복도 쪽에서 발소리가 들렸다. 카논은 노리코를 잡아당기면서 책상 뒤편에 숨었다.

『—미안해~, 요시노. 일은 이걸로 끝이야.』

『아, 아뇨……. 그런데 나츠미 씨는…….』

『아~, 볼일이 있다면서 먼저 돌아갔는데…… 대체 무슨 일일까?』

요시노와 코토리는 그런 대화를 나누면서 교실로 다가왔다. 카논은 점점 커지는 심장 박동을 억누르며, 문이 열리는 순간을 고대했다.

그리고 희미하게 열린 문틈을 통해, 요시노의 손으로 보이는 조그마한 손이 보였다.

"……좋았어!"

카논은 주먹을 말아 쥐었다.

하지만—.

"……어?"

카논의 목에서 얼빠진 목소리가 흘러나왔다.

문이 열렸는데, 틈에 끼어 놓은 칠판지우개가 떨어지지 않았다. 마치 양면테이프로 붙여두기라도 한 것처럼 말이다.

"뭐, 뭐가 어떻게……."

카논이 말을 이으려던 순간, 천장에서 커다란 양철 대야가 떨어지며 그대로 카논의 정수리에 명중했다.

"구햐악?!"

갑작스런 충격에 카논이 괴성을 내면서 쓰러졌다. 요시노와 코토리는 깜짝 놀란 얼굴로 카논을 내려다봤다.

"꺄아! 아, 아야노코지 씨……?"

"어, 뭐하고 있는 거야?"

"응?! 아…… 저기, 그게…….."

카논이 우물쭈물하고 있을 때, 걱정스러운 표정을 지은 요시노가 「괜찮으세요?」 하고 손을 내밀었다. 하지만…….

"……도와줄 필요 없어, 요시노."

바로 그때, 가라앉은 목소리가 들리더니 교실 구석에 있던 청소도구함의 문이 벌컥 열렸다.

"아! 나츠미 씨!"

나츠미가 청소도구함에서 나오자, 요시노는 깜짝 놀라 눈을 동그랗게 떴다. 참고로 카논은 겁먹은 것처럼 어깨를 부르르 떨었다.

"히익, 대걸레 귀신!"

"누가 귀신이라는 거야!"

나츠미는 고함을 지르더니…… 흐트러진 머리카락을 손으로 쓸어 넘겼다.

그 모습에 코토리가 의아하다는 듯이 고개를 갸웃거렸다.

"그것보다…… 도와줄 필요가 없다는 건 무슨 소리야?"

"……말 그대로의 의미야. 저 애, 문틈에 끼워둔 칠판지우개를 요시노에게 맞추려고 했거든."

"……윽!"

나츠미가 도끼눈을 뜨면서 그렇게 말하자, 카논은 또 어깨를 부르르 떨었다.

"아야노코지 씨가……?"

"정말이야?"

"……응. 그게 다가 아냐. 수업 도중에 지우개를 요시노에게 맞추려고 했고, 조리실습 때는 쿠키 반죽에 소금을 집어넣었어. 그러니까 자업자득이야."

"뭐, 뭐……."

카논은 나츠미의 말을 듣고 아연실색했다.

카논의 표정에는 「그걸 어떻게 알았지?」라는 의미 이외의 다른 무언가가 어려 있었다. 그리고 그걸 알려주려는 것처럼, 카논은 떨리는 목소리로 입을 열었다.

"서, 설마, 네가—."

"……흥."

나츠미는 경악한 카논을 쳐다보며 코웃음을 쳤다. 그러자 카논은 전부 눈치챘는지 당혹스러운 표정으로 나츠미를 쳐다보았다.

그렇다. 나츠미의 천사 〈위조마녀〉의 힘을 이용한다면 요시노의 등에 투명한 벽을 만드는 것도, 쿠키의 맛을 변모시키는 것도, 문이 열리는 순간에 맞춰 양철 대야가 떨어지는 함정을 설치하는 것도 간단할 것이다. ……뭐, 카논은 그 원리까지 이해한 것은 아니겠지만 말이다.

"마, 말도 안 돼……! 거의 즉흥적으로 생각한 거란 말이야! 내가 뭘 할지 알 수 있을 리가 없어!"

카논이 당황한 어조로 그렇게 외쳤다.

그러자 나츠미는 언짢다는 듯이 인상을 찡그리면서 대꾸했다.

"……알 수 있어. 왜냐면 너는— 나와 사고형태가 똑같거든."

"뭐엇?!"

카논은 몸을 뒤쪽으로 젖혔다.

물론 나츠미 또한 카논이 무슨 짓을 할지 100퍼센트 정확하게 예측한 것은 아니다. 그저, 나츠미는 자신이 생각할 수 있는 모든 괴롭힘 포인트에 함정을 설치해뒀고— 카논의 행동은 그 범주에서 벗어나지 못했을 뿐이다. 어느 정도 짐작만 할 수 있다면, 물질을 변질시킬 수 있는 천사 〈하니엘〉을 지닌 나츠미에게 있어서 그렇게 난이도가 높은 일이 아니었다.

그리고— 나츠미는 카논을 관찰하면서 알게 된 점이 하나 더 있었다. 나츠미는 손가락으로 카논을 가리키며, 그녀를 더욱 궁지에 몰아넣으려는 듯한 어조로 이렇게 말했다.

"……과감함도 부족하고, 마무리도 어설퍼. 너, 실은 옛날에 이런 괴롭힘을 당한 적이 있지?"

"……윽! 뭐, 뭐뭐뭐뭐……!"

나츠미의 말에 카논은 허둥대면서 새된 목소리를 냈다.

잠시 몸을 부들부들 떨던 그녀는…….

"으……, 으흑…….."

눈가에 눈물이 맺히더니, 이윽고 고개를 푹 숙이고 말았다.

"아, 아야노코지 씨……."

"아~, 울렸네~."

"나, 나는 아무 잘못도 안 했어……!"

코토리가 나츠미의 옆구리를 손가락으로 찌르면서 그렇게 말했다. 그러자 나츠미는 허둥댈 필요가 없다는 것을 알고 있으면서도 약간 당황한 듯한 어조로 대답했다.

카논은 어깨를 부들부들 떨면서 딸꾹질을 하더니, 기어들어가는 목소리로 말했다.

"아, 아냐……. 다른 애들이 내 레벨에 따라오지 못했을 뿐이야……. 그런데, 왜…… 하나같이 나를 바보 취급……."

카논은 바닥에 눈물 자국을 남기면서, 원망 섞인 목소리로 중얼거렸다.

"……하아."

그 모습을 본 나츠미는 머리를 긁적이면서 땅이 꺼져라

한숨을 내쉬었다.

　카논이 한 짓은 칭찬받을 만한 행동이 아니지만…… 나츠미는 눈치채고 말았다. 그녀의 진짜 소망을 말이다.

　나츠미는 성가시다는 듯이 한숨을 내쉰 후, 카논의 눈앞까지 걸어갔다.

　"……네 사정은 모르겠지만, 요시노에게 해를 끼치려고 한 죄의 대가를 치러줘야겠어."

　나츠미는 그렇게 말하면서 카논을 반쯤 억지로 일으켰다. 풀이 죽은 카논이 「히익!」 하고 한심한 비명을 질렀다.

　……왠지, 나츠미가 악역 같아 보였다.

　"나, 나츠미 씨. 저는 괜찮으니까……."

　"……그래도 그냥 넘어갈 수는 없어. 어떤 일이든 깔끔하게 마무리 지어야 하니까 말이야. ……자, 빨리 일어서. 그리고 요시노에게 고개를 숙이며 사과해."

　"왜, 왜 내가 그런 짓을……."

　"……."

　나츠미가 아무 말 없이 카논의 옆구리를 꼬집자, 그녀는 「으윽!」 하고 신음을 흘리며 몸을 비틀었다.

　"내, 내가 잘못했어……."

　"좋아. 그럼 오른손을 내밀어."

　"이, 이렇게……?"

　"……그래. 그리고 내가 하는 말을 복창해. ―『저와 친구가 되어 주세요』."

"저와 친구가 되어 주세요…… 어, 뭐어?!"

꼭두각시처럼 나츠미의 지시에 따르던 카논이 깜짝 놀란 것처럼 눈을 동그랗게 떴다.

하지만 이미 늦었다. 상황을 파악한 요시노가 카논이 내민 손을 이미 잡은 것이다.

"예……. 저야말로, 잘 부탁드려요."

요시노는 그렇게 말하면서 빙긋 웃었다. 그 사랑스러운 미소에 카논은 얼굴을 새빨갛게 붉혔다.

"어, 어째서……."

카논이 볼을 붉히면서 나츠미를 향해 고개를 돌렸다. 그러자 나츠미는 흥 하고 코웃음을 치면서 고개를 돌렸다.

"……아까 내가 말했지? 너는 나와 사고형태가 똑같다고 말이야. ……자기를 신경써줬으면 해서 괴롭히는 게 훤히 보였거든? 진짜 바보 같네."

"어…… 아……."

카논은 얼이 나간 듯한 표정을 지으며 낮은 신음을 흘렸다. 한편, 나츠미는 고개를 획 돌리더니 손을 내저었다.

"……이 세상에는 구제할 길 없는 쓰레기 천지인데다, 네 심정도 이해는 해. 그래도 요시노는 괜찮아. 너를 제대로 바라봐 줄 거라고 생각해. 때로는 솔직해지는 것도 좋지 않을까? ……그럼 뒷일은 친구들끼리 알아서 해. 나는 먼저 돌아갈래."

……너무 나댄 것 같은 느낌도 드는 데다, 나츠미 또한 방금 자기가 한 말을 실천하지 못하고 있었다. 그러니 잘난 척 이런 소리를 하는 것도 어이가 없다고 생각하지만— 때로는 괜찮을 것이다. 나츠미는 그렇게 생각하면서 교실 문을 향해 걸어갔다.

바로 그때—

"기, 기다려!"

나츠미가 멋지게 사라지려고 한 순간, 뒤편에서 카논의 목소리가 들렸다.

그리고 발소리가 들리더니, 카논이 나츠미를 막아섰다.

"……뭐, 뭐야? 한번 해보자는 거야?"

나츠미는 미간을 찌푸리고 주먹을 말아 쥐며 파이팅 포즈를 취했다.

하지만 카논은 그런 나츠미의 예상과 다르게 오른손을 내밀더니, 각오에 찬 목소리로 이렇게 말했다.

"저, 저와…… 친구가 되어 쮸쎄욧……!"

"………………뭐?"

카논의 입에서 뜻밖의 말이 나오자, 나츠미는 얼이 나가버렸다.

하지만 카논의 표정에서는 장난기가 느껴지지 않았다. 당황한 나츠미는 도움을 청하듯 요시노와 코토리 쪽을 쳐다보았다.

하지만 두 사람은 그저 싱글벙글 웃고 있었다. 그리고 코토리는 어깨를 으쓱하면서 놀리는 듯한 어조로 말했다.

"닮은꼴……이라며?"

"윽……."

나츠미는 한 방 먹은 듯한 표정을 짓더니, 카논을 향해 고개를 돌린 후— 약간 긴장한 듯한 어조로 말했다.

"……저기, 그럼, 뭐랄까, 그게…… 잘 부탁해."

"……아! 으, 응!"

나츠미의 대답에 카논은 기뻐하듯 환한 표정을 지었다.

그런 두 사람의 모습에 요시노와 코토리, 그리고 카논과 함께 이곳에 있던 여학생이 약간 질린 듯하면서도 왠지 기뻐 보이는 표정을 지으며 박수를 쳤다.

◇

"다녀왔습니다~!"

코토리의 목소리와 함께 현관이 열리는 소리가 들렸다.

"어서 와~."

부엌에서 저녁 식사 준비를 하던 시도가 그렇게 대답하자, 복도를 뛰는 발소리와 함께 중학교 교복을 입은 세 소녀가 거실로 왔다. —시도의 여동생인 코토리, 그리고 오늘 체험입학을 했던 요시노, 나츠미였다.

"세 사람 다 좀 늦었네."

시도는 벽에 걸린 시계를 쳐다보며 그렇게 말했다. 어느새 오후 여섯 시가 지났다. 부활동을 하지 않는 코토리치고는 꽤 늦은 시간에 집에 돌아온 것이다.

"응. 하굣길에 근처 카페에 들렀다 왔거든."

"아, 그렇구나."

시도는 고개를 끄덕였다. 코토리는 요시노나 나츠미와 자주 얼굴을 맞대지만, 학교에서 같이 하교한 것은 꽤 신선한 체험이었을 것이다. 그러니 카페에 들르고 싶어지는 것도 무리는 아니다.

"—그래, 중학교는 어땠어?"

시도가 앞치마로 손의 물기를 닦으면서 묻자, 요시노가 눈을 반짝이면서 환한 미소를 지었다.

"엄청…… 즐거웠어요! 시도 씨의 도시락도…… 맛있었고요! 아, 이건, 수업 때 만든 쿠키예요! 저기, 또, 가고 싶다고 생각했어요……!"

"아, 고마워. —그랬구나. 다행이야."

요시노가 구김 없는 미소를 지으며 그렇게 말하자, 시도 또한 기뻐졌다. 시도는 미소를 지으며 나츠미를 향해 고개를 돌렸다.

"나츠미는 어땠어?"

"……흥. 예상대로야. 최악이었어. 다닐 가치 같은 건 없어."

"아하하…… 그랬구나. 그거 참—."

시도는 그대로 말을 이으려다 어떤 점을 눈치챘다.

나츠미는 독설에 가까운 발언을 입에 담았지만, 그녀의 표정은 평소와 약간 달랐던 것이다.

"나츠미, 혹시 좋은 일이라도 있었어?"

"……윽?! 뭐, 뭐어?! 딱히 없었거든?!"

나츠미는 시도의 물음에 거짓말인 게 뻔히 티가 나는 반응을 보였다.

"……뭐, 하지만 말이야."

"응?"

"……요시노가 또 학교에 가고 싶어 한다면, 같이 가줄 생각은 있어."

"흐음…… 그렇구나."

대체 무슨 일이 있었던 건지는 모르겠지만…… 시도는 오늘 저녁 식사 시간이 평소보다 조금 더 시끌벅적할 것 같은 느낌이 들었다.

쿠루미 밸런타인

ValentineKURUMI

DATE A LIVE ENCORE 7

"─우후후, 후후."

토키사키 쿠루미는 기분이 좋은지 미소를 지으면서 과자 재료가 진열되어 있는 선반을 쳐다보았다.

윤기 넘치는 흑발과 하얀 도자기 같은 피부, 그리고 아담한 체구에 검은색 코트를 걸친 가련한 외모의 소녀였다.

뭐, 째깍째깍 하는 소리를 내면서 규칙적으로 시간을 새기고 있는 왼쪽 눈이 그녀의 범상치 않은 경력을 이야기해 주고 있지만 말이다.

"자, 무엇으로 할까요."

쿠루미는 즐거운 듯이 혼잣말을 중얼거리더니, 줄지어 놓인 초콜릿을 차례차례 살펴보았다.

그녀는 현재 텐구시 대로변에 있는 제과 재료 전문점에 있었다. 녹이기 쉽도록 블록 조각 형태인 초콜릿을 비롯해, 초콜릿 펜과 사탕으로 된 메시지 플레이트, 그리고 각양각색의 포장지까지 줄지어 놓여 있었다.

하지만 그럴 만도 했다. 오늘은 2월 11일. 사랑에 빠진 소녀들의 축제인 성(聖) 밸런타인데이를 사흘 앞두고 있는 날인 것이다.

쿠루미 또한 수제 초콜릿을 만들 재료를 사기 위해 이곳에 왔다. 머릿속으로 완성된 초콜릿을 상상하며, 필요한 재료를 바구니에 집어넣었다.

하지만 쿠루미는 달콤한 사랑 고백을 할 생각도 없거니와, 의리 초콜릿을 사방에 뿌릴 생각도 없었다.

"—키히히, 히히."

카카오 함유율이 높은 다크 초콜릿을 손에 쥔 쿠루미는 씨익 웃었다.

"정말 기대되는군요. 시도 씨."

그렇다. 이것은 영력을 봉인하는 힘을 지닌 소년, 이츠카 시도가 쿠루미에게 푹 빠지게 만들기 위한 수단 중 하나였다.

그렇기에 쿠루미는 만전을 기하기 위해 이 제과 재료 전문점에서 수제 초콜릿 재료를 물색하고 있는 것이다.

건네는 말은 가슴을 찌르는 창.

닿은 손길은 상대를 베는 칼날.

그렇다면 이 초콜릿은 시도의 마음을 둘러싼 벽을 산산이 조각낼 폭탄이다.

모든 것은 시도를 자신에게 반하게 만들기 위해―.

……결코 시도를 기쁘게 해주고 싶다거나, 칭찬을 받고 싶어서 이러는 것이 아니다.

"……어머?"

바로 그때, 쿠루미는 눈썹을 희미하게 떨면서 뒤편을 쳐다보았다.

왠지 시선이 느껴진 것이다.

하지만 등 뒤에는 아무도 없었다.

쿠루미의 뒤편에 있는 것은 바닥과 벽, 그리고 그곳에 드리워진 쿠루미의 그림자뿐이었다.

"아하……."

그 시선의 주인이 누구인지 짐작한 쿠루미는 어깨를 약간 으쓱한 후, 다시 초콜릿 재료 물색을 시작했다.

◇

"쿡쿡쿡."

"쿡쿡쿡."

어둡디 어두운 그림자 안에서 수많은 웃음소리가 울려 퍼졌다.

그림자 안― 이라는 표현은 비유도, 과장도 아니었다.

어둑어둑한 장소나 인적이 드문 장소를 가리키는 것이 아니다. 벽과 바닥에 드리워진 검은색 응어리 안에서 소녀들의 숨소리가 들려온 것이다.

수많은— 똑같은 얼굴을 지닌, 소녀들의 숨소리가 말이다.

"어머, 어머. 뭘 하고 있는 거죠?『저』."

그 웃음소리를 눈치챈 소녀—『쿠루미』중 한 명이 그렇게 말했다.

그러자 똑같은 얼굴을 지닌『쿠루미』들이 고개를 끄덕이면서 그 말에 답했다.

그렇다. 그림자 안에 있는 이들은 전부『쿠루미』였다. 시간을 조종하는 천사 〈각각제(刻刻帝)〉의 힘을 이용해 분신체로서 재현된, 토키사키 쿠루미의 과거 모습들인 것이다.

"아,『저』. 그림자 밖을 잠시 살펴봤답니다."

"『저』도 보시겠어요?"

"뭔가 볼만한 거라도 있나요?"

"예,『제』가 초콜릿 재료를 사고 있답니다."

"어머, 어머."

『쿠루미』는 그렇게 반응을 보이며 턱에 손을 대더니, 다른『쿠루미』와 마찬가지로 바깥 세계를 살펴보았다.

그러자『쿠루미』가 말한 것처럼, 진짜 쿠루미가 제과 재료 전문점에서 초콜릿 재료를 사고 있는 모습이 눈에 들어왔다.

"아하, 시도 씨에게 줄 초콜릿을 만들려나 보군요."

"예. 『저』답지 않게 꽤나 들뜬 것 같답니다."

"우후후, 좀 부끄럽군요."

분신들은 그런 쿠루미를 보면서 웃음을 흘렸다.

그렇다. 그림자 안에서 보이는 쿠루미의 모습은 왠지 평소보다 즐거워 보였다.

그 모습을 본 분신들 중 한 명이 불현듯 생각났다는 듯이 입을 열었다.

"하지만 『저』는 이게 어디까지나 시도 씨를 자기에게 반하게 만들기 위한 수단, 이라고 말했죠?"

"예, 그렇게 말했답니다."

"다른 의미는 없어요~, 하고 강조까지 했죠."

분신들이 그렇게 말하자, 또 다른 분신이 의아한 듯한 어조로 입을 열었다.

"에이~."

"정말일까요?"

"좀 미심쩍군요."

"아, 콧노래를 부르기 시작했어요."

"본인은 눈치를 채지 못한 것 같지만 말이에요."

"밸런타인 키스군요. 선곡이 좀 복고풍이네요."

『쿠루미』들은 그런 말을 나누면서 웃었다.

딱히 쿠루미를 바보 취급하는 것은 아니다. 그녀들에게 있어서 진짜 쿠루미란 본래의 자신이라 할 수 있는 것이다. 굳이 따지자면, 따뜻한 눈길로 지켜보고 있는 것에 가까웠다.

"하지만—."

『쿠루미』 중 한 명이 쿠루미의 등을 쳐다보면서 한숨을 내쉬었다.

"『제』가 조금 부럽군요."

"예. 동감이에요."

"저도 시도 씨에게 초콜릿을 선물하고 싶답니다."

"그 심정은 이해하지만…… 멋대로 행동하면 안 돼요."

"예. 게다가 저희는 해야 할 일이 있잖아요."

"하지만……."

"안 돼요."

"그래도……."

"그래도……."

원래는 전원이 『쿠루미』이지만, 재현된 연대에 따라 사고방식과 가치관이 미묘하게 달랐다. 전원이 공통된 목적을 가지고 있지만, 전원이 같은 답을 내놓을 거라고 단정 지을 수는 없다.

그림자 안에서, 『쿠루미』들의 목소리가 메아리쳤다.

◇

"—자, 준비는 완벽하게 됐군요."

2월 13일 밤. 시내 곳곳에 있는 거점 중 하나.

쿠루미는 속옷 차림으로 허리를 손으로 짚더니, 곧 다가올 결전의 날을 위해 최종 체크를 시작했다.

교복, 오케이. 방한도구, 오케이. 신발, 오케이. 속옷—.

"후후."

쿠루미는 거울을 쳐다보며 포즈를 취하더니, 살며시 고개를 끄덕였다.

선정적인 속옷이 새하얗고 요염한 피부를 감싸고 있었다. 자화자찬이지만, 이 모습을 보고 마음이 흔들리지 않는 남자는 존재하지 않을 것이다.

"좋아요. 그리고—."

쿠루미는 입술을 일그러뜨리며 뒤돌아서 책상 위에 놓인 귀여운 상자를 손가락으로 가리켰다.

"초콜릿, 오케이, 랍니다."

초콜릿 자체의 완성도는 물론이고 포장도 완벽하다고 자부했다. 쿠루미는 만족스럽다는 듯이 미소를 짓고 상자를 종이봉투에 조심조심 넣었다.

바로 그때—.

"……어머?"

쿠루미가 갑자기 고개를 갸웃거렸다.

방바닥에 드리워져 있던 그림자가 갑자기 일렁거리더니, 그 안에서 쿠루미와 똑같은 얼굴을 지닌 소녀가 기어 나온 것이다.

게다가 그녀가 걸친 영장은 엉망이 되었으며, 고통스러운 듯이 어깨를 들썩이며 거친 숨을 내쉬고 있었다. 그 범상치 않은 모습을 본 쿠루미는 무심코 미간을 찌푸렸다.

"하아……, 하아……, 크, 큰일 났어요,『저』……."

"대, 대체 무슨 일이죠? 설마 시도 씨에게 무슨 일이―."

쿠루미의 말에 분신은 고개를 세차게 내저었다.

"저,『저희들』이, 반란을……!"

"……예?"

쿠루미는 뜻밖의 말을 듣고 당혹스러운 표정을 지었다.

반란. 물론 그 단어의 의미는 안다. 하지만 그 단어와 쿠루미의 첨병인 분신들을 연관 지을 수가 없었던 것이다.

분신들은 쿠루미가 지금까지 살아온 과거의 이력이다. 잘라낸 시기에 따라, 반항기인 것처럼 솔직하지 못한 개체도 존재하기는 했다.

하지만 쿠루미의 절대적인 목적은 지금까지 단 한 번도 흔들린 적이 없었다. 그래서 모든 분신들은 개체별로 차이가 있기는 해도 공통된 목적을 가지고 있는 것이다.

하지만 눈앞의 분신은 진지한 눈길로 쿠루미를 올려다보더니, 호소하는 듯한 어조로 말을 이었다.

"처음에는 사소한 말다툼에 지나지 않았답니다. 하지만 곧 강경파인『저희들』이 대두되기 시작했어요."

"강경파인 『저희들』······."

쿠루미는 귀에 익지 않은 그 단어에 얼이 나간 채 무심코 앵무새처럼 따라 말했다.

분신은 열기를 띤 어조로 말을 이었다.

"저를 비롯한 온건파 『저희들』이 필사적으로 말려봤지만······."

"온건파인 『저희들』······."

"정확하게는 신 토키사키파(派)와 구 토키사키파 사이에서 다툼이 일어났는데, 그 틈에 쿠루미 원리주의의 대표인 『제』가 『저희들』을 데리고 봉기한 형태랍니다. 아······ 지금 생각해보니, 전부 다 『제』가 그린 그림대로 흘러간 걸지도 모르겠군요······."

"······잘은 모르겠지만, 대체 무슨 일이 일어난 거죠?"

쿠루미가 볼을 긁적이면서 묻자, 분신은 고개를 끄덕이면서 대답했다.

"일부 『저희들』이 시도 씨에게 초콜릿을 건네자고 동맹을 결성하더니, 그림자 밖으로 나가버렸답니다······."

"······윽?! 그렇게 중요한 이야기부터 말해줬어야 할 것 아니에요!"

분신의 말을 듣고 경악한 쿠루미는 눈을 치켜뜨며 새된 목소리로 외쳤다.

반란이니, 강경파니, 온건파니 같은 추상적인 표현은 잘 모르겠지만, 이것은 엄청난 일이다.

분신이 괜한 짓을 했다간 쿠루미가 목적을 이룰 수 없을지도 모르는데다, 무엇보다…….

"과거의『제』가, 시도 씨에게 초콜릿을……? 마, 맙소사……!"

얼굴이 새파랗게 질린 쿠루미가 손가락을 튕겼다.

그러자 순식간에 쿠루미의 몸이 그림자에 감싸이더니, 붉은색과 검은색으로 이뤄진 드레스가 형성됐다. 영장— 정령이 두르는 절대적인 갑옷이자, 성(城)이었다.

"서둘러 막아야 해요……! 반란을 일으킨 건 몇 명이죠?!"

"대부분의 강경파는 저희가 막았지만, 그 틈을 이용해 수괴 넷이……."

"넷이군요. 알았어요. —다른『저희들』은 계속 맡은 임무에 임해주세요."

"혹시 혼자서 가실 건가요?『저희들』이 어디 있는지도 모르는데……."

쿠루미가 내린 지시에 분신은 걱정스러운 어조로 그렇게 말했다.

그 말에 쿠루미가 흥 하고 코웃음을 치며 돌아섰다.

"괜한 일에 인원을 할애할 여유는 없답니다. —게다가, 제가 누구인지 잊었나요?『저희들』전원이 도달하게 될 종착점이잖아요?『저희들』의 생각 정도는 훤히 꿰뚫고 있어요."

쿠루미는 그렇게 말하면서 그 자리에서 가볍게 점프를 하

더니, 그대로 그림자 안으로 뛰어들었다.

◇

 ―창문을 통해 달빛이 스며들더니, 교실 안을 몽환적인
빛으로 가득 채웠다.

 현재 시각은 새벽 두 시. 인적 없는 학교에서 작은 발소리
만이 울려 퍼지고 있었다.

 당직 교사도 아니며, 두고 간 물건을 가지러 온 학생도 아
니다. ―정령, 『토키사키 쿠루미』였다.

 "우후후, 후후."

 『쿠루미』는 작게 미소 짓더니, 이 무드 있는 풍경을 즐기
듯 눈을 가늘게 뜨면서 천천히 교실 안을 걸었다.

 현재 『쿠루미』는 라이젠 고등학교 2학년 4반 교실에 있었다.

 쿠루미가 예전에 편입했던 반이자, 이츠카 시도가 속한
반이기도 했다.

 『쿠루미』는 같은 간격으로 놓인 책상을 차례차례 쓰다듬
으면서 걸음을 옮기더니, 어느 한 책상 앞에서 걸음을 멈췄다.

 "분명…… 이 책상이에요."

 『쿠루미』는 그렇게 말하면서 씨익 웃었다. ―그렇다. 『쿠루
미』의 기억이 정확하다면, 여기가 시도의 자리다.

 "후후……."

『쿠루미』는 천천히 손에 쥔 종이봉투에서 깨끗하게 포장된 상자를 꺼냈다. 그것은 초콜릿이 든 상자였다.

그리고 그것을 시도의 책상 안에 숨겨두려 했다.

이것으로 내일 아침, 등교한 시도는 이것을 발견할 것이다. 수수께끼로 가득 찬 메시지와 함께 말이다.

하지만, 바로 그때였다.

"—멈추세요.『저』."

귀에 익은 목소리가 들리더니『쿠루미』의 시야에 그림자가 나타났다.

"아닛……!"

갑작스러운 일에『쿠루미』는 어깨를 부르르 떨면서 목소리가 들린 곳을 향해 고개를 돌렸다.

그러자, 달을 등지고 선 채 팔짱을 끼고 당당히 서 있는 진짜 쿠루미가 눈에 들어왔다.

"……역시, 여기에 있었군요."

분신 중 한 명을 일찌감치 발견한 쿠루미는 언짢은 듯이 눈썹을 찌푸렸다.

이곳은 라이젠 고등학교 2학년 4반. 아무래도 시도의 책상에 초콜릿을 숨겨두려는 것 같았다.

"어머, 어머…….『저』잖아요. 이런 시간에 뭘 하고 계신 거죠?"

『쿠루미』는 현장을 목격 당했는데도 불구하고, 전혀 동요하지 않으며 여유 넘치는 목소리로 그렇게 물었다.

하지만 놀라지 않았을 리가 없다. 눈앞에 있는 이는 과거의 쿠루미다. 쿠루미는 상대방의 심정을 알 수 있었다. 단순히, 당황하는 모습을 보이면 꼴사납다고 생각하고 있으리라.

하지만, 그 점을 지적하는 것도 좀 그럴 것 같았다. …… 솔직히 말해 쿠루미 본인도 약간 마음이 괴로웠던 것이다. 쿠루미는 도끼눈을 뜨고 한숨을 내쉬었다.

"시치미 떼지 마세요, 『저』. 이미 이야기는 들었어요. —일을 참 거창하게 벌린 것 같더군요."

쿠루미는 그렇게 말하면서 달빛에 비친 상대방을 쳐다보았다.

물론 상대는 분신이기에 쿠루미와 똑같이 생겼지만, 몸에 걸친 복장은 지금의 쿠루미와 약간 달랐다.

눈앞의 분신은 흰색과 검은색을 기본으로 한 고스로리 스타일의 드레스를 입고 있었다. 머리카락은 묶지 않았으며, 그 대신 장미 모양 머리장식을 머리에 달고 있었다.

그리고 가장 큰 특징이라 할 수 있는 것은 바로 왼쪽 눈이었다. 그녀는 시계 모양인 눈을 숨기려는 듯이 의료용 안대를 착용하고 있었다.

……지금으로부터 몇 년 전, 모든 분신들이 자신과 똑같은 옷차림을 하고 있는 게 싫어서, 차별화를 도모하기 위해 다른 복장을 한 시기가 있었다. 이 안대 쿠루미가 입고 있는 고스로리 의상은 아마 5년 전에 쿠루미가 입었던 복장일 것이다.

지금은 같은 모습을 하고 있기에 분신들 사이에 숨어서 적의 눈을 속일 수 있다는 점을 깨닫고 다른 분신들과 같은 복장을 하고 있지만, 쿠루미도 자신만의 개성을 폭발시켰던 시기가 있었다.

그런 의미에서 본다면, 이 안대 쿠루미는 쿠루미의 천적이라고 할 수 있는 존재였다. 사람이라면 누구나 가지고 있을 과거의 쓰디쓴 추억…… 흔히 『흑역사』라 부르는 것이 사람 형태로 현현된 것이니까 말이다. 그것이 정신건강에 얼마나 좋지 않을지는 누구나 상상이 될 것이다.

안대를 찬 쿠루미는 시치미를 떼더라도 소용없다는 사실을 깨달은 것 같았다. 그녀는 숨을 내쉬더니, 시도의 책상에 숨기려 하던 상자를 보여주며 어깨를 으쓱했다.

"『저』는 정말 약았다니까요. 저희도 시도 씨에게 초콜릿을 선물하고 싶단 말이에요."

안대 쿠루미는 뻔뻔하기 그지없는 소리를 늘어놓았다. 쿠루미는 그런 상대방을 보고 짜증을 느끼면서도 이렇게 대답했다.

"이 시대의 토키사키 쿠루미는 바로 저니까요. 당신은 어디까지나 과거의 저를 재현한 존재에 지나지 않아요. 저의 계획을 방해하지 말아 주세요."

"하지만, 제 시대에는 시도 씨 같은 분이 없었단 말이에요. 그리고 초콜릿을 여러 개 준다고 딱히 문제는 되지 않을 텐데요?"

"엄·청·문·제·가·돼·요……!"

쿠루미는 안대 쿠루미의 말을 듣고 분노를 터뜨렸다.

그리고 그대로 걸음을 내디뎌 안대 쿠루미가 들고 있던 상자를 빼앗았다.

"꺄앗, 뭐하는 거죠?!"

안대 쿠루미가 비난하는 듯한 시선을 보냈다. 하지만 쿠루미는 개의치 않으면서 상자를 쳐다보았다.

"과거의 제 센스는, 제가 가장 신용하지 못한단 말이에요! 이상한 걸 줬다가, 시도 씨가 질리기라도 하면 어쩔 거죠?!"

"이상한 거라고요? 정말 너무하군요. 이 상자 안에 든 것은 평범한 초콜릿이랍니다."

안대 쿠루미는 입술을 삐죽 내밀면서 그렇게 말했다.

그 말은 거짓이 아닌 것 같았다. 하지만 문제는 그 점이 아니다. 쿠루미는 포장이 된 상자 위에 붙어 있는 카드를 쳐다보았다.

"……이게, 뭐죠?"

쿠루미는 인상을 찡그리며 그 카드를 꼼꼼히 살펴보았다.

명함 정도 크기의 검은 카드였다. 하지만 그 카드에는 메시지나 연락처가 적혀 있지 않았으며, 그 대신 멋진 폰트(정체불명의 인물과의 통신기기를 통한 대화가 화면에 표시될 때 쓰일 법한 서체다)로 『K』라는 문자가 인쇄되어 있을 뿐이었다.

마치 괴도의 예고장 같았다.

당신의 하트를 훔치러 오겠습니다…… 같은 의미인가요?! 정말 요란스럽네요! 쿠루미는 마음속으로 외쳤다.

하나하나를 따로 떼어놓고 보면 멋질지도 모른다. 하지만 그것들 전부가 뒤엉키자, 과도할 정도로 중2병스러웠다.

하지만 안대 쿠루미는 영문을 모르겠다는 표정을 지으며 고개를 갸웃거렸다.

"멋지지 않나요?"

"뭐가 멋지다는 거죠……?! 백보 양보해서 초콜릿은 그냥 넘어가더라도, 왜 이딴 걸 첨부한 거냐 말이에요!"

"그야 누가 주는 초콜릿인지 몰라서야…… 헉!"

안대 쿠루미는 갑자기 말을 멈추더니, 뭔가를 눈치챈 것처럼 눈을 크게 떴다.

"그, 그래요……. 확실히 문제가 있군요."

그리고 손을 부들부들 떨기 시작했다. 그 모습을 본 쿠루미는 하아 하고 한숨을 내쉬었다.

"드디어 이해를 했나 보군요."

"예…….『K』만으로는 코토리 양이나 카구야 양이 준 걸로 오해할 가능성이 있다는 거죠? 역시 시계 마크도 넣는 편이……."

"그게 아니에요오오오오오오오!"

쿠루미는 절규에 가까운 목소리로 그렇게 외치며 바닥을 힘껏 걷어찼다.

그러자 그림자가 늘어나면서 안대 쿠루미의 발을 휘감았다.

"꺄앗!"

안대 쿠루미는 비명을 질렀지만— 곧 상황을 눈치챈 것인지 진땀을 흘리며 미소 지었다.

"유감이군요……. 아무래도 저는 여기까지인가 봐요. —하지만 저는 쿠루미 사천왕 중에서 가장 송사리죠. 다른 세『저』에게 어떻게 맞설지, 기대하고 있겠어요! 키히히히히! 키히히히히히히힛—."

안대 쿠루미는 그렇게 말하면서 그림자에 삼켜졌다.

"……저기, 쿠루미 사천왕이 대체 뭐죠?"

쿠루미는 현기증이 났지만, 그래도 다른 분신을 마저 잡기 위해 그림자 안으로 들어갔다.

◇

　쿠루미가 다음으로 향한 곳은 라이젠 고등학교 건물의 출입구였다.

　어느 시대의 쿠루미가 반란을 일으켰는지는 모르지만, 과거의 쿠루미라면 신발장에 초콜릿을 넣어두는 왕도적 이벤트를 놓치지 않을 것 같은 느낌이 들었던 것이다.

　"……역시, 있군요."

　시도의 신발장 쪽을 쳐다본 쿠루미는 한숨 섞인 어조로 그렇게 중얼거렸다.

　그곳에는 예상대로 분신들 중 한 명이 있었으며, 시도의 신발장에 초콜릿이 든 상자를 집어넣으려 하고 있었다.

　예상이 적중한 것 자체는 기뻐해야겠지만, 그녀들의 생각을 이렇게 완벽하게 읽으면서 자신과 그녀들이 동일인물이라는 것을 재인식한 쿠루미는 조금 우울해졌다.

　하지만 분신의 폭주는 막아야만 한다. 쿠루미는 일부러 발소리를 내면서 모습을 드러냈다.

　"멈추세요. 『저』."

　"……앗! 으……."

　쿠루미가 모습을 드러내자, 분신은 눈썹 끝을 파르르 떨면서 그녀를 향해 돌아섰다.

　"……."

분신의 외모를 본 순간, 쿠루미의 볼에 반쯤 자동적으로 경련이 일어났다.

이 분신도 아까 전의 『쿠루미』와 마찬가지로 일반적인 분신과는 다른 옷차림을 하고 있었다. 고딕 펑크 스타일의 복장에 몸 곳곳에는 붕대가 감겨 있었다. 오른손, 왼발, 그리고 왼쪽 눈을 가린 것 또한 당연히 붕대였다.

아까 그 쿠루미도 굉장했지만, 이 쿠루미 또한 다른 쪽으로 문제가 많았다. 쿠루미는 영문 모를 두통을 느끼면서 그녀의 눈을 응시했다.

그러자 붕대 쿠루미는 차분한 어조로 입을 열었다.

"어머, 어머…… 『저』잖아요. 이런 시간에—."

"방금 전에 똑같은 말을 들었으니 괜히 입을 놀릴 필요는 없답니다. 당신이 두 번째니까 말이죠. 순순히 포기하세요."

쿠루미가 귀찮다는 듯한 어조로 그렇게 말하자, 붕대 쿠루미는 불만을 표시하듯 입술을 삐죽 내밀었다.

"에이, 약았잖아요. 저도 강자 느낌 좀 팍팍 내고 싶어요. 일부러 적을 회복시킨 후에 싸우고 싶단 말이에요."

"……무슨 소리를 하는 건지 모르겠군요."

쿠루미는 한숨을 내쉰 후, 붕대 쿠루미가 들고 있는 것을 손가락으로 가리켰다.

"아무튼, 그 상자를 시도 씨에게 건네줬다간 여러모로 문제가 발생할 것 같군요. 지금 이 자리에서 회수하도록 하겠어요."

"그건 횡포예요! 이 초콜릿의 어디에 문제가 있다는 거죠?!"

붕대 쿠루미는 호소하는 듯한 어조로 그렇게 말했다. 하지만 동정은 고사하고 도끼눈을 뜬 쿠루미가 초콜릿을 노려보면서 입을 열었다.

"……대체 왜 영자신문으로 포장한 거죠?"

"멋지기 때문이죠."

"……그럼 왜 십자가 무늬 리본으로 상자를 두른 거죠?"

"멋지기 때문이죠."

"……그럼 왜 포장지 곳곳에 혈흔이 묻어 있는 거죠?"

"멋지기 때문이죠."

붕대 쿠루미는 주저 없이 대답했다. 아무래도 진심으로 그렇게 생각하는 것 같았다. 쿠루미는 현기증이 난 것처럼 손으로 이마를 짚으면서 낮은 신음을 흘렸다.

"잘 들으세요, 『저』. 뜻밖으로 들릴지도 모르지만, 그런 포장을 선호하는 사람은 드물답니다."

"어, 그런가요?"

"예. 특히 혈흔이 문제예요. 설령 안에 평범한 초콜릿이 들어있더라도, 대부분의 사람들은 안에 뭐가 들어있는지 몰라 불안을 느끼고 말죠. 사람에 따라서는 내용물을 확인하지 않고 버릴 가능성도 있답니다."

그렇다. 보아하니 저 혈흔은 인쇄가 아니라 실제로 포장지에 얼룩을 만들어둔 것 같았다. 진짜 피인지는 모르겠지만, 저런 게 신발장에 들어 있다면 누구나 미심쩍어할 것이다. 솔직히 저 흉흉한 상자 안에는 초콜릿이 아니라 동물의 시체가 들어있을 것만 같았다.

쿠루미의 말에 붕대 쿠루미는 진심으로 뜻밖이라는 듯이 눈을 동그랗게 떴다.

"그럴 리가 없어요! 저는 딱히 흉흉한 걸 넣어두지 않았어요! 안에 들어있는 건 초콜릿―."

"그러니까, 그 포장으로는 안에 평범한 초콜릿이 들어있더라도……."

"―과, 해골 커플링이랍니다!"

"왜 그딴 쓸데없는 걸 넣어둔 거죠오오오오오?!"

쿠루미는 고함을 지르며 아까와 마찬가지로 그림자를 넓혀서 붕대 쿠루미의 다리를 옭아맸다.

"어~머~!"

붕대 쿠루미는 연기 톤으로 그런 비명을 지르면서 그림자 안으로 빨려 들어갔다.

그 과정에서 놓친 상자가 바닥을 굴러다녔다.

쿠루미는 그것을 쳐다보다가, 천천히 무릎을 굽혀 상자를 주워들었다.

"……어머?"

그리고 아까는 위치상 보이지 않던 상자의 다른 부분에

있는 어떤 물건을 발견했다.

리본 사이에 카드가 꽂혀 있었던 것이다.

"……."

카드를 꺼내보니, 뒷면에는 피처럼 붉은 글씨로 『Welcome to the hell!』이라고 적혀 있었다.

"……."

쿠루미는 여러 가지 의미에서 몸을 부르르 떤 후, 상자를 자신의 그림자에 던져 넣었다.

◇

"……아무튼, 이걸로 절반이군요."

두 분신을 잡고 학교를 나선 쿠루미는 그림자 안을 헤엄 치듯 나아갔다.

……시간상으로는 30분도 지나지 않았지만, 왠지 엄청 피 곤했다. 쿠루미는 무심코 땅이 꺼져라 한숨을 내쉬었다.

"어머, 어머. 지쳤나 보군요, 『저』."

"무리하면 안 된답니다. 오늘은 이만 쉬는 편이 좋지 않을 까요?"

그런 쿠루미에게 두 분신이 말을 걸었다.

하지만 쿠루미는 그 말에 순순히 따를 수 없었다.

당연했다. 쿠루미에게 말을 건 이는 아까 그녀가 직접 잡앉던 안대 쿠루미와 붕대 쿠루미인 것이다.

물론 이 두 사람은 나쁜 짓을 하지 못하도록 손발이 구속되어 있지만, 입은 막지 않았기 때문에 아까부터 사사건건 쿠루미에게 참견을 하고 있었다.

쿠루미는 도끼눈을 뜨고 그 둘을 노려보았다.

"제가 걱정된다면 다른 두 분신이 어디 있는지 알려주지 않겠어요? 그럼 빨리 쉴 수 있을 것 같은데 말이죠."

그리고 한숨을 내쉬면서 말했다.

그러자 안대 쿠루미와 붕대 쿠루미는 서로를 쳐다본 후, 살며시 고개를 끄덕이면서 차례차례 입을 열었다.

"그러고 보니 세 번째 『저』는 최고의 초콜릿을 만들기 위해 프랑스에 있는 쇼콜라티에의 제자가 되겠다고 말했던 것 같아요."

"예, 그랬죠. 그리고 네 번째 『저』는 양질의 카카오를 손에 넣기 위해 트리니다드 토바고에 간다고 말했던 것 같아요."

둘은 태연한 어조로 그렇게 말했다. ……물론 거짓말이다. 남은 두 사람을 감싸주고 있는 것이다.

쿠루미는 또 다시 한숨을 내쉬고는 성가시다는 투로 말을 이었다.

"그런가요. 귀중한 정보를 제공해줘서 감사해요. —그럼 시도 씨의 집에서 학교로 이어지는 통학로를 조사해보도록 할까요."

"뜨끔."

"뜨끔."

쿠루미가 그렇게 말하자, 안대 쿠루미와 붕대 쿠루미가 노골적으로 어깨를 부르르 떨었다. ―그야말로 노골적인 리액션이었다.

역시 다음 장소는 그곳인 것 같았다.

타당하기는 했다. 교실과 신발장이라는 학교 2대 포인트 이외에 가장 가능성이 높은 곳은 시도가 항상 지나다니는 길인 것이다.

하지만 구체적인 포인트를 짐작하는 것은 아니다. 쿠루미는 그림자 안에서 한밤중의 길로 나오더니, 주의 깊게 주위를 둘러보았다.

그 때―.

"……윽?!"

몇 걸음을 내딛던 쿠루미는 어깨를 부르르 떨면서 발을 멈췄다.

이유는 지극히 단순했다. 길 한복판에 가로세로 각각 1미터는 될 것 같은 크기의 상자가 놓여 있었던 것이다.

게다가 단순한 상자가 아니었다. 모든 면을 예쁘게 꾸미고 있는 모조 보석이 가로등 불빛을 받아 찬란히 빛나고 있었다. 상자 위에 달린 리본 또한 화려한 레이스 소재였다.

"……."

쿠루미는 미심쩍은 표정을 지으며 무릎을 굽히고, 상자에 살며시 귀를 댔다.

『―흥흐흥, 흥흥흥~♪』

그러자 상자 너머에서 귀에 익은 목소리가 들렸다.

"……에잇."

쿠루미는 벌떡 일어나 그대로 오른발을 들어 올려서 상자를 걷어찼다.

"아얏?! 아프잖아요!"

상자가 그대로 쓰러지면서 뚜껑이 열리더니, 안에서 분신 한 명이 굴러 나왔다.

분신은 머리를 움켜잡으며 몸을 웅크리더니, 잠시 동안 신음을 흘린 후에야 쿠루미를 원망 섞인 눈길로 쳐다보았다.

"이, 이게 무슨 짓이죠……?!"

"그건 이쪽에서 할 말이랍니다."

쿠루미는 날카로운 시선으로 분신을 노려보았다.

아까 잡은 안대 쿠루미, 붕대 쿠루미와는 다른 복장을 한 개체였다. 애초에 옷 자체가 시커멓지 않았다. 그녀는 프릴이 잔뜩 달린 흰색 드레스 차림에, 보닛[#1] 모자를 쓰고 있었으며, 하트 모양의 귀여운 안대를 착용했다.

그렇다. 밝은 색감을 베이스로 한 로리타 패션, 흔히 아마로리라 불리는 패션 차림의 개체였다. 한때 이런 패션에 빠

#1 보닛(bonnet) 앞에 넓은 차양이 달리고, 리본을 턱 밑에 매게 되어 있는 여성 및 아동용 모자.

졌던 시기가 있었지만, 바로 그 부분이 핀 포인트로 분신으로서 재현되고 만 것이다.

하지만 안대 쿠루미와 붕대 쿠루미를 보고, 이 개체가 있을 것이라는 건 얼추 예상하고 있었다. 쿠루미는 짜증 섞인 한숨을 내쉬면서 아까 자신이 걷어찼던 상자를 쳐다보았다.

"……이 상자는 뭐죠?"

쿠루미가 지긋지긋하다는 투로 묻자, 아마로리 쿠루미가 의기양양하게 가슴을 펴면서 대답했다.

"뭐긴 뭐예요. 『선물은 바로 저』 작전을 위한 도구죠!"

아마로리 쿠루미가 자신만만한 어조로 그렇게 말하자, 쿠루미는 현기증이 난 것처럼 이마를 짚었다.

"……그래서 안에 들어가 있었던 건가요?"

"예. 좀 춥긴 했지만 말이죠."

"……설마 시도 씨가 지나갈 때까지 그러고 있을 생각이었던 건가요?"

"당연하잖아요. 선물이니까 말이죠. —아, 물론 초콜릿도 준비했으니 안심하세요."

"……."

쿠루미는 인상을 쓰면서 입을 다물었다. 태클을 날릴 곳이 너무 많아서 무슨 말을 하면 좋을지 짐작조차 되지 않았다.

하지만 아마로리 쿠루미는 개의치 않으면서 쓰러져 있던 상자를 세우더니, 의기양양한 표정으로 쿠루미에게 말했다.

"이것 좀 보세요. 이 뚜껑 부분이 역작이랍니다. 이렇게 반짝거리게 만드느라 정말 시간이 걸렸죠. 아, 그리고 이 옆면도 보세요. 고양이 모양으로 만들어봤어요. 그 외에도……."

아마로리 쿠루미가 즐거운 어조로 자신의 작품을 설명했다.

그 모습에 쿠루미는 빙긋 웃어 보인 후, 오른손을 앞으로 내밀었다. 그러자 그림자에서 튀어나온 단총이 그녀의 손에 쥐어졌다.

"〈자프키엘〉—."

"앗! 잠깐만 기다려주세요!"

쿠루미가 단총을 거머쥐자, 아마로리 쿠루미가 당황한 어조로 그렇게 외쳤다.

"여, 여기 좀 보세요! 뚜껑 뒷면에는 빨간색 모조 보석으로 『Kurumi♡』라는 문자를 새겨놨어요! 이걸 보면 시도 씨도 가슴이 콩닥거릴 거예요!"

"【네 번째 탄환】^{달렛}♡"

쿠루미는 단아한 미소와 함께 단총의 방아쇠를 당겼다.

시간을 조종하는 천사 〈자프키엘〉이 지닌 힘 중 하나인 시간을 되감는 【달렛】이 상자에 명중하자, 쿠루미의 역작이 순식간에 소재로 되돌아갔다.

"꺄아아아아앗! 저의 5시간 45분이이이이잇!"

아마로리 쿠루미가 그 자리에서 무릎을 꿇고 바닥을 굴러다니는 모조 보석을 쳐다보며 비명을 질렀다.

하지만 쿠루미는 아마로리 쿠루미를 깔끔하게 무시하며 그림자를 넓히더니, 데코레이션 소재와 함께 자신의 분신을 집어삼켰다.

"반짝거리는 게 참 예쁘네요오오오오오?!"

아마로리 쿠루미는 기묘한 비명을 지르면서 그림자 안으로 빨려 들어갔다.

바로 그때였다.

"……어머?"

쿠루미는 길에 떨어져 있는 조그마한 상자를 발견했다. 화려한 프릴과 레이스 소재로 과도하게 장식된 상자를 검은색 고양이 인형이 안아들고 있었다. 아마 이것이 아마로리 쿠루미가 준비한 초콜릿 상자일 것이다.

쿠루미는 한숨을 내쉬며 그것을 아마로리 쿠루미가 사라진 그림자 안으로 집어넣었다.

"자…… 이제 한 명 남았군요."

그렇다. 반란분자의 숫자는 총 넷이다. 안대 쿠루미 또한 쿠루미 사천왕이라는 영문 모를 소리를 했었다.

하지만 안대 쿠루미, 붕대 쿠루미, 아마로리 쿠루미 등, 반란을 일으킨 이들은 쿠루미의 삶 속에서도 특히 『뛰는』 개체들이었다. 쿠루미는 마지막 한 명이 언제의 자신일지 상상하며 약간 불안함을 느꼈다.

"……뭐, 고민하고 있어봤자 아무 소용없겠죠."

쿠루미는 머리를 긁적이며 고개를 들었다.

"마지막 한 명이 시도 씨에게 확실히 초콜릿을 건네줄 수 있는 장소라면……."

쿠루미는 턱에 손을 대면서 얼굴을 더욱 치켜들었다.

◇

"—우후후."

정적이 감도는 방에서 그런 조그마한 웃음소리가 울려 퍼졌다.

그럴 만도 했다. 현재 시각은 새벽 세 시. 이 방 안에 있는 사람은 이미 깊이 잠든 상태다.

『쿠루미』는 주위를 살핀 후, 그림자에서 빠져나왔다.

3평 정도 될 듯한 공간이었다. 나무로 된 바닥, 그리고 책상과 책장 같은 가구가 놓여 있었으며, 벽 쪽에는 교복이 걸려 있었다.

그리고 방구석에 놓인 침대에서는 이 방의 주인이 고른 숨소리를 내며 잠을 자고 있었다.

그렇다. 시도에게 초콜릿을 건네주기 위해 결탁한 마지막 『쿠루미』가 선택한 곳은— 다름 아닌 『시도의 방』이었던 것이다.

확실히 교실의 책상과 신발장, 그리고 시도네 집 우편함을 이용하면 그에게 초콜릿을 건네줄 수 있을 것이다.

하지만 확실성이라는 면에서 볼 때, 이곳 이상의 포인트는 존재하지 않았다. 시도가 이미 이곳에 있는 것이다. 산타클로스처럼 시도의 머리맡에 초콜릿을 두고 간다면, 그가 아침에 눈을 떴을 때 그것을 발견할 것이다.

게다가 같이 살고 있는 코토리보다 먼저 시도에게 초콜릿을 건네줄 수 있다는 특전까지 덤으로 따라오는 것이다.

또한—.

"우후후, 후후."

『쿠루미』는 즐거운 듯이 웃더니, 차분한 발걸음으로 침대를 향해 걸음을 옮겼다.

시도의 머리맡에 초콜릿을 두기 위해서지만— 잠든 시도의 얼굴을 잠시 감상하는 것 정도는 괜찮을 것이다.

『쿠루미』는 그런 생각을 하면서 이불을 향해 손을 뻗었다.

하지만, 바로 그 순간이었다.

"키힛?!"

이불에서 뻗어 나온 손에 손목을 잡힌 『쿠루미』가 무심코 그런 소리를 냈다.

한순간 시도가 깼다고 생각했지만— 그렇지 않았다. 지금 『쿠루미』의 손목을 움켜쥔 손은 남자의 손이 아니었다. 새하얗고, 가녀리며, 왠지 눈에 익은—.

"—드디어 잡았어요, 『저』."

『쿠루미』가 눈을 동그랗게 뜨자, 이불 안에서 진짜 쿠루미가 모습을 드러냈다.

쿠루미는 『쿠루미』의 손을 잡은 채, 천천히 이불 밖으로 나왔다.

그렇다. 마지막 분신이 이곳에 나타날 거라고 생각한 쿠루미는 시도의 이불 안에 숨어 있었던 것이다.

"당신이 마지막이에요. 『저』."

"큭—."

쿠루미가 그렇게 말하자, 분신은 그녀의 손을 떨쳐내면서 뒤편으로 물러났다.

그러자 창문을 통해 스며들어오는 달빛이 그 분신을 비추며 그녀의 모습이 드러났다.

"……."

쿠루미는 분신의 옷차림을 확인하고 볼을 부르르 떨었다.

그 분신 또한 다른 셋과 마찬가지로 평범한 분신과는 다른 옷차림을 하고 있었던 것이다.

검은색 천에 꽃문양이 그려진 화려한 기모노, 허리띠 느낌의 코르셋, 넓은 소맷부리 밖으로 드러난 프릴— 그리고 왼쪽 눈을 가린 안대는 야규 쥬베이처럼 칼날받침 스타일이었다.

그렇다. 지금 쿠루미의 눈앞에 있는 이는 일본풍 고스로리, 흔히 『일본고스』 복장을 한 개체였다.

"……아, 아……."

쿠루미는 이마에 손을 대고 과거를 떠올리듯 숨을 삼켰다.

……그러고 보니, 이런 복장을 한 적도 있었다.

뭐랄까, 쿠루미는 기본적으로 고스로리가 취향이지만, 일본풍 고스로리가 멋지다고 생각했던 시기가 있었다. 일본도의 이름을 엄청 조사하거나, 쓸데없이 고풍스러운 문체를 쓰거나, 복고풍에 푹 빠진다거나, 서양풍 멋쟁이 남성과의 사랑을 꿈꾼다거나…… 다들 그런 시기를 한 번씩은 겪잖아요? 쿠루미는 마음속으로 그런 변명을 늘어놓았다.

"왜 그런 반응을 보이는 것이옵니까?"

일본고스 쿠루미는 쿠루미가 보인 반응에 의아해하듯 눈썹을 찌푸렸다. 쿠루미는 힘없이 쓴웃음을 지으며 고개를 들었다.

"……아, 예전의 제가 착각에 빠져 있었다는 생각이 들었을 뿐이랍니다."

"착각이라고 하셨나이까?!"

일본고스 쿠루미는 쿠루미의 말을 듣고 비난하기 시작했다.

"일본풍 고딕! 일본풍 로리따! 이 복장이야말로 제가 추구했던 진리이옵니다!"

"……그 『로리따』는 관두지 않겠어요? 들을 때마다 등에 소름이 돋는군요."

쿠루미가 오한을 느끼며 몸을 떤 후, 마음을 다잡듯 가볍게 헛기침을 했다.

그리고 그대로 무릎을 굽히더니, 아까 일본고스 쿠루미가 떨어뜨린 듯한 초콜릿 상자를 주워들었다.

"앗! 저, 저의 쪼꼴렛이!"

"그런 식으로 말하지 말란 말이에요."

쿠루미는 식은땀을 흘리면서 그렇게 말한 후, 손에 든 상자를 쳐다보았다.

화려한 수공예 색종이로 포장된 상자에는 프릴이 달린 리본이 매여 있었다. ……이 시점에서 선물을 하는 이의 취향이 가득 반영되어 있었지만, 문제는 이 상자에 동봉된 것이었다.

한순간, 안대 쿠루미처럼 카드를 동봉한 줄 알았지만, 그렇지 않았다. 『시도 씨께 올림』이라고 적혀 있는데다, 꽤 두툼했다. ―그렇다. 그것은 봉투였다.

"……"

쿠루미는 불길한 예감을 받으면서 봉투를 열어보았다. 일본고스 쿠루미가 「앗~! 꺄아~!」 하고 외쳤지만, 전혀 개의치 않으면서 안에 들어있던 편지를 살펴보았다.

"……우와."

그리고 몇 초 후, 쿠루미는 자신의 이마에 구슬땀이 맺히는 것을 느꼈다.

그것은 상대방을 향한 연심이 가득 담긴 연서였다. 게다가 복고풍을 착각한 건지 어중간하게 고풍스러운 문체로 쓰여 있었다. 그나마 다행인 것은 어설프게 붓글씨로 쓴 바람에 알아보기가 엄청 힘들다는 점이었다.

쿠루미는 식은땀을 흘리면서도 어찌어찌 가슴을 진정시킨 후, 다시 고개를 들었다.

"……아, 아무튼, 당신의 생각은 훤히 꿰뚫어보고 있어요. 그러니 이만 포기하세요."

그러자 일본고스 쿠루미는 자신만만한 미소를 지으며 이렇게 말했다.

"예…… 역시 본래의 『저』군요. 이 정도로 완벽하게 생각을 읽힐 줄은 몰랐사옵니다."

"자기 자신에게 칭찬을 들어봤자―."

"게다가 매복이라는 구실로 시도 씨와 동침을 하다니…… 역시 어른이 된 『저』는 과격하군요. 한수 배웠사옵니다."

"……."

일본고스 쿠루미의 말에 쿠루미는 입을 다물었다.

바로 그때, 침대에서 자고 있던 시도가 「으음……」 하고 돌아누웠다.

"……."

쿠루미는 시도에게 이불을 덮어준 후, 일본고스 쿠루미를 자신의 그림자로 휘감았다.

"어어어어엇?! 제 말을 무시하시나이까아아아아아앗?!"

일본고스 쿠루미는 그런 말을 남기면서 그림자에 빨려 들어갔다.

"……휴우."

일본고스 쿠루미의 모습이 시도의 방에서 사라진 후, 쿠루미의 그림자는 원래 크기로 되돌아왔다. 쿠루미는 작게 숨을 내쉬면서 기지개를 켰다.

"하아…… 이제 전원을 다 잡았군요."

괜한 일에 시간을 낭비하고 말았다. 내일은 중요한 날인데—

"……"

바로 그때, 아까 일본고스 쿠루미가 했던 말이 뇌리를 스친 쿠루미는 시도를 힐끔 쳐다보았다.

곤히 잠들어 있는, 무방비한 그의 얼굴을 말이다.

"……윽."

쿠루미는 숨을 삼키며 고개를 부리나케 돌렸다.

왠지 얼굴이 약간 화끈거리는 것 같았다.

분명 수면이 부족한 탓이리라. 쿠루미는 가볍게 바닥을 발로 걷어찬 후, 자신 또한 그림자 안으로 들어갔다.

◇

"하아…… 어찌어찌 아침까지는 해결했군요."

거점으로 돌아온 쿠루미는 땅이 꺼져라 한숨을 내쉬면서 손가락을 튕겼다.

그러자 몸에 걸친 영장이 공기에 녹아들듯이 사라지고, 다시 속옷 차림으로 되돌아왔다.

"―『저』."

"예."

쿠루미가 입을 열자, 평범한 복장을 한 분신(온건파 『쿠루미』)이 그림자에서 얼굴을 내밀었다.

"저는 잠시 눈을 붙이겠어요. 그 동안의 일을 부탁하죠. ―그리고, 아까 잡은 네 사람은 절대 놓치지 마세요."

"알았어요. 그럼 푹 쉬세요, 『저』."

분신은 공손히 예를 표한 후, 다시 그림자 안으로 들어갔다.

"정말, 괜한 수고를 들이고 말았군요……."

또 다시 한숨을 내쉰 쿠루미는 속옷을 벗고 침대에 들어가려다, 문득 뭔가를 떠올렸다.

"그리고 보니……."

쿠루미는 손가락을 위쪽으로 구부렸다. 그러자 그림자 안에서 상자 네 개가 튀어나왔다.

검은색 카드가 첨부된 상자.

포장지에 혈흔이 묻은 상자.

검은 고양이에게 안긴 화려한 상자.

편지가 첨부되어 있는 고풍스러운 상자.

그렇다. 강경파 『쿠루미』들이 시도에게 주려고 했던 초콜릿이 들어있는 상자였다.

포장과 전달방법, 첨부물에 문제가 있어서 즉시 회수하기는 했지만— 그녀들이 어떤 초콜릿을 만들었는지는 확인하지 않았다.

이제 와서 그런 걸 알아봤자 아무 소용없겠지만, 그래도 호기심이 일었다. 쿠루미는 포장을 푼 후, 상자를 차례차례 열어보았다.

"……앗! 이건……."

그리고, 모든 상자를 열어본 순간—.

쿠루미는 눈을 크게 뜨며 숨을 삼켰다.

안대 쿠루미, 붕대 쿠루미, 아마로리 쿠루미, 일본고스 쿠루미, 그녀들 전원이— 완전히 동일한 디자인의 초콜릿을 만든 것이다.

조그마한 고양이 모양의 귀여운 초콜릿이 상자 안에 규칙적으로 놓여 있었다.

"……."

쿠루미는 그것들을 한참동안 응시한 후, 하아 하고 한숨을 크게 내쉬었다.

"······정말, 어쩔 수 없군요."

그리고 책상 위에 놓인 종이봉투에 들어있던 상자를 꺼냈다. 쿠루미 자신이 만들어둔, 밸런타인데이에 시도에게 줄 초콜릿이 든 상자였다.

쿠루미는 아쉬움을 느끼면서도 포장을 푼 후, 상자를 열었다.

그러자 분신들이 만든 것과 유사한 고양이 모양 초콜릿이 모습을 드러냈다.

그렇다. 분신 넷은 쿠루미와 똑같은 모양의 초콜릿을 만든 것이다.

"······결국, 다들 저인 거군요."

쿠루미는 자조 섞인 웃음을 흘리면서 자신의 상자에서 초콜릿을 네 개 꺼내더니, 그 빈 칸에 분신들이 만든 초콜릿을 하나씩 집어넣었다.

야마이 익스체인지

exchangeYAMAI

DATE A LIVE ENCORE 7

"으음……."

이른 아침. 이츠카 시도는 집 앞에서 몸을 꺾으며 기지개를 켰다.

기분 좋은 아침이었다. 계절상 약간 서늘하기는 하지만, 그것이 희미하게 남아있던 졸음기를 날려주는 것 같았다.

"자…… 그럼 가볼까?"

"응. 문단속 오케이~."

"음!"

시도의 말에 답하듯, 등 뒤에서 목소리가 들려왔다.

목소리의 주인은 중학교 교복을 입고 흰색 리본으로 머리카락을 묶은 소녀, 그리고 고등학교 교복 차림에 칠흑빛 머리카락을 지닌 소녀로, 그녀들은 바로 여동생인 코토리, 그리고 시도의 집 옆에 있는 맨션에 사는 클래스메이트, 야토가미 토카였다. 시도를 비롯한 세 사람은 이제부터 등교하려 하던 참이었다.

"아, 그런데 토카. 카구야와 유즈루는 어디 있어?"

시도가 토카 쪽을 쳐다보면서 그렇게 말했다.

야마이 카구야와 유즈루는 토카와 마찬가지로 시도의 집 옆에 있는 맨션에 사는 쌍둥이 자매다. 두 사람 다 시도와 마찬가지로 라이젠 고등학교에 다니고 있는데, 오늘 아침에는 아직 모습을 보이지 않았다.

"으음, 모르겠구나. 나도 오늘은 아직 못 봤다."

"그래? 뭐, 그 두 사람이라면 학교까지 경주를 하고 있을지도 모르지만……"

시도가 볼을 긁적이면서 그렇게 말한 순간, 맨션의 문이 열리더니 소녀 두 명이 걸어 나왔다.

한 사람은 머리카락을 말아 올렸고, 날씬한 체형을 지닌 소녀였다.

그리고 다른 한 사람은 머리카락을 단정하게 땋았고, 풍만한 가슴을 지닌 소녀였다.

얼굴 생김새가 마치 거울에 비친 것처럼 똑같았고, 같은 교복을 입었기에, 머리 모양과 표정, 그리고 체형으로만 두 사람을 구분할 수 있었다.

호랑이도 제 말하면 온다고 했던가. 방금 언급됐던 쌍둥이, 야마이 카구야, 유즈루 자매였다.

"오오! 카구야!"

토카가 손을 흔들면서 야마이 자매를 향해 다가갔다.

"아, 좋은 아—."

그 순간, 카구야라고 불린 소녀가 아니라 옆에 있던 유즈루가 손을 들려고 하다가 화들짝 놀란 듯한 반응을 보이며 어험~ 하고 헛기침을 했다.

"음?"

토카가 고개를 갸웃거리자, 이번에는 카구야가 뭔가를 눈치챈 것처럼 어깨를 부르르 떨면서 대답했다.

"인사. ……가 아니지. 좋은 아침이야, 토카. 크크큭, 오늘도 내 오른손이, 그러니까, 날뛰려 하는구나."

"으, 음. 좋은 아침이다……?"

카구야가 어색한 어조로 그렇게 말하자, 토카는 영문을 모르겠다는 듯이 고개를 갸웃거렸다.

바로 그때, 이번에는 코토리가 유즈루에게 말을 걸었다.

"유즈루도 좋은 아침~."

"대답. —."

그러자 이번에는 유즈루가 아니라 카구야가 그 말에 답하려는 듯이 코토리를 향해 고개를 돌렸다. 하지만 그녀는 눈을 치켜뜨더니 이내 허둥지둥 고개를 돌렸다.

그리고 그런 카구야를 대신하듯 유즈루가 입을 열었다.

"으음…… 인사. 좋은 아침이에요, 코토리. 날씨가 참 좋네요."

"응? 아, 그래……?"

코토리 또한 유즈루의 묘한 반응을 보고 의아한 표정을 지었다.

"……."

"……."

카구야와 유즈루는 그런 토카와 코토리의 반응을 보며 식은땀을 흘리더니, 누가 먼저랄 것도 없이 학교를 향해 빠르게 걸음을 내디뎠다.

"저, 저 두 사람, 왜 저러지……?"

"으음……."

"글쎄……?"

시도 일행은 그런 두 사람을 쳐다보면서 의아하다는 듯이 고개를 갸웃거렸다.

"……."

"……."

아침 통학로를 걷던 카구야와 유즈루는 주위에 다른 사람이 있는지 확인한 후, 동시에 입을 열었다.

"—크큭, 한심하기 그지없구나. 이렇게 금세 본색을 드러내서야 앞날이 훤하지. 뭐, 너 따위가 이 몸의 흉내를 내는 것은 도저히 불가능하니라."

"반론. 그 말 그대로 되돌려 드려야겠군요. 아까 그 대답은 대체 뭐죠?"

유즈루가 카구야의, 카구야가 유즈루의 어조로, 서로를 향해 말을 건넸다.

왠지 졸려 보이던 유즈루는 눈을 치켜뜨고 있었으며, 반대로 카구야는 치켜뜬 눈에 들어가 있던 힘을 뺐다.

하지만 두 사람은 장난을 치고 있는 것도, 내용물이 바뀐 것도 아니다.

그저 단순하게, 심플한 이유가 있었다.

그렇다. 판박이처럼 똑같이 생긴 야마이 자매는 현재, 카구야가 유즈루의, 유즈루가 카구야의 모습을 하고 있었던 것이다.

유즈루의 모습을 한 카구야는 풍만한 가슴을 강조하듯 팔짱을 끼면서 코웃음을 쳤다.

"흥! 멋대로 지껄여라! 어차피 나중에 울상을 짓게 되는 것은 바로 네 녀석이니까 말이다!"

"조소. 증명해 보이죠. 카구야가 할 수 있는 것 중에 유즈루가 할 수 없는 건 존재하지 않는다는 것을요. 이제라도 울며불며 사과를 하는 게 어때요?"

투견처럼 서로를 노려보던 카구야와 유즈루는 「흥!」 하고 코웃음을 치며 반대쪽으로 고개를 돌리더니, 학교를 향해 걸음을 옮겼다.

◇

　이 모든 일은 어젯밤 일에서 비롯됐다.

　시도의 집 옆에 있는 정령 맨션의 한 집에서 야마이 자매의 고함 소리가 울려 퍼졌다.

　"―흥! 유즈루야말로 성격이 음침하잖아!"

　"불복. 카구야처럼 몸의 절반이 부끄러움으로 되어 있는 여자에게 그런 말을 듣고 싶지는 않아요."

　"두통약 선전문구 같은 소리 좀 하지 말아줄래?!"

　카구야와 유즈루가 금방이라도 드잡이질을 시작할 것 같은 분위기 속에서 서로를 향해 고함을 질러댔다.

　평소 사이가 좋은 야마이 자매답지 않은 광경이었다. 하지만 그 원인은 지극히 사소했다.

　"분노. 애초에 카구야가 유즈루의 바바루아[#2]를 멋대로 먹어서 이렇게 된 거잖아요."

　"뭐어어어엇?! 그러는 너도 내 푸딩을 먹었잖아! 똑같은 거야!"

　그렇다. 공용 냉장고에 들어있던 유즈루의 바바루아를 카구야가, 그리고 카구야의 푸딩을 유즈루가 실수로 먹고 말

#2 바바루아(Bavarois) 우유, 달걀, 설탕, 향료, 젤라틴 및 거품을 낸 생크림으로 만든 디저트.

았다.

제삼자가 알면 어이가 없어 할 만큼 사소한 일이다. 사실 카구야와 유즈루도 그런 일로 이렇게 다툴 거라고는 생각도 하지 못했다.

하지만 불길이 한 번 거세게 타오르자, 당사자들도 걷잡을 수가 없었다.

"반론. 유즈루가 푸딩을 먹은 건 냉장고 안에 컵이 하나만 있었기 때문이에요. 두 개나 있는데 일부러 유즈루의 바바루아를 먹을 만큼 주의력이 산만한 카구야와는 다르단 말이에요."

"그래서 내가 잘못했다고 아까 말했잖아! 그리고 과정이야 어찌되었든 간에 유즈루도 내 푸딩을 먹었는데, 나만 비난을 당하는 건 이상하지 않아?!"

"불복. 확실히 유즈루에게도 잘못이 없다고는 할 수 없지만, 카구야가 먼저 헷갈린 바람에 이 모든 사태가 벌어진 거잖아요. 백보 양보해서 실수를 한 건 어쩔 수 없다 쳐도, 왜 그걸 유즈루에게 말하지 않은 거죠?"

"윽……. 그, 그건……."

"추측. 유즈루가 똑같은 잘못을 저지른다면, 자신의 죄가 가벼워질 거라고 생각한 건가요?"

"바, 바보 취급하지 말아줄래?! 그런 짓 안 했거든?! 그저…… 비싼 푸딩은 이런 맛일 거라고……!"

카구야는 거북하다는 듯이 고개를 돌리면서 그렇게 말했다. 그러자 유즈루는 미간을 찌푸렸다.

"경악. 설마 바바루아와 푸딩을 헷갈렸다는 것 자체를 눈치채지 못한 건가요?"

"어, 어쩔 수 없잖아! 처음 사본 상표였단 말이야! 애초에 바바루아가 대체 뭔데?!"

"체념. 이제 됐어요. 카구야와 말이 통할 거라고 생각한 유즈루가 바보였어요. 이건 품성이 아니라 지성의 문제였군요."

"뭐……."

카구야는 유즈루의 말을 듣고 눈을 부라렸다.

"말이 너무 심한 거 아냐?! 그리고 전부터 생각했던 건데, 왜 항상 두 글자 단어를 말머리에 붙이는 건데? 개성이야? 그럼 멋지다고 생각해?! 아까부터 이상한 소리만 늘어놓던데, 솔직히 말해 그게 더 부끄럽거든~?!"

"분노. 양식 중2병인 카구야는 그딴 소리를 할 자격이 없어요. 이건 자연스레 입에 익은 거예요. 교양이 없는 카구야는 이해를 못 하겠지만요."

"뭐어?!"

카구야는 유즈루의 말을 듣고 분노를 터뜨렸다.

가는 말이 고와야 오는 말이 곱다는 표현은 이럴 때 쓰는 것이다. 둘의 폭언은 시간이 갈수록 수위가 높아지더니, 그 규모는 드디어 두 사람이 어찌할 수 있는 수준을 벗어났다.

"흥! 교양이니 뭐니 같은 말을 일부러 입에 담는 유즈루가 훨씬 바보 같거든?! 그딴 건 나도 할 수 있단 말이야!"

"경악. 말도 안 되는 소리를 하는군요. 그러는 카구야의 평소 말투야말로 식은 죽 먹기예요. 거만한 말투를 쓰면 권위가 생길 거라고 생각하는 건가요? 어처구니가 없군요."

"아, 아니거든?! 그건 이 몸의 위용에서 자연스럽게 배어나오는 말투거든?! 오만불손하구나!"

"조소. 방금 갑자기 말투를 바꿨죠? 역시 식은 죽 먹기예요. 그 정도는 유즈루도 간단히 흉내 낼 수 있어요. 사실 기본적으로 카구야는 유즈루의 마이너 카피니까, 카구야가 할 수 있는 것 중에 유즈루가 못하는 건 없죠."

"뭐어어어어엇?! 이 거짓말쟁이가 뭐라고 지껄여대는 것이냐! 구풍의 왕녀인 이 몸에게 감히 그런 허황된 소리를 지껄이다니! 그 죄, 그 목으로도 씻을 수 없느니라! 네 녀석이야말로 내 복제품에 불과하지 않느냐!"

"도발. 그럼 시험해볼까요?"

"뭐, 뭐시라?"

유즈루의 말에 카구야는 미심쩍은 표정을 지었다.

"시험……? 뭘 말이야?"

"해설. 말 그대로예요. 유즈루와 카구야, 누가 더 뛰어난지, 『승부』하자는 거죠."

"……윽!"

『승부』. 그 말을 들은 순간, 카구야의 눈썹이 희미하게 떨렸다.

야마이 자매에게 있어 그 말은 특별한 의미를 지니는 것이다.

원래 정령은 한 사람당 한 개의 영결정(靈結晶)을 지닌다.

하지만 카구야와 유즈루는 원래 하나의 존재였으나, 어떻게 된 것인지 둘로 나뉘고 만 특수한 정령이다.

그리고, 원래 하나였던 둘은 언젠가 다시 하나의 존재로 통합될 운명을 지녔다.

그때, 하나뿐인 몸에서 의식을 유지할— 즉, 살아남을 이는 단 한 명뿐이다.

그런 야마이의 주(主) 인격을 정하기 위해, 카구야와 유즈루는 백 번에 걸쳐 대결을 펼쳤다.

"확신. 카구야가 할 수 있는 일 중에 유즈루가 못하는 것은 없어요. 그리고 카구야는 유즈루가 할 수 있는 것 중에 자기가 할 수 없는 것은 없다는 망상에 빠져 있죠."

"말투에서 악의가 느껴지거든?!"

카구야가 불만을 표시하듯 언성을 높였다. 하지만 유즈루는 개의치 않으며 말을 이었다.

"요청. 진짜로 유즈루가 할 수 있는 일을 카구야가 뭐든 해낼 수 있다면, 어디 한번 증명해보세요."

"아니, 그러니까 대체 그걸 어떻게 증명하라는 건데?"

"대답. 간단해요. 내일 하루 동안, 카구야는 유즈루가 되는 거예요."

"뭐?"

카구야는 그 말을 듣고 눈을 동그랗게 떴다.

"내가…… 유즈루로 지내라는 거야?"

"긍정. 다행인지 불행인지, 카구야와 유즈루는 얼굴이 똑같이 생겼어요. 헤어스타일만 손보면 서로를 뒤바꾸는 것도 가능하겠죠. ―어디까지나, 겉모습은 말이에요."

"아…… 무슨 말인지 알겠어."

카구야는 유즈루의 의도를 눈치챈 것처럼 팔짱을 꼈다.

"내가 유즈루로, 유즈루가 나로 분장한 다음, 내일 하루 동안 잘 지낼 수 있는지 시험해보자는 거지?"

"긍정. 맞아요. 뭐, 카구야가 유즈루를 대신하는 것은 무리겠지만 말이죠."

"그건 내가 할 말이거든?! 유즈루가 나를 대신하는 거야말로 절대 무리야!"

카구야와 유즈루는 서로를 쳐다보며 파이팅 포즈를 취하더니, 동시에 손을 들어올렸다.

그리고, 카구야는 뒤통수에 말아둔 머리카락을 풀었으며, 유즈루는 땋아놓은 머리카락을 뒤통수 쪽으로 말아 올렸다.

그와 함께 카구야가 눈을 가늘게 뜨며 가라앉은 분위기를 자아냈고, 유즈루는 눈을 치켜뜨면 활발한 표정을 지었다.

역시 쌍둥이라서 그런지, 머리카락을 풀고 표정을 바꾼 것만으로 카구야와 유즈루의 인상이 완벽하게 뒤바뀌었다.

"훗…… 꽤 하는 구나, 유즈루."

"대답. 카구야야말로 꽤 하는군요. 역시 겉모습은— 아."

"응? 왜 그…… 아."

카구야와 유즈루는 서로 가슴을 쳐다보면서 눈을 동그랗게 떴다.

그렇다. 확실히 얼굴은 똑같이 생겼다. 하지만 현재 카구야의 얼굴 아래에는 유즈루의 풍만한 가슴이, 유즈루의 얼굴 아래에는 카구야의 아담한 가슴이 존재하는 상태였다.

그리고 수십 분 후.

"압박. 아, 아파요, 카구야."

"시끄러워! 좀 참으란 말이야!"

야마이 자매의 방에서는, 카구야가 유즈루의 가슴을 천으로 꽈아아아아아악 조이고 있었다.

"애원. 그만 하세요. 그냥 유즈루의 연기력으로 커버하겠어요. 뒤늦게 성장기를 맞이해 감동의 눈물을 흘리는 카구야라는 설정으로 어떻게든 해보겠어요."

"뭐어?! 그런 설정으로 가면, 모레부터 내가 어떻게 하냔 말이야!"

"이해. 그것도 그렇군요……. 그럼 콤플렉스를 견디다 못

해, 가슴에 패드를 넣은 카구야라는 설정으로 가죠."

"……큭."

카구야는 유즈루의 말을 듣고 천으로 더욱 세게 압박했다.

하지만 이러는 것도 무리는 아니었다. 현재 카구야는 유즈루와는 반대로, 가슴에 착용한 커다란 브래지어 안에 패드를 잔뜩 넣은 것이다.

게다가 한 개씩으로는 유즈루의 사이즈를 재현할 수가 없었기에, 패드를 곱절로 장착해야 했다.

"……으으, 이건 굴욕이야. 대체 뭐가 이렇게 커? 가슴둘레가 얼마나 되는 거냔 말이야~!"

카구야가 이를 갈고 있을 때, 또 다시 유즈루의 고통스러운 목소리가 들렸다.

"회상. ……90센티미터 정도였던 걸로 기억하고 있는데…… 솔직히 무겁고 방해만 돼요. 카구야 정도의 크기가 딱 적당하지 않을까요?"

"……."

유즈루가 그렇게 말하자, 카구야는 온화한 미소를 머금었다.

"천벌이나 받아."

"……윽, 비명. 아야야야야야……!"

천사 같은 표정을 지은 카구야의 팔에 혈관이 불거져 나왔다. 그리고 고통에 찬 유즈루의 목소리가 방 안에 울려 퍼졌다.

◇

―그리고, 두 사람은 현재에 이르렀다.

"……인내. 크윽……."

카구야로 분장한 유즈루는 가슴을 옥죄는 천에서 비롯된 압박감을 견디며 교사의 말을 흘려듣고 있었다. 지금은 수학 시간이지만, 교사의 말이 머리에 들어오지 않았다.

하지만 현재 유즈루는 카구야 흉내를 완벽하게 내고 있었다.

확실히 익숙하지 않은 말투를 흉내 내느라 성가시기는 하지만, 주위에 있는 클래스메이트들에게 아직 정체가 들통나지 않은 것 같았다.

카구야 쪽을 쳐다보니, 그녀도 어깨를 주무르고 있었다. 아무래도 가슴 쪽의 무게 때문에 어깨가 결린 것 같았다. 유즈루의 시선을 느낀 카구야는 화들짝 놀라면서 어깨에서 손을 뗐다.

"한숨. 흐음……."

유즈루는 작게 숨을 내쉰 후, 카구야에게서 시선을 뗐다.

카구야도 아직까지는 잘 하고 있는 것 같지만, 아마 시간 문제일 것이다. 곧 실수를 할 게 틀림없다.

―바로 그때, 수업 종료를 알리는 종이 교실에 울려 퍼졌다.

"음? 아, 그럼 오늘은 여기까지 할게. 각자 복습을 해두렴~."

수학 교사는 느긋한 어조로 그렇게 말한 후, 수업을 마쳤다. 유즈루는 클래스메이트들과 함께 자리에서 일어나 인사를 한 후, 다시 마음을 다잡기 위해 주먹을 말아 쥐었다.

확실히 수업 중에 교사가 자신에게 질문을 할 가능성이 있으니 긴장을 풀 수는 없지만, 카구야를 연기하는 데 있어서 가장 중요한 순간은 바로 이 점심 식사 시간이다.

하지만 신경질적으로 행동할 필요는 없다. 카구야가 매일 하는 일인 만큼, 딱히 어렵지는―.

"……윽?!"

바로 그때, 유즈루의 눈썹이 희미하게 떨렸다.

이유는 단순했다. 갑자기 등 뒤에서 누군가가 유즈루의 어깨에 손을 얹었기 때문이다.

유즈루는 입버릇인 두 글자짜리 단어를 말하지 않도록 주의하면서, 그쪽을 돌아보았다.

그러자 앞 머리카락이 긴 여학생이 눈에 들어왔다. 클래스메이트인 히무카이 에이코였다. 다치기라도 한 것인지, 그녀는 오른손에 붕대를 감고 있었다.

유즈루와 카구야는 같은 집에서 살고 있으며, 휴일에도 자주 같이 지내지만, 24시간 딱 붙어서 행동하지는 않는다. 당연히 교내에서도 유즈루에게는 유즈루만의, 카구야에게는 카구야만의 독립된 교우관계가 존재하는 것이다.

에이코는 그런 친구 중 한 명이다. 유즈루와는 접점이 없지만, 카구야와 자주 이야기를 나누고는 했다.

유즈루가 그런 생각을 하고 있을 때, 에이코가 입을 열었다.

"—맹약의 순간이 도래했습니다. 가시죠, 『헤르메스』."

"의문. ……어?"

유즈루는 뜻밖의 말을 듣고 무심코 입버릇을 사용하며 고개를 갸웃거렸다. 에이코는 의아하다는 듯이 미간을 찌푸렸다.

"『현자회의』 시간입니다. 지난주에 말씀드렸을 텐데요?"

단어의 의미는 모르겠지만, 아무래도 그녀가 카구야와 약속을 했다는 점은 이해했다. 이마에 진땀이 맺힌 유즈루는 힘차게 고개를 끄덕이며 카구야의 말투를 흉내 내며 대답했다.

"그, 그러하느냐? 그럼 가자꾸나……."

"예. 『디오네』와 『아르테미스』도 기다리고 있습니다."

"……으, 음."

—왠지 엄청 가고 싶지 않았다. 유즈루는 자신의 발이 자연스레 뒷걸음질치고 있다는 사실을 눈치챘다.

하지만 카구야를 연기하고 있는 이상, 거절할 수도 없다. 유즈루는 에이코에게 끌려가듯 교실을 나섰다.

"……아~, 그러고 보니 오늘은 『현자회의』가 열리는 날이지……."

4교시의 끝을 알리는 종이 울린 후. 카구야는 클래스메이트인 에이코(아니, 지금 그녀는 『오네이로스』인가)에게 끌려가는 유즈루를 곁눈질하면서 볼을 긁적였다.

"유즈루는 괜찮을까……. 오늘은 못 간다고 미리 말해둘걸 그랬—."

카구야는 한순간 머릿속을 스친 생각을 떨쳐내려는 것처럼 고개를 세차게 저었다.

"흐, 흥, 꼴좋네. 내가 얼마나 대단한지 똑똑히 깨닫기나 해……!"

카구야는 코웃음을 치면서 의자에 기댔다.

확실히 유즈루의 바바루아를 함부로 먹은 것은 카구야의 잘못이다. 하지만 유즈루는 너무 일방적으로 화를 냈다. 이유야 어찌 되었든 간에, 유즈루 또한 카구야의 푸딩을 먹었는데도 말이다. 게다가 카구야의 지성까지 문제 삼은 것이다. 바바루아를 먹어본 적이 없어서 착각을 했을 뿐인데 말이다. 아무리 그래도 말이 너무—.

"아. 저기~ 유즈루."

"응……?"

카구야가 짜증을 느끼면서 입술을 삐죽 내밀고 있을 때, 한 여학생이 그녀에게 말을 걸었다.

절묘한 길이를 자랑하는 치마, 그리고 블레이저 교복의 소매 밖으로 드러난 긴 카디건을 걸친 여학생이었다. 가만히 있어도 달콤한 향기를 풍기는 듯한 포근한 분위기의 여자아 이였다.

그녀의 이름은 아마…… 아가타 유아일 것이다. 카구야는 이야기를 나눈 적이 거의 없지만, 그녀가 때때로 유즈루와 같이 있는 모습을 본 적이 있다.

"어…… 대답. 유아, 무슨 일이죠?"

"혹시 괜찮으면 아스미가 있는 저쪽에서 같이 점심을 먹 지 않을래? 좀 상의할 것도 있어~."

"대답. 좋아요."

"아하~. 유즈루, 혹시 무슨 일 있어? 오늘은 두 글자짜리 단어 종류가 좀 적은 것 같네?"

"……윽, 대답. 그렇지는…….""

그 말을 들은 카구야의 볼을 타고 식은땀이 흘렀다. 확실 히 아까부터 『대답』이라는 말만 계속 썼던 것이다.

유즈루는 입버릇처럼 자연스럽게 말하지만, 반사적으로 자신의 행동과 심정을 가리키는 두 글자짜리 단어를 찾는 것은 쉽지 않았다.

카구야는 필사적으로 머리를 굴린 후, 너무 뜸을 들일 수 도 없기에 입을 열었다.

"……칠흑. 점심을 같이 먹자는 거죠? 그럴게요."

"어? 왜 갑자기 사악한 느낌이 된 거야~? 꽤 무섭네~."

"연옥. 기분 탓이에요. 그것보다, 상의할 게 뭐죠?"

카구야가 재촉을 하듯 그렇게 말하자, 유아는 귀엽게 몸을 배배 꼬면서 대답했다.

"유아, 새로운 남자친구가 생겼거든~? 그런데 남자친구 때문에 고민이 있어서~, 유즈루한테 조언을 듣고 싶어~."

"……예?"

카구야는 유아의 말을 듣고, 두 글자짜리 단어를 쓰는 것도 깜빡하며 고개를 갸웃거렸다.

"—잘 왔다. 그럼 이제부터 『현자회의』를 시작하지."

점심 식사 시간. 차광 커튼이 쳐진 정체불명의 교실에서, 수상한 인물이 그렇게 말했다.

교내이니 이 학교의 학생이겠지만…… 검은색 로브를 걸치고 얼굴에 기묘한 가면을 쓴 자에게 어울릴 만한 표현이라고는 『수상쩍다』는 말뿐이라고 유즈루는 생각했다.

"……."

하지만 유즈루는 그런 말을 할 입장이 아니었다.

유즈루 또한 이 학생(다른 이들에게 『제우스』라 불리고 있다)과 같은 복장을 하고 있는 것이다.

"……의아. 뭐가 어떻게 된 거죠……."

유즈루는 작은 목소리로 그렇게 중얼거리면서 교실 안을

둘러보았다. 유즈루와 같은 복장을 한 학생 몇 명이 원탁에 둘러 앉아 있었다. 이 자리에는 유즈루를 데려온 에이코(이곳에서는 『오네이로스』라 부르는 것 같았다)도 있었다.

하지만 유즈루가 그런 의문을 느끼고 있다는 걸 눈치채지 못했는지 그들은 이야기를 시작했다.

"오늘 여러분을 이렇게 부른 이유는 바로 『결사』의 움직임이 요즘 들어 무시 못 할 지경에 이르렀기 때문이다."

"맙소사…… 『제우스』, 그 말은……."

"음. 『사해문서』에 기록된 『심판』이 머지않은 것이겠지."

"말도 안 돼. 『종말의 짐승』을 깨우려는 건가?"

"『신들의 황혼』이 두렵지 않은 걸까?"

"훗…… 그럼 우리도 가만히 있을 수 없지."

"그래. 하지만 세계를 종언으로부터 구하기 위해서는 『삼종의 신기』가 필요해."

"하지만 우선 『문지기』를 쓰러뜨려야만 하잖아."

"……."

유즈루는 그런 대화를 들으면서 식은땀을 흘렸다. 왠지 어려운 단어를 쓰며 종잡을 수 없는 이야기를 하고 있기에, 도저히 이해할 수가 없었다.

그런 유즈루를 본 『제우스』는 의아하다는 듯한 목소리로 입을 열었다.

"『헤르메스』, 무슨 일 있나? 항상 누구보다 말이 많던 그대가 아직까지 한 마디도 하지 않다니, 그거 참 신기하군."

"……윽! 그, 그게…… 아, 아무 일도 아니니라."

"음? 뭐, 좋다. 일단 그대의 의견을 들어볼까."

"뭐?! 이 몸의 생각 말이냐……? 아니, 그게, 저기……."

유즈루가 느닷없이 질문을 받고 우물쭈물하자, 『현자회의』의 멤버들이 미심쩍다는 듯이 유즈루를 쳐다보았다.

"왠지 이상하구나. 그대는 정말로 『헤르메스』인 것이냐……?"

"설마 이미 『결사』의 마수가 여기까지……?! 이 놈, 가면을 벗어라!"

"……윽!"

가면을 쓴 학생들이 그렇게 외치자, 유즈루는 어깨를 부르르 떨었다.

지금까지 잘 해왔는데, 이제 와서 정체를 들킬 수는 없다. 머릿속에서 수치심을 쫓아낸 유즈루는 로브를 휘날리며 벌떡 일어섰다.

"후, 후후후…… 하하하하! 『결사』 따위 두려워할 게 못 되지! 이 『헤르메스』의 사안(邪眼)은 이미 『삼종의 신기』가 어디 있는지 알아냈노라!"

"오오……?!"

유즈루가 자신만만한 목소리로 그렇게 말하자, 가면을 쓴 학생들이 눈을 동그랗게 떴다.

"흠. 역시 대단하구나, 『헤르메스』."

"음. 그런데, 그 장소는 대체 어디지?"

"그게…… 말이다. 모든 것은 『카오스』의 의지에 따라…… 확률시공이 집속되었을 때, 0과 1의 틈바구니에 답이 나타날지니…… 라고나 할까?"

유즈루 스스로도 자기가 무슨 말을 하는 것인지 종잡을 수가 없었다.

하지만 가면을 쓴 학생들은 유즈루의 말을 듣고 턱에 손을 대더니 「……오호라」 하고 고개를 끄덕인 후, 메모를 하기 시작했다.

"흠흠……. 그럼 다음은 『삼종의 신기』에 관해서인데—."

"윽."

『제우스』가 그렇게 말하자, 유즈루는 무심코 입을 다물었다. 유즈루는 카구야의 발언을 떠올리며 그냥 입에서 나오는 대로 둘러대고 있을 뿐이기에, 지적을 당하면 바로 탄로 나고 말 것이다. 아니, 이미 탄로가 난 듯한 느낌마저 들었다.

하지만 『제우스』는 뜻밖의 말을 했다.

"—역시 검, 거울, 곡옥(曲玉)이라는 정석적인 설정에 너무 끌려가고 있는 걸까? 좀 더 참신한 게……."

"……어?"

유즈루가 아까와는 전혀 다른 분위기를 접하고 얼이 나가 있을 때, 다른 이들도 차례차례 입을 열었다.

"아, 기본에 충실한 것도 중요하다고 생각해요. 세 개의

요소는 유지하면서, 세계관에 맞춰 수정하는 게 좋지 않을까요?"

"그래. 읽은 사람이 『어, 이건 혹시 거기서 따온 거 아냐?』하고 눈치챌 수 있을 정도가 딱 좋을 거야."

"으음, 하지만 여러 신화를 너무 많이 섞어서 수습을 못하게 되지 않을까? 좀 더 깔끔하게 정리할 필요가 있을 것 같은데……."

"아, 그 점에 관해서는 방금 『헤르메스』가 힌트를 줬잖아요. 0과 1의 틈바구니…… 즉, 이 세계는 사실 게임인 거예요!"

"아! 그, 그래! 그러면 지금까지의 전개가 전부 설명이 돼……!"

"……질문. 저기, 무슨 이야기를 하고 있는 거죠?"

안 그래도 영문을 모르던 상황이 아예 종잡을 수도 없게 되자, 유즈루는 미간을 찌푸리며 물었다. 그러자 다들 의아하다는 듯이 고개를 갸웃거리며 유즈루를 향해 이렇게 말했다.

"그야 신작을 위한 소재 회의 중인데……."

"『현자회의』── 이건 소재가 없어 난처한 문예부 부원들이 부정기적으로 개최하는 소재 회의야."

"참고로 부지 발행 전이나 신인상 마감 전에 자주 개최돼."

"이야~, 『헤르메스』는 우리가 생각도 못한 발상을 말해주니까, 항상 고맙게 생각하고 있어."

"······납득. 그랬군요."

유즈루는 그들의 설명을 들으면서 한숨을 내쉬었다. 갑자기 수상한 곳으로 끌려와서 당혹스러웠지만, 이제 자초지종을 파악했다. 확실히 카구야다운 행동이라는 생각이 들었다.

하지만 아직 안도할 때가 아니었다. 가면을 쓴 학생들은 메모장을 한 손에 든 채, 또 다시 유즈루를 쳐다보고 있었던 것이다.

"자, 『헤르메스』. 다음 예언을 알려다오."

"이 세계는 허구라는 거냐? 그렇다면 그건 누구의 손에 의해 그렇게 된 것이지?"

"설마, 신을 능가하는 신이 존재하는 건가?"

"생각. 저기, 으음······."

왠지 다들 아까보다 적극적인 태도를 취하는 가운데, 유즈루는 당혹스럽다는 듯이 허둥댔다.

한편, 2학년 3반 교실 한편에서는 여자아이들이 모여서 도시락을 먹으며 왁자지껄 이야기를 나누고 있었다.

"—그러니까, 내 남자친가 있지~. 너무 내성적이라서 아무 짓도 안 하지 뭐야."

"에이~. 원래 다 그런 거 아냐?"

"······."

"그래도 한 달 넘게 사귀었는데 키스도 안 하는 건 좀 그렇지 않아~? 영화 보고, 쇼핑하고, 밥 먹고, 「이제 뭐 할까?」라고 물어봤더니 「슬슬 돌아갈까?」라고 말하지 뭐야~. 너무하잖아~! 그럴 때는 화끈하게 밀어붙여야지~!"

"아~, 그건 좀 짜증나네~. 여자애가 「이제 뭐 할까?」 같은 소리를 입에 담게 하는 것 자체가 말도 안 돼~."

"……."

"응~, 그러니까~. 내가 먼저 하자는 것도 좀 그렇잖아? 뭐랄까 은근슬쩍 어필할 방법을 유즈루가 가르쳐 줬으면 좋겠어."

"하핫?!"

카구야는 느닷없는 말을 듣고 화들짝 놀랐다.

"어, 유즈루? 왜 갑자기 이상한 소리를 낸 거야?"

"맞아. 그리고 아까부터 아무 말도 안 했잖아. 혹시 몸이라도 안 좋은 거야?"

"타천. 아, 아무 것도 아니에요."

카구야는 진땀을 줄줄 흘리면서 고개를 저었다.

─카구야에게 카구야만의 교우관계가 존재하듯, 유즈루에게도 유즈루만의 친구가 존재한다는 것은 파악하고 있었다. 그래도 그 친구들과 이런 이야기를 하는 줄은 꿈에도 몰랐다.

카구야 또한 여자아이다. 이런 걸즈 토크를 해본 적이 있기는 하지만, 이 화제는 자신이 해봤던 것에 비해 진도가 더 나가 있다고나 할까, 어떤 반응을 보이면 좋을지 짐작조차 되지 않았다.

"지금 남자친구도 유즈루의 조언 덕분에 사귀게 된 거잖아~? 설마 야마이식 보디 터치가 그렇게 효과적일 줄은 몰랐어~."

"맞아, 맞아. 그러고 보니 아직 기술이 남아 있다고 말했었지? 이야기 좀 해줘~."

"아, 그, 그게……."

카구야의 얼굴 전체에 땀이 송골송골 맺혔다. 야마이식 보디 터치란 대체 뭘까. 카구야도 야마이지만, 그런 것은 듣도 보도 못했다.

그런 카구야가 좀 이상해 보이는지, 유아를 비롯한 다른 여자아이들이 고개를 갸웃거렸다.

"유즈루, 왜 그래? 얼굴이 새빨개."

"맞아~. 왠지 카구야 같네."

"……윽?!"

카구야는 그 두 사람의 말을 듣고 어깨를 부르르 떨었다.

이런 상황에서 들킬 수는 없다. 벌렁거리는 심장을 억누른 카구야는 여유를 부리듯 가볍게 헛기침을 했다.

"옥염. 조, 좋아요. 유즈루의 야마이식 테크닉 응용편을 알려드리죠."

"오~!"

"기다리고 있었습니다~!"

두 사람이 박수를 치자, 카구야는 필사적으로 머리를 굴렸다.

그리고 몇 초 후, 어험 하고 헛기침을 하며 입을 열었다.

"나락. 이, 이렇게, 둘이서 걷고 있을 때, 은근슬쩍 새끼손가락과 새끼손가락을 맞댄다…… 같은 건 어떨까요……."

카구야가 볼을 붉히면서 그렇게 말하자, 유아와 아스미는 잠시 멍한 표정을 짓더니 곧 꺄하하 하고 웃음을 터뜨렸다.

"에이~. 유즈루, 오늘 좀 이상하네~. 평소보다 순정파잖아~."

"맞아~. 그것도 괜찮지만, 지난번에 가르쳐 준 거랑 비슷한 건 없어?"

"어…… 어엇?!"

―이것보다 더 과격한 걸……?

유아와 아스미가 기대에 찬 눈길로 쳐다보자, 카구야는 절망적인 심정으로 머리를 쥐어짰다.

◇

"한숨. 하아……."

『현자회의』를 마친 유즈루는 비틀거리면서 복도를 걸었다.

어려운 단어를 늘어놓으면서 어찌어찌 정체를 숨기기는 했지만, 조금만 더 회의가 길어졌다면 정체가 들통 났을지도 모른다. ……그래도, 유즈루가 대충 입에 담은 말들로 만들어 낸 작품을 읽어보고 싶기는 했다.

"한숨. 하지만…… 어찌어찌 버렸어요."

유즈루는 숨을 고른 후 호주머니에서 스마트폰을 꺼내 시간을 확인했다.

아직 5교시 수업이 시작되려면 시간이 꽤 남아 있었기에 잠시 좀 쉬기로 했다.

유즈루가 그런 생각을 하면서 교실로 향하고 있을 때, 뒤편에서 또 목소리가 들려왔다.

"아. 마침 잘 만났어, 겐야."

"……응?"

묘한 호칭으로 자신을 부르는 목소리를 듣고 고개를 돌린 유즈루는 또 다시 미간을 찌푸렸다.

말은 건 사람은 상급생으로 보이는 여학생이었는데, 블레이저 안에는 꽤 펑크록 디자인의 파카를 입었고, 팔과 목에는 은제 액세서리를 주렁주렁 달고 있었다. 게다가 등에는 커다란 기타 케이스를 메고 있었다.

유즈루의 기억이 옳다면, 경음악부에서 카구야 취향의 고딕 펑크 계열 밴드를 이끌고 있는 학생이다. 이름은 분명—
시라누이 히즈미 리리엔베르크.

본명이 아닌 게 틀림없지만, 일단 그 점은 신경 쓰지 않는 편이 좋을 것이다. ……그러고 보니 그녀가 방금 입에 담은 『겐야』라는 이름도 카구야가 때때로 사용하는 닉네임이었다. 대체 카구야는 이름을 몇 개가 가지고 있는 것일까.

"무슨 일인 게냐, 시라누이."

"훗, 뻔하잖아. 내 『안젤』의 언령사, 겐야. 너한테 부탁했던 신곡 가사 때문에 말을 건 거야."

"……확인. 어?"

유즈루는 시라누이의 말을 듣고 경악했다. 하지만 그녀는 유즈루의 반응을 개의치 않으면서 품속에서 종이 한 장을 꺼내더니, 그것을 유즈루를 향해 펼쳐보였다.

거기에는 카구야의 취향인 획수가 많은 한자, 그리고 미묘하게 이상한 독일어가 잔뜩 적혀 있었다.

"네 가사를 처음 들었을 때 가슴이 떨렸어. 설마 내 세계관에 이 정도로 공명하는 언령을 자아내는 자가 존재할 줄은 꿈에도 몰랐거든."

"으, 음……. 그러하냐."

시라누이가 멋들어진 포즈를 취하면서 그렇게 말하자, 유즈루는 땀을 줄줄 흘렸다.

"하지만 미안하구나. 아직 신곡의 가사는 완성되지 않았느니라. 아마 내일쯤 완성될 것 같으니, 그때 다시 찾아오거라."

유즈루와 카구야의 승부는 오늘 결판이 난다. 그러니 카구야가 내일 이 일을 어떻게든 해줄 것이다. 유즈루는 그렇게 생각하며 대답했다.

"아하하. 겐야, 무슨 소리를 하는 거야? 네 언령은 겨우 그런 게 아니잖아."

하지만 시라누이는 웃음을 터뜨렸다. 그리고 등에 멘 케이스를 내려놓더니, 안에서 칠흑빛 기타를 꺼냈다.

"선율과 함께 입술에서 흘러나오는 언령……. 자, 그 찰나의 빛을 보여줘!"

픽이 반짝이더니, 시라누이는 그대로 복도 한복판에서 연주를 시작했다. 그 갑작스러운 음악에 학생들의 시선이 이쪽으로 쏠렸다.

평소 카구야 언어에 익숙해져 있던 유즈루는 시라누이가 한 말의 의미를 얼추 이해했다. 즉, 멜로디에 맞춰 즉흥적으로 작사를 하라는 말이었다.

"낭패. 으윽……."

솔직히 말해 부끄럽기 그지없지만, 지금 유즈루는 유즈루가 아니라 카구야…… 아니, 『겐야』였다. 그러니 할 수밖에 없었다.

"치, 칠흑의…… 연옥?"

"칠흑의 연옥!"

유즈루가 더듬거리면서 그렇게 말하자, 시라누이는 멜로디에 맞춰 그 가사를 읊조렸다.

"타천한…… 그, 날개?"

"타천한 그 날개!"

"……구, 텐탁?"

"구텐타아아아아아아아아악!"

……결국 그 고행에 가까운 수치 플레이는 소동이 벌어졌다는 걸 안 교사가 나타날 때까지 계속됐다.

"……아아, 정말. 왜 걔들은 그런 이야기를 아무렇지 않게 하는 거야……."

카구야는 투덜거리면서 화장실에 있는 세면대에서 세수를 했다. ……왠지 얼굴이 뜨거운 것 같았다. 그 후에도 유아와 아스미에게 사랑의 가르침을 내려야만 했던 것이다.

어찌어찌 화장실로 대피하기는 했지만, 카구야는 그 두 사람의 맹공을 버텨내기 위해 망상력을 총동원해 별의 별 말을 다 해야만 했다. 카구야의 얼굴이 아직도 벌건 것도 그 두 사람이 입에 담은 외설스러운 말보다, 자신이 늘어놓은 망상 속 이야기가 원인이리라.

뭐, 그래도 어찌어찌 정체가 들통 나지는 않았다. 카구야는 휴우 하고 한숨을 내쉰 후, 손수건으로 얼굴을 닦으며 화장실 밖으로 나갔다.

하지만— 바로 그때였다.

"앗! 여기 있었군요, 유즈 선배! 대체 어디 갔던 거예요?!"

"엥?"

느닷없이 자신을 부르는 목소리에 카구야는 눈썹을 희미하게 떨면서 목소리가 들린 곳을 향해 돌아보았다.

그러자, 자신을 향해 손을 흔들고 있는 한 소녀가 보였다. 그녀는 디자인부에 속한 카시이 에나로, 그녀 또한 때때로 유즈루와 이야기를 나누는 학생이었다.

카구야는 또 성가신 일이 벌어질 듯한 느낌을 받으면서도 에나를 향해 돌아섰다.

"초열(焦熱). 에나, 무슨 일이죠?"

"무슨 일이긴요! 옷의 모델이 되어주기로 했잖아요! 다들 기다리고 있단 말이에요!"

"홍련. 아, 아아…… 그랬던가요. 죄송해요."

"자, 빨리 가죠!"

"아, 잠깐……."

에나는 카구야의 말을 끝까지 들어보지도 않은 채, 그녀의 손을 잡아끌며 걸음을 옮겼다.

가정실습실의 문을 열고 안으로 들어간 순간, 교실 안에 있던 여학생들의 시선이 카구야에게 집중됐다.

"오, 왔네. 유즈루찌, 뭐하고 있었던 거야?"

"소멸. 죄, 죄송해요. 다른 일이 좀 있어서……."

"뭐, 됐어. 시간이 없으니까 이걸 빨리 입어줄래?"

안경을 쓴 여학생이 테이블 위에 놓인 옷을 내밀면서 그렇게 말했다.

아직 가봉 단계인 그것은 아름다운 천으로 만든 드레스였다. 드레스의 기분 좋은 감촉을 느낀 카구야는 무심코 한숨을 토했다.

"자, 빨리 입어."

"비기. 알았어요. 그럼—."

교복을 벗으려던 카구야는 가슴 쪽에서 평소와 다른 감촉을 느끼고 움직임을 멈췄다.

그렇다. 현재 카구야의 가슴은 문명의 이기를 이용해 유즈루 사이즈가 되어 있기는 하지만, 옷을 벗었다간 그 사실이 만천하에 알려지고 말 것이다.

"치천(熾天). 저, 저쪽 교실에서 갈아입고 올게요……."

"뭐? 그냥 여기서 갈아입어도 되는데……."

디자인부 부원들은 의아하다는 듯이 고개를 갸웃거렸지만, 카구야는 얼버무리듯 쓴웃음을 지으면서 드레스를 가지고 옆 교실로 향했다.

그리고 아무도 훔쳐보지 못하도록 재빨리 교복을 벗은 후, 익숙하지 않은 손놀림으로 드레스를 걸치고 다시 원래 교실로 돌아갔다.

"나선. 이제 됐나요?"

카구야가 그렇게 말하면서 가볍게 포즈를 취하자, 부원들은 「오오~!」 하고 탄성을 질렀다.

"꺄아~! 유즈 선배, 멋져요~!"

"역시 몸매가 끝내주네. 모델을 부탁하기 잘했다니깐."

"잘 됐네요, 부장님! 이번 대회에서도 좋은 성적을 낼 수 있을 것 같아요!"

다들 흥분한 목소리로 그렇게 한 마디씩 했다.

하지만 부장이라 불린 안경 낀 여학생은 굳은 표정으로 카구야를 지그시 응시하고 있었다.

"으음…….'

"어? 부장님, 왜 그러세요?"

"아, 왠지 전에 봤을 때와 몸매가 조금 다른 듯한 느낌이 들어서 말이야……."

"……윽?!"

카구야는 부장의 말을 듣고 가슴이 뜨끔했다.

"패, 패도. 그렇지 않아요. 유즈루는 항상 내추럴해요."

카구야가 당황한 목소리로 그렇게 말하자, 부장은 잠시 신음을 흘리더니 볼을 긁적였다.

"으음…… 뭐, 기분 탓인가?"

부장이 팔짱을 끼면서 그렇게 말하자, 카구야는 안도의 한숨을 내쉬었다.

"그럼 유즈루찌, 이번에는 이걸 입어봐. 이쪽도 사이즈를 확인해두고 싶거든."

"성마(聖魔). 좋아요. 다음에는 뭘—."

카구야는 말을 이으려다 숨을 삼켰다.

부장이 손에 들고 있는 것은 가슴 형태가 확연하게 드러나는 섹시한 란제리였기 때문이다.

◇

오늘 수업이 끝났다는 것을 알리는 종이 교실에 울려 퍼졌다.

"한숨. ……하아."

교실 안이 시끌벅적한 가운데, 몸과 마음이 지칠 대로 지친 유즈루는 땅이 꺼져라 한숨을 내쉬었다.

오늘 하루 동안 정말 많은 일이 있었다. ……카구야의 흉내를 내는 건 간단할 거라고 여겼지만, 그녀가 유즈루 몰래 이렇게 다양한 일을 하고 있었을 줄이야.

"감격. 카구야도 열심히 살고 있군요……."

유즈루는 아무에게도 들리지 않을 만큼 작은 목소리로 그렇게 중얼거렸다. 시간이 지났기 때문인지, 아니면 오늘 하루 동안 체험한 일 때문인지는 모르겠지만, 카구야를 향한 분노가 점점 가라앉더니, 그 대신 존경에 가까운 불가사의한 감각이 가슴 속에 퍼져나가고 있었다.

카구야가 할 수 있는 일이라면 자신도 얼마든지 할 수 있다, 같은 것은 꽤나 거만한 생각이었다. 외모는 비슷할지 몰라도, 내면이 완전히 딴판이라는 사실은 유즈루와 카구야가 누구보다 잘 알고 있는 데도 말이다.

아무튼, 또 카구야의 지인과 얽힌다면 몸이 버티지 못할 것이다. 유즈루는 한시라도 빨리 학교를 벗어나기 위해, 서둘러 하교 준비를 마치고 교실을 나섰다.

하지만— 학교 건물 밖으로 나가려고 했을 때였다.

"카구야! 기다리고 있었어!"

그런 힘찬 목소리가 앞쪽에서 들려왔다. 그쪽을 쳐다보니, 여학생들이 마치 유즈루를 기다리고 있었던 것처럼 건물 입구 앞에서 줄지어 서 있었다. 다들 『라이젠 고등학교 여자축구부』의 로고가 프린트된 체육복을 입고 있었다.

"……"

왠지 어마어마하게 불길한 느낌이 들었다. 유즈루는 오늘 하루 동안 단련된 위기 감지 센서가 반응하고 있다는 사실을 느꼈다.

그런 우려를 뒷받침하듯, 축구부의 부장으로 보이는 소녀가 앞으로 나오면서 유즈루의 손을 덥석 움켜잡았다.

"협력해줘서 고마워. 정말 고마워."

"……확인 삼아 묻는 거다만, 대체 무슨 일인 게지……?"

"응? 무슨 소리를 하는 거야? 오늘 우리 시합에 도우미로 참가해주기로 약속했잖아."

"……."

예감이 적중했다. 유즈루는 부장의 말을 듣고 식은땀을 줄줄 흘렸다.

유즈루가 식은땀을 흘리고 있다는 것을 눈치채지 못한 축구부 부원들이 주먹을 말아 쥐며 열정적인 목소리로 말했다.

"정말 고마워요. 상대는 지역 대회 단골 출전팀인 센죠 대학 부속 고교……. 그래도 카구야 선배만 있으면 이길 수 있을지도 몰라요!"

"……뭐?"

"잠깐만, 마음 단단히 먹어. 지면 폐부라는 점에는 변함이 없어. 야마이가 도와준다고 방심하지 마."

"폐, 폐부……되는, 게냐……?"

"예! 하지만 카구야 선배가 가르쳐 준 필살 포메이션 〈영환흉진(靈幻凶陳) 황형(皇型)〉이 있으면 반드시 이길 수 있어요!"

"……."

"맞아……. 잘 부탁해, 야마이!"

"…………, 자, 잠깐, 화장실 좀 다녀오겠노라…….."

부원들이 찬란하게 빛나는 눈동자로 쳐다보자…….

유즈루는 욱신거리는 위를 손으로 누르면서, 다시 학교 건물 안으로 들어갔다.

"지, 지쳤어……."

폭풍 같은 하루가 끝나고, 방과 후가 되었다. 온몸에서 힘이 쭉 빠진 카구야는 유즈루의 책상에 엎드렸다.

참고로 점심때는 란제리 차림을 남들에게 보여줄 수는 없었기에, 수업 시작을 알리는 종이 울릴 때까지 대충 둘러대다 도망쳤다. 나중에 다시 사이즈 확인을 위해 디자인부의 옷을 입어보라고 유즈루에게 말해줘야만 할 것이다.

바로 그때, 자신이 유즈루와 다퉜다는 것을 떠올린 카구야는 메마른 웃음을 흘렸다.

"……유즈루는 정말 많은 사람들을 도와주고 있구나……."

카구야는 한숨을 내쉬면서 그렇게 중얼거렸다.

유즈루 흉내를 완벽하게 낼 수 있다니, 자신이 생각해도 오만한 생각이었다. 카구야는 오늘 하루 동안 유즈루를 연기해 보면서, 그녀가 얼마나 위대한지 다시 확인했다.

……뭐, 그래도 오늘 하루를 어찌어찌 버텨냈다는 점에는 변함이 없었다. 유즈루도 일찌감치 돌아간 것 같으니, 카구야도 이제 그만 하교하기로 했다.

그렇게 생각하면서 고개를 든 순간—.

"……응?"

카구야는 갑자기 눈썹을 찌푸렸다.

한 여학생이 교실 문 뒤에 숨어서 카구야 쪽을 힐끔힐끔

처다보고 있었던 것이다. 2학년 1반의 여자아이인 하스누마 사키코였다.

"……사안(邪眼). 무슨 일이죠?"

"히익……!"

카구야가 말을 걸자, 사키코는 몸을 부르르 떨면서 그 자리에서 엉덩방아를 찧었다.

"강마(降魔). 괘, 괜찮나요?"

카구야는 허둥지둥 그녀에게 다가가서 손을 내밀었다. 그러자 사키코는「죄송해요, 죄송해요」라고 사과하며 카구야의 손을 잡고 일어났다.

"죄송해요, 유즈루 씨. 또 폐를 끼쳤네요……."

"환영. 아뇨……. 어,『또』?"

카구야는 대화 도중에 고개를 갸웃거렸다. 왠지 사키코의 말에서 약간의 위화감이 느껴진 것이다.

그런 카구야의 감각을 뒷받침하듯, 사키코는 고개를 꾸벅 숙였다.

"오…… 오늘, 잘 부탁드려요."

"……. 성전. 화, 확인 삼아 묻는 건데, 오늘은 무슨 일로……."

카구야가 식은땀을 흘리면서 묻자, 사키코는 몸을 배배 꼬면서 입을 열었다.

"예? 아, 저, 2반의 스기야마 군이…… 전부터, 신경 쓰였는데…… 그걸 유즈루 씨한테 이야기했더니, 자기만 믿으라고 말했잖아요…….

"……절망."

사키코가 한 뜻밖의 말에 카구야의 볼이 경련이 일어난 것처럼 떨렸다. 무심코 「왜 이 타이밍에 그딴 소리를 한 건데, 유즈루우우우우우우!」 하고 외칠 뻔했다.

"저, 저기, 왜 그러세요……? 유즈루 씨가 시킨 대로, 방과 후에 학교 건물 뒤편으로 와달라는 편지를 이미 스기야마 군에게 보냈는데요……."

"……심연. 마, 맡겨 주세요. 준비는 완벽하게 해뒀어요……. 하지만 그 전에 화장실에 좀 다녀올게요……."

카구야는 압박감 때문에 욱신거리는 위를 손으로 누르면서, 비틀비틀 복도를 걸어갔다.

"……고뇌. 난처하게 됐군요……."

유즈루는 여자 화장실의 변기에 걸터앉은 채, 몸을 웅크리며 머리를 감싸 쥐었다.

그럴 만도 했다. 여자 축구부의 존망이 걸린 시합에 도우미로 나서야만 하는 것이다.

카구야가 고안한 포메이션도 정체불명인데다, 이렇게 가슴을 압박한 상태에서는 유즈루가 본래의 운동능력을 발휘

할 수 없다. 이런 상태에서 강호 팀을 상대할 자신이 없었다.

하지만 그렇다고 해서 도망칠 수도 없었다. 여자 축구부 부원들의 이야기에 따르면, 카구야는 이번 시합의 키 플레이어인 것 같았다. 그런 카구야가 없다면, 결국 시합에서 지고 말 것이다.

그렇게 되면 여자 축구부는 폐부(어쩌다 그런 상황에 몰린 건지는 모르지만)될 것이며, 카구야의 이름에도 먹칠을 하게 될 것이다.

"절규. 이 상황에서 대체 뭘 어떻게 하죠……!"

앞으로도 나아가도 지옥, 뒤로 물러서도 지옥이다. 유즈루는 머리를 쥐어뜯으면서 외쳤다.

그 순간—.

"아아아아, 정말! 뭘 어쩌냔 말이야아아아……."

난처해진 카구야는 화장실로 도망친 후 몸을 웅크리며 머리를 감싸 쥐었다.

하필이면 고백을 도와야 될 줄이야. 책임이 너무 막중해서 구역질이 날 것만 같았다.

큰일 났다. 진짜로 큰일 났다. 유즈루는 뭔가 좋은 생각이 있는 것 같지만, 카구야는 사키코의 얼굴과 이름만 아는데다, 2반 스기야마는 오늘 처음 알았다. 대책을 세울 수 있을 리가 없다.

아니, 그 이전에 카구야가 고백을 돕는 것 같은 섬세한 일을 할 수 있을 리가 없다. 이대로 가다간 고백은 실패로 끝나고 말 것이다. 굳은 결심 끝에 고백을 하지만, 남자는 거북한 표정을 지으며 거절하고, 사키코는 슬픔이 묻어나는 웃음을 흘린다. 아하하…… 괜찮아요. 알고 있었어요. 역시 저는 정말 못난 애네요. 유즈루 씨, 고마워요. 덕분에 마음이 개운해졌어요.

다음날, 학교 옥상에는 가지런히 놓인 신발과 유서가―.

"아, 아아아아아아아아아……."

머릿속에 장대한 망상의 나래가 펼쳐지자, 카구야의 얼굴이 새파랗게 질렸다. 지나치게 비관적인 생각이기는 하지만, 카구야에게는 냉정하게 그 점을 파악할 여유가 없었다.

그럴 만도 했다. 사키코는 말한 것이다. 이미 스기야마를 불러냈다고 말이다. 카구야가 이대로 화장실에 틀어박혀 있다간, 고백을 하기도 전에 스기야마가 돌아가고 말 것이다.

하지만, 그렇다고 해서 카구야가 나가본들…….

"아아악! 이 상황에서 대체 뭘 어떻게 하라는 거야아아앗!"

카구야가 몸을 젖히면서 절규를 토했다.

그 순간―.

그렇다. 바로 그 순간이었다.

"앗! 반응. 방금 그건……."

"앗?! 어……? 방금 그 목소리는……."

여자 화장실에서 머리를 감싸 쥐고 있던 유즈루는, 카구야는……

—옆 칸에서 들려온 고함소리를 듣고, 동시에 눈을 크게 떴다.

◇

"부장님…… 카구야 선배, 괜찮은 걸까요? 화장실에 엄청 오래 틀어박혀 있는 것 같은데…… 혹시 몸이 안 좋은 건……."

"으음……."

여자 축구부 부장은 후배의 말에 표정을 굳히면서 팔짱을 꼈다.

확실히 카구야는 아까 좀 이상하기는 했다. 왠지 행동거지가 부드러워 보였으며, 시합을 기억하지 못하는 것 같았다. 한순간 카구야의 쌍둥이인 유즈루로 착각했을 정도다.

하지만 가슴 사이즈로 볼 때 카구야가 틀림없었다. 유즈루의 가슴은 그야말로 축구공급이다. 멀찍이서 보더라도 헷갈릴 리가 없다.

그렇다면, 후배가 방금 말한 것처럼 몸이 좋지 않은 걸까······? 그렇다면 큰일이다. 오늘 작전의 핵심은 카구야다. 그녀가 빠진다면, 센죠 대학 부속 고교에 절대 이길 수 없을 것이다.

"으음······."

"─하하하하하하하하!"

부장이 불안함에 신음을 흘리고 있을 때, 그런 우려를 날려버리려는 것처럼 기세 좋은 웃음소리가 들렸다.

"아니······?!"

"저, 저 사람은······!"

"─타앗!"

부원들이 놀라는 가운데, 학교 건물 2층 창문에서 누군가가 밖으로 뛰어내렸다.

그리고 그 사람은 공중에서 몸을 한 바퀴 회전시키더니, 입구 처마에 멋지게 착지했다.

"떨어져 있는 이는 귀를 기울여라! 가까운 이는 눈을 크게 뜨고 똑똑히 봐라! 그리고 칭송하거라! 질풍흉람(疾風凶嵐) 구풍의 왕녀, 야마이 카구야의 고명(高名)을 말이다!"

카구야의 움직임에 맞춰, 그녀가 어깨에 걸친 블레이저 교복이 휘날렸다. 그 화려한 등장에 부원들은 한순간 눈이 휘둥그레졌지만, 이내 환성을 질렀다.

"우와! 카구야 선배, 컨디션이 끝내주는 것 같아요!"

"아까와는 딴 사람 같네!"

"왠지 아까보다 가슴이 줄어든 것 같아!"

"공기저항을 줄인 걸까?!"

부원들은 입을 모아 카구야를 칭송했다. 그러자 카구야는 진심으로 기뻐하며(일부 발언에는 약간 복잡한 표정을 짓기도 했지만) 하늘을 향해 주먹을 치켜들었다.

"좋다! 그럼 전사들이여! 나를 따르거라! 그대들에게 승리의 미주(美酒)를 맛보여 주겠노라!"

"""오오오오오오오오오오오오!!"""

카구야의 말에 호응하듯, 부원들의 함성이 울려 퍼졌다.

"유즈루 씨…… 괜, 괜찮은 걸까…….'"

2학년 3반 교실에서 유즈루를 기다리던 사키코는 불안함에 손가락으로 깍지를 꼈다 풀기를 반복하고 있었다.

유즈루가 화장실에 가고 벌써 10분 이상 지났다. 어쩌면 몸이 좋지 않은 걸지도 모른다.

그러고 보니 유즈루는 아까 좀 이상해 보였다. 왠지 차분하지 못해 보였으며, 말 앞에 붙던 두 글자짜리 단어가 좀 사악한 느낌이었다. ……기분이 좋지 않은 걸까? 아니면, 고백하기로 마음먹은 사키코가 당도할 어두컴컴한 미래를 암시하고 있는 것일까.

"……."

사키코는 교실에 있는 시계를 쳐다보며 마른 침을 삼켰다.

그녀가 재촉을 할 처지는 아니지만, 곧 스기야마가 약속 장소에 올 시간이었다.

이름이 적혀 있지 않은 편지를 주면 상대방에게 불신감을 줄 수 있기에, 사키코는 자신의 이름을 적어뒀다. 즉, 유즈루가 복통으로 화장실에서 꼼짝을 못하더라도, 사키코는 약속 장소에 가야만 하는 것이다.

고백에 실패하면 실연을 당한 여자아이. 하지만 약속 장소에 가지 않는다면 스기야마에게 장난을 친 못된 여자아이가 되고 마는 것이다.

"……윽."

하지만 혼자서 스기야마를 만나러 가야 한다고 생각하니, 다리가 떨려서 그대로 주저앉아 버릴 것만 같았다. 이래서야 고백은 고사하고 제대로 이야기를 나누는 것조차 어려울 것이다.

"ㅡ도착. 늦어서 죄송해요."

사키코가 기도하는 심정으로 고개를 숙이고 있을 때, 교실 입구에서 그런 목소리가 들려왔다.

"아! 유즈루 씨! 괜찮으세요?"

"긍정. 걱정을 끼쳤군요, 사키코. 이제 멀쩡해요. 유즈루가 마스터에게 전수받은 수법을 당신에게 알려주죠. 그러면 그도 사키코의 매력에 푹 빠져버릴 거예요."

"고…… 고마워요."

유즈루가 아까와 다르게 자신만만한 어조로 그렇게 말하자, 사키코는 약간 긴장이 풀리는 느낌을 받았다.

두 글자짜리 단어에서도 사악한 느낌이 사라졌고, 왠지 아까보다 가슴 또한 커진 것 같아 보였다. ……이게 말로만 들었던 아우라라는 것일까?

"선도(先導). 시간이 없군요. 빨리 가죠, 사키코."

"아…… 예!"

사키코는 힘차게 고개를 끄덕이며 대답을 한 후, 승리의 여신을 따라갔다.

◇

그날 밤. 시도는 부엌에서 저녁 식사를 준비하면서 거실 쪽을 힐끔힐끔 쳐다보았다.

이유는 단순했다. 거실에는 토카와 코토리를 비롯해 몇몇 정령들이 이미 모여 있었는데―.

"이야…… 유즈루는 정말 대단해. 다시 한 번 실감했어. 뭐랄까, 완벽 초인? 나는 발끝에도 못 미쳐."

"부정. 그렇지 않아요. 카구야야말로 대단해요. 유즈루는 상대도 되지 못해요. 진심으로 존경해요."

"아냐, 후후…… 그렇지 않다니깐 그러네. 아, 어제 바바루아를 멋대로 먹어서 미안해. 오늘 하굣길에 새로 사와서 냉장고에 넣어놨으니까, 나중에 먹어."

"반성. 저야말로 죄송해요. 유즈루도 푸딩을 사놨어요. 나중에 먹어요."

소파에 나란히 앉아있던 야마이 자매가 사이좋은 커플처럼 팔짱을 낀 채, 그런 달콤한 대화를 나누고 있었다.

평소에도 사이가 좋은 자매였지만, 오늘 밤에는 평소보다 더 친밀해 보였다. 시도는 자신의 볼을 타고 땀방울이 흘러내리는 것을 느끼면서 쓴웃음을 지었다.

"두 사람 다 무슨 일 있어? 평소보다 사이가 좋아 보이네."

시도의 물음에 카구야와 유즈루는 좌우 대칭을 이루는 움직임을 취하며 가슴을 폈다.

"당연하지 않느냐. 이 몸의 반신(半身)인 유즈루야말로, 이 세상 진리의 체현자이니라."

"과시. 하늘마저 뒤흔드는 카구야의 대단함을 칭송하는 것은 지극히 당연한 일이에요."

두 사람은 그렇게 말하더니, 또 서로의 팔을 손가락으로 톡톡 두드려댔다.

"하하하……."

무슨 일이 있었던 건지는 모르겠지만, 사이가 좋은 것은 좋은 일이다. 오늘 아침에 만났을 때는 꽤 험악한 분위기였던 만큼—.

"아, 맞아."

아침의 일을 떠올린 시도는 다시 두 사람을 쳐다보았다.

"카구야, 유즈루. 왜 아침에 서로의 복장을 하고 있었던 거야? 혹시 또 승부라도 했어?"

"뭐?"

"경악. 시도는 눈치챘었군요."

카구야와 유즈루는 시도의 말에 눈을 동그랗게 떴다. 아무래도 다른 사람들이 눈치를 못 챘다고 생각한 것 같았다.

"아니, 눈치채는 게 당연하잖아. 안 그래?"

시도가 그렇게 말하면서 다른 정령들을 쳐다보자, 아침에 야마이 자매와 마주쳤던 토카와 코토리가 고개를 끄덕였다.

"응. 잘 꾸미기는 했던 것 같지만 말이야. 참, 카구야. 가슴 쪽을 어떻게 꾸민 건지 나중에 가르쳐줘."

"음. 겉모습은 뒤바뀌었지만, 냄새로 알 수 있었지."

"……."

"……."

카구야와 유즈루는 다른 이들의 말을 듣고 서로를 쳐다보더니—

"푸…… 하하, 아하하하하! 거 봐~! 나 같은 게 유즈루인 척 하는 건 무리였다니깐!"

"웃음. 후후, 후후후후훗. 역시 유즈루가 카구야를 대신하는 건 무리였나 보네요."

두 사람은 웃겨죽겠다는 듯이 동시에 웃음을 터뜨렸다.

"왜, 왜 그래……?"

"으음……?"

시도를 비롯한 다른 이들은 그런 두 사람을 보고 어리둥절한 표정으로 서로를 쳐다보았다.

미쿠 버글러

BurglarMIKU

DATE A LIVE ENCORE 7

"도와주세요오오오오오오!"

토비이치 오리가미가 시도의 집 거실에서 조그마한 전자 부품을 만지작거리고 있을 때, 그런 목소리가 들리면서 문이 활짝 열리더니, 한 소녀가 안으로 굴러들어왔다.

단정하게 빗은 남색 머리카락, 그리고 멋진 몸매를 자랑하고 있는 이 장신의 소녀는 정령이자 인기 아이돌인 이자요이 미쿠였다.

"무슨 일이야?"

느닷없는 소리와 함께 갑작스러운 방문자가 모습을 드러냈는데도, 오리가미는 당황하지 않았다. 그녀는 부품을 만지작거리던 손을 멈추고 힘차게 소파로 다이빙을 한 미쿠를 쳐다보았다.

그러자 미쿠는 힘차게 몸을 일으키더니, 오리가미를 향해 고개를 돌렸다.

"아앗! 오리가미 양! 여기 있었군요! 엄청 찾았어요~! 저기, 좀 상의드릴 일이 있는데요……."

"상의?"

오리가미가 짤막하게 대답하자, 미쿠는 주위를 두리번거렸다.

"저기, 혹시나 해서 묻는 건데요. 지금 이 집에 혼자 있죠? 다른 사람은 없는 거죠?"

"없어."

오리가미는 고개를 끄덕이며 대답했다. 현재 시도의 집에는 오리가미 이외의 정령은 물론이고, 집주인인 시도와 코토리도 없었다.

집주인이 없는데 오리가미만 혼자 거실에 있는 것도 좀 이상하지만, 정령이 늘어난 후로는 여기가 거의 집합장소가 되었기 때문에, 정령들 전원은 이 집의 열쇠를 가지고 있었다.

"도청기 같은 건……."

"내가 설치한 것뿐이야."

"다행이에요. 그럼 안심해도 되겠네요~."

미쿠는 오리가미의 말을 듣고 안도의 한숨을 내쉬었다.

평소 같으면 시도나 코토리가 이 타이밍에 태클을 날렸겠지만, 지금은 오리가미와 미쿠뿐이기에 그런 일도 벌어지지 않았다. ……그 탓에 좀 아쉬운 느낌이 들기도 했다.

"······아, 상의드릴 게 뭐냐 말이죠~. 오리가미 씨에게 부탁드릴 일이 있어요~."

"뭔데?"

오리가미의 물음에 미쿠는 고개를 끄덕이며 말을 이었다.

"저와 함께—『괴도』가 되어 주셨으면 해요!"

"······그게 무슨 소리야?"

오리가미는 미쿠의 말을 이해하지 못하고 고개를 갸웃거렸다. 그러자 미쿠는 이해한다는 듯이 고개를 끄덕인 후, 말을 이었다.

"그러니까 말이죠······. 제가 뭘 훔치는 걸, 오리가미 씨가 도와줬으면 해요."

"······."

미쿠가 불온한 느낌이 감도는 말을 입에 담자, 오리가미의 눈썹이 희미하게 떨렸다.

하지만 잠시 생각에 잠긴 후, 납득한 것처럼 한숨을 내쉬었다.

"—양말? 아니면 칫솔?"

"아, 아뇨. 달링 굿즈 이야기를 하는 게 아니에요."

미쿠는 고개를 내저었다. 아무래도 그런 걸 훔치려는 게 아닌 듯 했다.

하지만, 듣고 보니 맞는 말이기는 했다. 그런 것이라면 오리가미가 도와주지 않더라도 혼자서 훔칠 수 있을 테니까 말이다. 뭐, 훔친 후에 시도가 전혀 위화감을 느끼지 못할 대체품을 준비하고 싶다면 이야기가 달라지지만 말이다.

하지만, 그렇다면 『훔친다』는 말 자체에 더 불온한 의미가 감돈다. 미쿠도 오리가미의 반응을 보고 그녀의 생각을 눈치챘는지, 방금 한 말을 정정하듯 이렇게 말했다.

"아, 『훔친다』기 보다, 정확하게는 『되찾는다』에 가까워요~."

"그게 무슨 소리야?"

"실은 말이죠……."

미쿠는 크게 숨을 들이마신 후, 이야기를 시작했다.

◇

"……괴도 라일락, 이라고요?"

어느 날 방과 후. 자택에서 차를 마시던 미쿠는 맞은편에 앉은 소녀가 한 말을 듣고 눈을 크게 떴다.

"예……."

눈앞에 있는 소녀는 겉모습과 어울리지 않는 유창한 일본어로 대답했다.

로잘리 웰벡. 얼마 전에 미쿠가 다니는 린도지 여학원에 온 교환 학생이다.

비단처럼 윤기 넘치는 금발, 핏줄이 비칠 듯한 새하얀 피부, 그리고 몸짓 하나하나에서 기품과 교양이 느껴지는,『고상한 상류층 아가씨』라는 말을 그대로 인간 형태로 만든 듯한 가련한 소녀였다.

즉, 완벽하게 미쿠의 취향에 적중한 소녀였다. 뭐, 미쿠의 여성 취향 스트라이크존은 돔구장만큼 넓기 때문에 적중할 곳이 여러 곳 존재하지만 말이다.

아무튼, 전혀 체크하지 않았던 귀여운 여자아이를 교내에서 발견한 미쿠는 그 자리에서 바로 그녀에게 차 한 잔 하자고 말했다. 그리고 아끼는 차와 과자를 대접하고 있는데— 어찌된 영문인지 그녀의 표정이 좋지 않았다.

그래서 이유를 물어보니, 그녀의 입에서 방금 그 이름이 흘러나온 것이다.

"예…… 알고 계시나요? 요즘 들어 세상을 떠들썩하게 하고 있는데……."

"으음…… 들은 적이 있는지 없는지 알쏭달쏭하네요……."

미쿠가 그렇게 말하자, 로잘리는 살며시 눈썹을 찌푸리며 말을 이었다.

"몇 달 전에, 저희 집에 예고장이 왔어요. 『장미소녀를 가지러 가겠습니다』라고 적혀 있는데…… 아, 로단테는 저희 가문의 가보인 보석이에요……. 물론 부모님은 그게 누군가의 장난일 거라고 여기며 개의치 않으셨죠."

"하지만 진짜로 괴도가 나타난 건가요?"

미쿠의 물음에 로잘리는 침통한 표정을 지으며 고개를 끄덕였다.

"진짜로 무슨 일이 일어난 건지 모르겠어요. 하지만 어느새 케이스 안에 있던 로단테가 사라져버렸지 뭐예요……."

로잘리는 그렇게 말한 후 고개를 푹 숙였다. 미쿠는 그 모습을 보고 표정을 찌푸렸다.

"그랬군요……. 죄송해요. 그런 큰일이 벌어진 줄도 모르고, 태평하게 차나 한 잔 하자는 소리를 해버렸네요……."

"아, 아뇨……. 오히려 감사해요. 가만히 있으면 계속 나쁜 생각만 들었거든요……. 모처럼 교환 학생으로 일본에 왔는데, 이런 일만 계속 신경 쓰면 안 되는데 말이죠……."

로잘리는 쓴웃음을 지으며 손을 내저었다. 하지만 그녀의 표정은 어둡게 가라앉아 있었다.

미쿠는 그녀가 기운 낼 수 있도록 계속 말을 걸었다.

"으음…… 괴도인가요~. 대체 누구일까요. 그것만 알면 잡을 수 있을지도 모르는데 말이죠~."

"그게……."

미쿠의 말에 로잘리는 말끝을 흐렸다.

"어? 왜 그러세요~?"

"아…… 아무 것도 아니에요."

"음~?"

로잘리가 묘한 반응을 보이자, 미쿠는 미심쩍다는 듯이 눈썹을 살짝 찌푸렸다.

　"신경이 쓰이네요. 대체 무슨 일인지 말해주지 않겠어요~?"

　미쿠가 캐묻자, 잠시 망설이던 로잘리는 「실은」 하고 작은 목소리로 입을 열었다.

　"……괴도 라일락에게 로단테를 도둑맞은 후, 일본에 있는 어느 자산가가 로단테와 비슷하게 생긴 보석을 손에 넣었다는 소문을 들었어요."

　"으음……? 꽤 수상한 이야기군요."

　미쿠가 턱에 손을 대며 그렇게 말하자, 로잘리는 인상을 찡그리며 분노를 참듯 손톱자국이 남을 정도로 무릎을 세게 움켜쥐었다.

　"그 보석을 선보이는 자리에 참석했던 사람이 SNS에 사진을 올렸는데…… 단순히 비슷한 게 아니었어요. 그건 틀림없이 저희 가문의 보물인 로단테였어요……!"

　"어? 그럼 그 자산가가 괴도 라일락이라는 건가요~?"

　"그건 모르겠어요……. 하지만, 분명 관계가 있을 거예요. 로단테를 그 자산가가 가지고 있으니까요."

　"으음…… 경찰에게는 이야기했나요?"

　"예……. 하지만 증거가 없다면서 들은 척도 하지 않더군요……."

　로잘리는 분한지 이를 악물고 고개를 숙였다. 로잘리의

앞에 있는 테이블에 눈물이 방울져 뚝뚝 떨어졌다.

"로단테는 그냥 예쁘기만 한 보석이 아니에요. 가문에 대대로 이어져 내려온 소중한 보물이에요……. 그런데……."

"로잘리 양……."

미쿠는 안됐다는 듯이 로잘리를 쳐다본 후, 곧 결의에 찬 눈빛으로 희미하게 떨리고 있는 로잘리의 손을 잡았다.

그렇다. 여자아이가 우는 얼굴을 보면 흥분하지만, 여자아이를 울린 녀석은 절대 용서하지 않는 걸로 잘 알려진 이가 이자요이 미쿠다. 그런 그녀가 눈앞에서 눈물짓고 있는 소녀를 내버려둘 수 있을 리가 없다.

"—저한테 맡겨 주세요. 그 로단테를 반드시 되찾아 올게요."

"예……?"

미쿠의 말에 로잘리는 뜻밖이라는 듯이 눈을 크게 떴다.

"되찾아 오겠다니…… 대, 대체 어떻게 말이죠?"

"우후후~."

미쿠는 미소를 짓더니, 치마를 휘날리며 그 자리에서 빙글 돌아선 후, 요염한 동작으로 검지를 입술에 댔다.

"로잘리 양은 알고 있나요~? 아이돌은 숨겨진 얼굴을 가지고 있답니다~."

◇

"……이렇게 된 거예요~."

"……."

오리가미는 자초지종을 듣고 무표정한 얼굴로 미쿠를 쳐다보았다.

"뭐가 어떻게 된 건지는 알겠어. 그럼, 로단테를 찾아주는 대가로 뭘 요구한 거야?"

"그야 볼에 뽀뽀를…… 아, 저는 어디까지나 순수한 마음으로 로잘리 양을 도와주고 싶은 것뿐이에요~!"

미쿠는 입을 잘못 놀리면서도 열변을 토했다. ……역시 예상대로 대가를 요구한 것 같았다.

오리가미는 작게 한숨을 내쉰 후, 턱에 손을 댔다.

"괴도 라일락……."

"예~. 그게 범인의 이름인 것 같아요. 오리가미 양은 들어본 적이 있나요?"

"응. 미해결 연속 절도 사건의 범인 이름이 바로 괴도 라일락이었을 거야."

"오오~! 역시 오리가미 양이에요~! 하지만 요즘 같은 시대에도 괴도가 진짜로 있군요~."

미쿠는 괴도가 되려 하는 사람답지 않은 발언을 입에 담았다. 오리가미는 모순을 느끼면서도 그 말에 답했다.

"창작물의 영향을 받은 절도범이 『괴도』를 자칭하는 케이스는 사실 적지 않아. 훌륭한 솜씨로 완벽하게 범행에 성공한 범인을, 매스컴이 재미있어하며 괴도라고 부르기도 해."

"그런가요?"

"그래. 괴도 라일락 이외에도 괴도 위스테리아, 괴도 로즈, 괴도 란마라고 불리는 절도범이 아직 잡히지 않았을 거야."

"으음…… 마지막 사람은 쾌도난마로 말장난을 친 걸까요~?"

"나도 몰라."

오리가미가 담담한 어조로 그렇게 말하자, 미쿠는 마음을 다잡으려는 듯이 고개를 가볍게 흔든 후에 입을 열었다.

"아무튼, 용서 못해요! 눈에는 눈! 괴도에는 괴도예요! 저와 오리가미 양이 로단테를 되찾는 거예요! 이미 팀명도 생각해뒀어요~! 제 이름에는 밤 소(宵) 자가 있고, 오리가미 양의 이름에는 연을 뜻하는 솔개 연(鳶) 자가 있잖아요~? 그러니까 괴도 『나이트 카이트』라고 짓는 건 어떨까요~?"

"왜 나를 끌어들이려는 거야?"

"예? 그야 저 혼자서는 무리잖아요~. 상대는 엄청난 부자인 것 같고, 저택에도 방범장치가 잔뜩 설치되어 있을 테니까……."

"〈라타토스크〉에 부탁하면 되지 않아?"

"으음, 저도 그럴까 했는데…… 코토리 양이 알면 『그런 위험한 일에 고개를 들이밀지 마!』라고 말할 것 같거든요~. 하지만 오리가미 양이라면 유연하게 대처해줄 것 같았어요."

"……."

꽤나 남에게 의지하려 하는 『숨겨진 얼굴』이라는 생각이 든 오리가미는 작게 한숨을 내쉬었다.

"미안하지만, 거부하겠어. 다른 사람한테 부탁해."

"어어, 왜요~?!"

미쿠는 뜻밖이라는 듯이 눈을 동그랗게 떴다. 오리가미는 다시 손을 움직이면서 대답했다.

"그 보석이 로단테라는 근거라고는 그 교환 학생의 증언뿐이야. 그것만 믿고 행동을 하는 건 너무 위험부담이 커. 이 이전에, 내가 나서야 할 이유가 없어."

"예엣?! 귀여운 여자애가 울고 있거든요~?! 마음이 아프지 않은 건가요~?!"

"안됐다는 생각은 들지만, 얼굴도 모르는 인물을 위해 절도범이 될 생각은 없어."

"절도범이 아니에요~! 정의의 괴도 『나이트 카이트』란 말이에요~!"

"형법 앞에서는 똑같아."

"아, 알았어요……. 『카이트 나이트』로 이름을 바꿀게요~!"

"그게 그거잖아."

오리가미가 무뚝뚝한 어조로 그렇게 말하자, 미쿠는 불만을 표시하듯 볼을 부풀렸다.

하지만 바로 그때, 뭔가가 생각난 것처럼 씨익 웃었다.

"······그러고 보니 오리가미 양이 전에 말했었죠? 역사가 바뀐 바람에 달링의 사진을 대부분 잃고 말았다고요."

"—윽."

미쿠가 그렇게 말한 순간, 오리가미의 눈썹이 희미하게 떨렸다.

그리고 그 반응을 포착한 미쿠는 더욱 진한 미소를 지었다.

"우후후······ 실은 오리가미 양에게 아직 보여주지 않은 시오리 양 컬렉션이 있는데 말이죠~."

오리가미는 아무 말 없이 고개를 들었다.

"—괴도 『나이트 카이트』, 정의 집행."

"꺄아~! 오리가미 양, 사랑해요~!"

미쿠가 몸을 배배 꼬면서 환희에 찬 목소리로 그렇게 외쳤다.

그러자—.

"훗, 이야기는 잘 들었어."

다음 순간, 거실 입구 쪽에서 그런 목소리가 들려왔다.

"······응?"

"누, 누구죠~?!"

목소리가 들려온 곳을 돌아보자, 안경을 쓴 단발머리 여성이 그곳에 서 있었다. 팔짱을 낀 채 벽에 기댄 묘한 포즈를 취한 채 말이다.

혼죠 니아. 오리가미, 미쿠와 마찬가지로 정령인 그녀는, 아무래도 두 사람이 이야기를 나누는 사이에 이 집에 들어온 것 같았다.

"—니아."

"니아 양이었군요~. 깜짝 놀랐잖아요~."

미쿠가 가슴을 쓸어내리며 한숨을 내쉬자, 니아는 불만을 표시하듯 입술을 삐죽 내밀었다.

"에이~, 밋키~. 그런 리액션을 취하는 건 너무하잖아. 좀 더 놀란 척 해줘도 되지 않아~?"

"진짜 놀랐다고요~. ……그것보다, 방금 이야기를 들었죠? 저기, 코토리 양에게는 비밀로 해주면 고맙겠는데요……."

미쿠의 말에 니아는 과장스럽게 고개를 끄덕였다.

"걱정하지 마. 나는 그런 눈치 없는 짓을 할 여자가 아니거든? 게다가 우리는 『미드나이트 카이트』라는 한 배를 탄 동료잖아."

"……응?"

"예?"

오리가미와 미쿠는 한순간 그 말을 이해하지 못했지만, 이내 니아가 한 말의 의미를 눈치챘다.

즉, 『입 다물고 있을 테니 자기도 끼워달라』라는 뜻이었다. 게다가 팀명까지 파워업시켰다.

"그런 재미있는 일에 나를 끼워주지 않으려는 건 아니겠지?"

니아는 눈을 반짝이면서 그렇게 말했다.

그 모습을 보아하니 안 된다고 말해봤자 소용이 없을 것 같았다. 괜히 거절했다가 코토리에게 정보가 유출되면 일이 성가시게 될 것이다. 오리가미와 미쿠는 잠시 눈빛을 교환한 후, 재빨리 판단을 공유했다.

"알았어. 하지만 이 미션은 매우 위험해. 그러니 내 지시에 따라줘."

"응! 물론이지~! 이야~! 피가 끓는걸~! 저기, 예고장을 준비하는 편이 좋겠지?"

"말도 안 돼. 일부러 상대를 경계하게 할 이유는 없어."

"에이~, 낭만을 모르네~."

니아는 입술을 삐죽 내밀었다. 오리가미는 그런 니아를 무시하면서 몸을 일으켰다.

"—아무튼, 결행하기로 정했으니 작전을 짜도록 하자. 시도와 다른 애들이 돌아올 시간이 다 됐으니까 장소를 옮기는 게 좋겠어."

"예~! 알았어요~!"

"아지트로 이동하자는 거구나!"

미쿠와 니아는 힘찬 목소리로 그렇게 외쳤다.

오리가미는 고개를 끄덕인 후, 방금까지 만지작거리던 전자부품의 뚜껑을 닫고 그것을 관엽식물 뒤편에 설치한 뒤 거실을 나섰다.

미쿠와 니아는 영문을 모르겠다는 눈길로 그런 오리가미를 쳐다보다가, 이내 그녀가 뭘 한 것인지 눈치챘는지 「아~」하고 탄성을 지른 후에 아무 말도 하지 않았다.

◇

　그로부터 며칠 후, 밤.
　교외에 있는 대저택을 내려다볼 수 있는 조그마한 언덕 위에 그림자 세 개가 나타났다.
　"……."
　한 사람은 아무 말 없이 저택을 내려다보고 있는 오리가미였다. 어둠 속에 숨기 위한 검은색 위장복을 입었고, 경량 방탄 재킷을 걸쳤다. 머리에는 적외선 스코프를 비롯한 각종 센서가 탑재된 헤드셋을 장비했다.
　"우후후~, 악을 벌하는 정의의 괴도 등장! 이에요~!"
　다른 한 명은 달을 배경 삼으며 멋진 포즈를 취한 미쿠였다. 그녀는 오리가미와 다르게 턱시도에 망토를 걸쳤으며, 머리에는 실크햇을 썼을 뿐만 아니라 오른쪽 눈에는 외눈 안경을 착용했다. 움직이기 힘든데다 남들 눈에도 띄는 옷차림이었다. 이제부터 저택에 침입하려 하는 이와는 거리가 먼 복장이었다.
　"바라봐~, 흥흥~♪"

그리고 마지막 한 사람은, 가사를 기억하지 못하는 건지, 아니면 저작권 사용료를 두려워하는 건지 애매한 콧노래를 부르고 있는 니아였다.

그녀의 복장은 미쿠와 비교해도 꽤나 이질적이었다. 그녀는 파란색 레오타드로 온몸을 감쌌으며, 허리춤에는 노란색 천을 팔레오처럼 둘렀다. 게다가 명함 크기의 카드를 손가락 사이에 끼워들고 있었다.

"─둘 다, 왜 그런 복장을 한 거야?"

오리가미가 차분한 목소리로 묻자, 미쿠는 망토를 펄럭였고, 니아는 조그마한 가슴을 폈다.

"오리가미 양이라면 눈치챌 거라고 생각했어요~! 역시 괴도하면 바로 이 스타일이죠~!"

"에이, 밋키~. 괴도하면 바로 이…… 에, 엣취~!"

니아는 말을 이으려다 재채기를 했다.

그럴 만도 했다. 한겨울밤에 얇은 레오타드 하나만 걸치고 있으니까 말이다. 추운 게 당연했다.

"실용성은 제쳐두더라도, 미쿠의 코스튬은 의도를 이해할 수 있어. 하지만 니아, 네 복장은 정말 영문을 모르겠어."

"맞아요. 왜 괴도인데 레오타드를 입은 거죠? 앗! 혹시 저한테 주는 상인가요~?! 그럼 그렇다고 빨리 말해주지 그랬어요~! 자, 망토 안은 따뜻해요~."

오리가미와 미쿠가 그렇게 말하자, 니아는 경악한 표정으로 눈을 크게 떴다.

"으음…… 두 사람 다 진심으로 하는 소리야? 큭…… 이게 세대차이라는 거구나. 그래도 납득 못해~! 모리스 르블랑이 더 오래됐는데~!"

발을 동동 구르던 니아는 또 「엣취~! 젠장~」 하고 재채기를 했다.

"그런데, 그 카드는 뭐야?"

오리가미는 니아가 들고 있는 카드를 가리켰다. 거기에는 책과 달과 새로 꾸며진 스타일리시한 로고 마크와 『미드나이트 카이트』라는 문자가 새겨져 있었다.

"어? 보다시피 카드인데? 현장에 이 카드를 남겨둬야 누구의 범행인지 알 거 아냐."

"괜한 짓이야. 왜 일부러 범행의 흔적을 남기려는 건데?"

"어? 그야…….'"

니아는 당연하다는 듯한 어조로 말을 하다 갑자기 생각에 잠기더니, 아하하 하고 웃음을 터뜨렸다.

"……어째서일까?"

"……."

오리가미는 아무 말 없이 볼을 긁적였다.

—각자 잠입에 적합한 장비를 갖추고 집합하라고 말했는데, 왜 이렇게 되어버린 걸까.

하지만 이제 와서 작전을 중지할 수도 없다. 오리가미는 백팩을 뒤져서 예비 장비를 꺼냈다.

"일단 두 사람 다 이걸 착용해."

"응? 오리링, 이게 뭐야?"

"암시 고글."

"에이~, 왠지 괴도 같지 않아요……."

미쿠는 불만을 표시하듯 그렇게 말했다. 하지만 오리가미는 반쯤 억지로 두 사람에게 떠넘기면서 말을 이었다.

"—예정대로 3시에 잠입을 개시하겠어. 다들 혹시 모르니 시계를 맞춰둬."

"아, 이 시계도 괜찮나요~?"

"알았어~."

오리가미의 말에 미쿠는 품속에서 회중시계를, 니아는 레오타드의 가슴 언저리에서 에로틱하게 스마트폰을 꺼냈다.

"……."

오리가미는 잠시 침묵한 후, 예비 손목시계를 두 사람에게 건네줬다.

◇

"……이게 대체 무슨 일이지?"

아쿠츠 켄조는 짜증 섞인 어조로 그렇게 말하면서 모니터 룸에 있던 고용인들을 노려보았다.

그는 땅딸막한 체구에 백발이 인상적인 예순 남짓한 남자였다. 그의 얼굴에는 주름이 존재했지만, 나이가 들었는데도 날카로운 안광이 그의 범상치 않은 경력을 이야기해주고 있었다. 그가 노려본 순간, 시선이 마주친 젊은 고용인들 중한 명이 「히익」 하고 숨을 삼켰을 정도다.

하지만 아쿠츠가 짜증을 내는 것도 당연했다. 취침 중에 느닷없이 알람이 울려서 잠에서 깼으니, 그 누구라도 기분이 나쁠 것이다.

하지만 그 알람을 무시할 수도 없었다. 알람이 울렸다는 것은 취침 중인 그를 깨워야 하는 사태가 벌어졌다는 것을 의미하니 말이다.

"치, 침입자입니다. 방금 센서가 반응했습니다. 누군가가 이 저택에 숨어든 것 같습니다."

"……침입자?"

모니터로 향한 고용인이 그렇게 말하자, 아쿠츠는 눈을 치켜떴다. 아직 졸음기가 남아있던 머릿속이 순식간에 맑아졌다.

"어디 있지?! 인원은?! 감시 카메라의 영상을 틀어봐라!"

"아, 알겠습니다……."

고용인이 허둥지둥 콘솔을 조작했다. 아쿠츠는 그 모습을 곁눈질하면서 분통을 터뜨렸다.

누구인지는 모르겠지만, 이 저택에 숨어든 자의 목적은

상상이 됐다. 아쿠츠가 지금까지 모은 보물을 노리는 것이
리라.

"감히……."

아쿠츠는 분노에 찬 목소리로 그렇게 중얼거리더니, 손에
쥔 조그마한 케이스를 열었다.

그러자 그 안에서 아름다운 보석이 모습을 드러냈다.

장미를 연상케 하는 형태를 지닌 연분홍색 다이아몬드였
다. 보는 이들의 시선을 사로잡을 듯한 요염한 매력이 넘쳐
나는 돌이었다.

이름은 로단테. 얼마 전에 겨우 손에 넣은, 아쿠츠의 보물
이었다.

아쿠츠의 저택 안에는 이것 이외에도 수많은 보물이 보관
되어 있지만, 도적들이 나타난 타이밍으로 볼 때, 이 보석을
노리는 이들일 가능성이 매우 컸다.

"이 건방진 놈들. 누구인지는 모르겠지만, 이건 절대 넘겨
주지 않겠다……!"

"……앗! 주인님, 찾았습니다! 모니터에 영상을 띄우겠습
니다!"

고용인들 중 한 명의 목소리가 모니터 룸에 울려 퍼졌다.
아쿠츠는 그 말을 듣자마자 정면에 있는 화면을 쳐다보았다.

통풍구로 보이는 장소를 세 사람이 기면서 이동하고 있었
다. 한 사람은 특수부대급의 장비를 갖추고 있었지만, 그 뒤

를 따르는 두 사람은 턱시도와 레오타드 차림이었다.

게다가 전원이 어린 소녀였다. 아쿠츠는 한순간, 영상을 잘못 튼 게 아닐까 하고 생각했다.

"……이 녀석들은 대체 뭐지?"

"코스프레……를 한 여자애들 같습니다만……."

그 뜻밖의 영상을 본 아쿠츠와 고용인들은 당혹스러운 표정을 지었다.

하지만 아쿠츠는 곧 마음을 다잡으며 고개를 세차게 저었다.

"아, 아무튼 침입자인 건 틀림없지. 지금 바로―."

"―호오, 이런 시간에 꽤나 시끌벅적하군요."

아쿠츠가 말을 이으려던 바로 그때, 모니터 룸에 그런 목소리가 울려 퍼졌다.

고용인들은 깜짝 놀란 것처럼 어깨를 부르르 떨었다. 목소리가 들린 곳을 향해 고개를 돌려보니, 어느새 서양 남성 한 명이 이곳에 와 있었다.

키가 190센티미터는 될 것 같았고, 볼은 핼쑥했다. 두 팔은 물론이고 손가락 또한 길었기에, 마치 말라비틀어진 나무 같아 보이는 남자였다.

"블랙! 왔느냐!"

아쿠츠는 그 모습을 보자마자 남자의 이름을 입에 담았다.

라이오넬 블랙. 아쿠츠의 경호원이자, 그가 가장 신뢰하는 남자였다.

"너도 들었겠지만, 침입자다! 내 보물을 훔치러 온 게 틀림없어……!"

"뭐, 일단 진정하시죠. 너무 걱정할 필요는 없습니다."

"하지만……!"

아쿠츠가 고함을 지르려고 하자, 블랙은 얇은 입술을 비틀며 미소를 머금었다.

"혹시 아직도 신용하지 못하는 겁니까? 이 마술사^{위저드}, 라이오넬 블랙의 힘을 말이죠."

"……윽!"

아쿠츠는 블랙의 말을 듣고 숨을 삼켰다.

그렇다. 이 남자는 평범한 인간이 아니다. 『위저드』라 불리는, 상식의 저편에 존재하는 초인인 것이다.

물론 아쿠츠도 처음에는 위저드가 실존할 거라고 믿지는 않았다.

하지만, 그의 힘은 진짜였다.

국영 박물관, 거대 은행의 금고, 그리고 세계 각국의 자산가와 귀족들의 저택.

그는 철벽의 경호를 자랑하는 시설에서, 마법이라 해도 과언이 아닌 방법으로 아쿠츠가 원하는 미술품과 보물을 훔쳐냈다.

라이오넬 블랙— 그가 지닌 또 하나의 이름은 괴도 라일락.

당대 제일이자, 희대의 『마술 괴도』다.

"그, 그래……. 네가 있으니 안심해도 되겠지."

"예. 뭐, 제가 나설 필요조차 없을지도 모르지만 말이죠."

블랙은 그렇게 말하면서 벽 중앙에 있는 대형 모니터를 쳐다보았다.

거기에는 감시 카메라의 영상이 아니라 저택의 지도가 표시되어 있었으며, 곳곳에 붉은색으로 표시가 되어 있었다.

"누구인지는 모르겠지만, 바보 같은 놈들이군요. 이 저택에 설치해둔 방범장치 및 대인(對人) 트랩은 약간 자극적이죠. 본인들은 잠입에 성공한 줄 알고 있겠지만…… 크큭, 동양의 속담에 비유하자면, 섶을 지고 불에 뛰어드는 꼴이군요."

"음, 그건 그렇지……."

아쿠츠는 블랙의 말을 듣고 마음을 진정시켰다.

확실히 이 저택의 복도에는 충분한 살상능력을 지닌 함정이 설치되어 있다. 좋게 말하면 신중, 나쁘게 말하면 겁쟁이인 아쿠츠의 성격, 그리고 블랙이 준비한 위법적인 함정이 이 평범한 저택을 난공불락의 요새로 바꾼 것이다.

"자, 곧 도둑이 함정이 설치된 구역에 들어가겠군요. 뭐, 저희는 여기서 느긋하게 감상이나 하죠. 운이 좋다면 한 명 정도는 살아남을지도 모르겠군요."

"으, 음……. 그렇겠지. 하하, 하하하하하!"

블랙이 여유에 찬 목소리로 그렇게 말하자, 아쿠츠는 웃음을 터뜨렸다.

◇

"—멈춰."

통풍구를 통해 저택 안으로 침입한 후, 어두운 통로를 따라 나아가던 오리가미가 갑자기 걸음을 멈추면서 뒤편에 있는 두 사람을 제지했다.

"응? 왜 그러세요~?"

"으음? 오리링, 여기에 뭐라도 있는 거야?"

미쿠와 니아는 의아해 하며 그렇게 물은 후 오리가미의 뒤편에서 고개를 쑥 내밀었다. 그리고 전방에 펼쳐진 광경을 보고 깜짝 놀랐다.

고글을 쓴 오리가미 일행의 시야에는 붉은 선이 수도 없이 그어져 있었던 것이다.

"오오~, 엄청나네요~. 이게 적외선 센서라는 건가요?"

"오호~, 현실에서는 처음 봤어~. 이런 게 진짜로 있구나. 이게 살짝 닿기만 해도 경보가 울리는 거 맞지?"

"경보라면 그나마 낫겠지만, 다른 함정과 연동되어 있을 가능성이 있어."

오리가미는 그렇게 말하면서 좌우의 벽과 바닥, 천장을 노려보았다. 잘 감춰둔 것 같지만, 잘 위장되어 있다는 점이 거꾸로 부자연스러워 보였다.

"다른 함정……이라고요?"

"예를 들면, 적외선에 닿으면 벽에서 레이저가 발사되거나, 적외선을 피해서 나아가다가 바닥의 중량 센서에 걸려서 추락 함정이 작동— 같은 일이 벌어질 수도 있어."

"어, 그러면 방법이 없는 거잖아요~!"

"……"

오리가미는 주위를 살핀 후, 몇 걸음 물러서서 몸을 웅크렸다. 발치에 있는 벽에는 콘센트를 꽂는 구멍이 있었다. 아마 고용인이 청소기를 돌릴 때 사용하는 콘센트이리라.

오리가미는 파우치에서 바늘을 꺼내 그것을 콘센트 구멍에 찔러 넣었다.

다음 순간, 치직 하는 소리를 내면서 불똥이 튀더니, 전방의 통로에 존재하던 적외선이 순식간에 사라졌다.

"꺄아!"

"우왓?!"

"—지금이야. 뛰어."

오리가미는 그렇게 말한 후 바로 몸을 날렸다. 미쿠와 니아는 한 박자 늦게 그녀의 뒤를 쫓았다.

세 사람이 기나긴 통로를 통과했을 즈음, 위이이이잉……하는 낮은 소리가 들리면서 다시 적외선 센서가 작동됐다.

"하아, 하아…… 저기~, 아까 같은 짓을 할 거면 미리 말 좀 해달란 말이야~."

"깜짝 놀랐어요……. 방금 뭘 한 건가요~?"

두 사람이 거친 숨을 내쉬면서 물었다. 오리가미는 고개를 살며시 끄덕이면서 대답했다.

"합선을 통해 일시적으로 정전을 일으켰어. 센서류의 전원을 저택과 공용으로 설정해둔 걸 보면, 마무리가 허술하네."

오리가미의 설명에 미쿠와 니아는 감탄한 것처럼 「아~」 하고 탄성을 질렀다.

"그랬구나~. 하지만 만약 전원이 분리되어 있었다면 어떻게 하려고 했어?"

"확신은 없었지만, 그렇게 철저하게 하지는 않았을 거라고 예상했어. 애초에 이런 함정을 설치한 걸 보면, 적은 영화를 너무 많이 본 것 같아."

"아하하, 신랄하잖아~."

니아는 오리가미의 말을 듣고 웃음을 흘렸다. 하지만 바로 그때, 미쿠가 뭔가를 깨달았는지 입을 열었다.

"아, 하지만 방금 정전 때문에 이 저택 사람들이 저희가 침입한 걸 눈치채지 않았을까요?"

"우리 존재는 이미 들통 났을 가능성이 커. 저택에 잠입하면서, 미쿠와 니아가 센서에 한 번도 닿지 않았을 가능성은 낮아."

"으윽!"

"으~."

두 사람은 충격을 받은 것처럼 가슴을 움켜쥐며 몸을 웅크렸다. 하지만 오리가미는 개의치 않으면서 전방을 쳐다보았다.

"—적이 나타날지도 몰라. 정신 바짝 차리고 따라와."

그리고 그렇게 말한 후, 두 사람을 데리고 걸음을 옮겼다.

◇

"돌파당했지 않느냐! 저렇게 간단히 말이야!"

아쿠츠는 저택 중심에 있는 모니터 룸에서 비명에 가까운 목소리로 그렇게 외쳤다.

그럴 만도 했다. 겨우 몇 초 정전이 된 사이, 모니터에 비치고 있던 침입자들이 함정 에어리어를 벗어난 것이다.

하지만 이런 상황에서도 블랙은 여유 넘치는 표정을 짓고 있었다.

"크큭…… 오호라. 꽤 하는걸."

"왜 웃고 있는 거냐! 대체 뭘 어떻게 할 거냐 말이다!"

"진정하세요. 딱히 문제될 건 없을 텐데요? 함정은 여흥 같은 거지 않습니까."

"뭐……?"

"당신이 가장 잘 알고 있을 텐데요? 이 저택에는 수많은 보디가드가 있다는 걸 말이죠."

"음…… 그건 그렇지."

아쿠츠는 그 말을 듣고 분노를 삭였다.

블랙이 방금 말했다시피, 이 저택에는 항상 50명가량의 보디가드가 대기하고 있다. 게다가 그들은 단순한 건달이나 양아치가 아니라, 격투기 혹은 호신술을 익힌 자들이다. 저런 침입자들은 단숨에 잡을 것이다.

"그렇죠? 매일 공짜 밥만 얻어먹는 그들이 이럴 때는 제대로 일을 해줘야 하지 않겠습니까. 생포해서 배후관계를 알아낸 후에는 좋을 대로 하시죠. 보아하니 하나같이 젊은 여자 같으니까요. 당신도 싫어하지는 않잖아요?"

"응? 뭐, 그야……."

아쿠츠는 턱을 매만지더니, 모니터에 비친 침입자들을 다시 쳐다보면서 입가에 음흉한 미소를 머금었다.

◇

함정 에어리어를 돌파한 오리가미 일행은 저택의 어두운 복도를 조용히, 그리고 가능한 한 신속하게 나아갔다.

아까 전에 통과한 곳 이외에는 딱히 함정이 존재하지 않았다. 하지만 그게 당연할 것이다. 이곳은 보물 보관만을 목적으로 한 금고나 보물관이 아니라, 인간이 생활하고 있는 주거지다. 곳곳에 함정이 존재해서야 일상생활이 힘들 것이다.

"그런데 오리링. 꽤 거침없이 나아가고 있는 것 같은데, 로단테가 어디 있는지 알고 있는 거야?"

모퉁이를 여러 번 돌았을 즈음, 등 뒤에서 니아의 목소리가 들려왔다.

"—사전에 입수한 지도를 통해 어디에 있을지 대략적으로 파악해뒀어. 아마 이 집 주인의 침실에 있는 금고 안에 있을 가능성이 커."

"그렇군요~. 그럼 우리는 지금 그 침실로 향하고 있는 건가요~?"

미쿠는 손뼉을 치면서 물었다.

오리가미는 그 말을 듣고 고개를 저었다.

"지금 향하고 있는 곳은 경비 시스템을 통괄하는 모니터 룸이야. —침입자의 존재를 알았다면, 주인은 사람들이 가장 모여 있을 장소로 이동했을 거야. 그리고 표적으로 추정되는 보물을 가지고 이동했을 가능성도 있어. 만약 피난을 하지 않았더라도, 모니터 룸을 제압하면 상대방이 우리의 행동을 파악하지 못할 거야."

오리가미가 담담한 어조로 그렇게 말하자, 미쿠와 니아는 또 감탄했다.

하지만— 바로 그때였다.

"……윽!"

오리가미는 숨을 삼키면서 그 자리에서 멈춰 섰다.

이유는 단순했다. 갑자기 전등이 켜지더니, 복도 안쪽에서 검은 정장을 입은 자들이 나타난 것이다.

"우왓!"

"꺄아~! 꾀죄죄해요~!"

니아와 미쿠가 그렇게 외쳤다. 하지만 오리가미는 아무 말 없이 한 발을 뒤로 빼며 몸을 낮춘 후 날카로운 눈길로 상대를 노려보았다.

그런 오리가미를 본 정장 차림의 사람들 또한 전투태세를 취했다.

"농담인 줄 알았더니, 진짜로 여자잖아? 마치 만화 같은데?"

선두에 서 있던 자가 오리가미 일행을 둘러보며 비웃음을 흘렸다.

"어이, 아가씨들. 혹시나 해서 묻는 건데, 순순히 잡힐 생각은 없어? 신변의 안전을 보장해줄 수는 없지만, 그 귀여운 얼굴에 생기는 상처는 하나 줄게 될 걸?"

"……"

"항복할 생각은 없나 보네. 뭐, 당연히 그렇게 나와야지."

오리가미가 아무 말 없이 적들의 실력을 분석하고 있을 때, 선두에 선 자는 말아 쥔 두 손을 가슴 앞으로 모았다.

복싱— 아니다. 복싱 치고는 중심이 부자연스러웠다. 아마 유술 혹은 레슬링을 익힌 자 같았다. 주먹다짐을 벌이는 척 하다가 잡기 기술을 사용할 속셈인 것 같았다.

오리가미 이외의 다른 이들이라면 눈치를 채지 못했을 만큼 그 위화감은 미세했다. ―이 남자, 싸움에 익숙했다.

오리가미는 미간을 살짝 찌푸렸다.

일대일로 싸운다면 제압할 방법은 얼마든지 있다. 하지만 미쿠와 니아를 지키면서 이 많은 이들을 상대하는 건 꽤 힘들 것 같았다.

오리가미가 그런 생각을 하고 있을 때, 누군가가 그녀의 어깨에 손을 얹었다. 바로 미쿠였다.

"훗, 저 사람들은 저한테 맡겨 주세요."

미쿠는 그렇게 말하면서 망토를 흔들었다. 오리가미는 그 말을 듣고 미간을 찌푸렸다.

"네가 쓰러뜨릴 수 있는 상대가 아냐. 인질이 되지 않도록 물러나 있어."

오리가미가 그렇게 말했지만, 미쿠는 물러나기는커녕 작은 목소리로 이렇게 말했다.

"괜찮아요~. 오리가미 양과 니아 양은 물러나서 기다리고 계세요. ―**귀라도 막고 말이에요.**"

"……."

"아하~."

미쿠의 의도를 눈치챈 오리가미와 니아는 순순히 고개를 끄덕이면서 두 손으로 귀를 막았다.

그러자 미쿠는 한 걸음 앞으로 나서면서 숨을 크게 들이

마신 후—.

"————♪"

검은색 정장을 입은 자들에게, 자장가를 불러줬다.

◇

"아, 아, 아니……."

모니터 룸에서 화면을 지켜보던 아쿠츠는 눈을 동그랗게 뜨면서 입을 쩍 벌렸다.

침입자인 소녀 중 한 명이 노래를 하자, 보디가드들이 일제히 쓰러지기 시작한 것이다.

"뭐가 어떻게 된 거지이이이?! 블랙! 이게 대체 어떻게 된 거냐?! 무슨 일이 벌어진 거냔 말이다!"

아쿠츠가 히스테릭하게 고함을 질렀지만, 블랙은 차분한 눈길로 모니터를 쳐다보며 흥미롭다는 듯이 턱을 매만졌다.

"흐음……. 최면 가스라도 사용한 걸까요? 상대방이 가스마스크 같은 것을 착용하지 않은 걸 보면, 지향성 분사장치 같은 걸로……."

"느긋한 소리나 할 때가 아니지 않느냐!"

아쿠츠가 절규를 지르자, 블랙은 쓴웃음을 흘리며 어깨를 으쓱했다.

"당신이 무슨 일이 벌어진 건지 물어서 대답한 겁니다

만……."

"시끄럽다! 그것보다 이제 어떻게 할 거지?! 함정도, 보디가드도, 전부 돌파 당했단 말이다!"

"뭐, 어쩔 수 없겠죠. 상대가 한 수 위인 거니까요."

블랙은 머리를 긁적이면서 그렇게 말했다. 그런 태연자약한 태도를 본 아쿠츠는 또 고함을 지를 뻔 했다.

하지만— 아쿠츠는 직전에 입을 다물었다.

블랙이 군용 인식표 같은 것을 이마에 댄 순간, 그의 몸이 옅은 빛에 감싸인 것이다.

"아니……!"

느닷없는 광경을 본 아쿠츠가 놀라고 있을 때, 순식간에 복장이 바뀐 블랙이 몸에 장착한 기계 갑옷을 자랑하듯 가슴을 펴며 입을 열었다.

"—뭐, 이렇게 당했으니 어쩔 수 없죠. 제가 직접 상대해주도록 할까요? 물론, 특별 보너스를 듬뿍 챙겨주셔야 합니다?"

"괘, 괜찮은 거냐? 상대는 최면 가스 같은 걸 가지고 있고 아까 네가……."

아쿠츠는 말을 이으려다 입을 다물었다.

블랙이 씨익 웃은 순간, 마치 가위에 눌린 것처럼 아쿠츠는 꼼짝도 할 수가 없었던 것이다.

"……윽?!"

"아하하, 실례했군요. 좀 장난이 심했으려나요?"

블랙이 유쾌하다는 듯이 웃음을 흘린 순간, 아쿠츠의 몸이 겨우 자유로워졌다.

"……윽! 하아……, 하아……. 바, 방금 그건 네가……?"

"예. 이제 이해했겠죠? 격투술? 최면 가스? 하하, 그런 건 위저드의 임의영역[테리터리] 앞에서는 애들 장난이나 다름없어요."

블랙은 손을 좌우로 펼치며 말을 이었다.

"자랑은 아니지만 이 블랙은 DEM에서도 꽤 이름을 날린 위저드죠. 뭐, 상대가 정령이 아니라면 제가 당할 리가 없습니다. 당신은 악역답게, 브랜디를 홀짝이며 고양이나 쓰다듬어주고 계시죠."

블랙은 농담처럼 그렇게 말했다.

그 여유로운 모습이 아쿠츠에게는 믿음직하기 그지없어 보였다.

"으, 음……. 그럼 부탁한다, 블랙."

"예이예이."

위저드, 라이오넬 블랙은 아쿠츠의 말을 들으면서 모니터 룸을 나섰다.

◇

"—움직이지 마."

오리가미는 모니터 룸의 문을 열자마자 안에 있는 사람들에게 경고를 했다.

그리고 오리가미의 뒤편에 있던 미쿠와 니아 또한 모니터 룸 안으로 들어왔다.

"하앗! 괴도『미드나이트 카이트』!"

"등장~ 이에요~!"

두 사람은 그렇게 말하면서 이상한 포즈를 취했다. 오리가미를 사이에 두고 좌우에서 포즈를 취하자, 왠지 오리가미도 함께 포즈를 취하고 있는 것처럼 보였다.

……뭐, 그래도 문제될 것은 없다. 오리가미는 그렇게 생각하며 방 안을 빈틈없이 살폈다.

모니터 여러 개가 설치되어 있는 방 안에는 몇몇 고용인과 나이가 꽤 많아 보이는 남성 한 명이 있었다. 아마 이 노인이 이 저택의 주인인 아쿠츠 켄조일 것이다.

"아니……?!"

아쿠츠는 믿기지 않는다는 표정으로 오리가미 일행을 쳐다보더니, 떨리는 목소리로 외쳤다.

"이 녀석들이 여기에 오다니……! 브, 블랙은 어떻게 한 거냐?!"

"……블랙? 누구 말이죠~?"

"아, 그 사람 아냐? 아까 우리를 막아섰던 사람 말이야."

"아하~, 오리가미 양이 10초 만에 박살을 내준 사람 말이 군요~."

"블래애애애애애애액—?!"

니아와 미쿠가 잡담을 나누는 투로 그렇게 말하자, 아쿠츠는 눈을 치켜뜨며 절규를 토했다.

"그래도 깜짝 놀랐어요~. 그 사람, 위저드 맞죠~?"

"아마 DEM인더스트리의 외부 파견 멤버일 거야. 사내 랭크가 낮아서 대정령부대에 보낼 수 없는 위저드가 DEM과 연관이 있는 정치가나 자산가 밑으로 들어가는 케이스가 있다는 이야기를 들은 적이 있어. 실력이 떨어지는 위저드도 일반인에게는 충분히 위협적이잖아."

"와아~, 왠지 꼴사납네요~."

"맞아~. 왠지 또래 애들이 상대해주지 않는다고 초등학생 그룹에 끼어들어서 거들먹거리는 중학생 같아."

미쿠와 니아가 소곤소곤(그런 것 치고는 꽤 큰 목소리로) 그런 대화를 나누자, 아쿠츠는 충격을 받은 것처럼 아연실색했다.

"—하지만, 위저드는 위저드라서, 힘을 좀 사용하고 말았어."

오리가미는 차분한 어조로 그렇게 말한 후, 아쿠츠와 그가 들고 있는 케이스를 쳐다보았다.

"아쿠츠 켄조. 로단테를 넘겨."

오리가미는 그렇게 말하면서 한 걸음 내디뎠다.

"우, 움직이지 마라!"

그러자 아쿠츠는 어깨를 부르르 떨면서 호주머니 안에서

조그마한 리모컨 같은 것을 꺼냈다.

"아, 아무한테도 건네줄 수 없다……! 로단테는 내 것이다! 너희 같은 녀석들에게 빼앗길 바에야, 이 자리에서 폭파시키고 말겠다……!"

"꺄아~! 뭐하는 거예요! 정말 꼴사납네요~!"

"하, 하하하! 멋대로 떠들어대라!"

"……."

오리가미는 미쿠와 아쿠츠의 말을 들으면서 눈을 가늘게 떴다.

방 입구 근처에 있는 자신과 이 방의 중심에 있는 아쿠츠는 약 5미터 정도 떨어져 있었다. 오리가미라면 단숨에 접근할 수 있지만, 그녀가 미처 접근하기 전에 아쿠츠가 스위치를 누를 것이다.

하다못해 1초만이라도 상대의 주위를 딴 곳으로 돌릴 수만 있다면—.

오리가미가 그런 생각을 한 바로 그때였다.

"커억……?!"

무언가가 오리가미의 시야를 가르면서 날아가더니, 갑자기 아쿠츠가 손을 움켜쥐며 고통에 찬 신음을 흘렸다.

"——!"

무슨 일이 일어난 건지는 모르겠지만, 이런 호기를 놓칠수는 없다. 재빨리 바닥을 박차며 나아간 오리가미는 아쿠츠가 쥔 리모컨을 걷어찼다.

"아니······!"

"하앗—!"

오리가미는 물 흐르는 듯한 움직임으로 몸을 낮추더니, 그대로 아쿠츠의 명치에 손바닥으로 일격을 날렸다.

"큭······, 로단테, 는······ 못 넘긴······."

아쿠츠는 고통에 찬 신음을 흘리면서 그 자리에서 풀썩 쓰러졌다.

오리가미는 겁먹은 고용인들을 힐끔 쳐다본 후, 아쿠츠가 들고 있던 케이스를 열어 그 안에 로단테가 있는지 확인했다.

"······음? 이건—."

오리가미는 그제야, 바닥에 쓰러진 아쿠츠의 곁에 카드 한 장이 떨어져 있다는 사실을 눈치챘다.

—그것은 『미드나이트 카이트』의 로고가 그려진 카드였다.

"헤헷. 오리링, 어때? 도움이 됐지?"

니아는 의기양양한 목소리로 그렇게 말했다. 아무래도 니아가 저 카드를 던져서 아쿠츠에게 빈틈을 만든 것 같았다.

"꺄아~! 대단해요, 니아 양! 컨트롤이 완벽했네요~!"

"에헤헤, 더 칭찬해줘~. ······실은 카드를 던지는 게 어려워서 카드 가장자리에 흠을 만들어 고무줄로 날렸을 뿐이지만 말이야~. 옛날에 다 쓴 전화카드로 비슷한 짓 한 적 없어? 어, 왜 그런 표정으로 쳐다보는 거야? 혹시 전화카드가 뭔지도 모르는 건 아니지?"

니아는 손에 쥔 고무줄을 늘여서 튕기더니, 손을 가볍게 흔들어댔다. 좀 아픈 것 같았다.

오리가미는 몸을 숙여서 카드를 회수한 후, 미쿠와 니아 쪽으로 돌아왔다.

"—도움이 됐어. 카드가 쓸모없다는 발언은 취소할게."

"흐흥~, 알았으면 됐어! ……어? 그런데 왜 회수하는 거야?"

니아는 으스대듯 가슴을 폈지만, 곧 오리가미가 카드를 들고 있다는 것을 알아채고 고개를 갸웃거렸다.

"흔적은 최대한 남기지 않는 편이 좋아. 미쿠, 『노래』로 이 저택에 있는 인간들에게서 우리의 기억을 지울 수 있어?"

"아, 그런 방법이 있군요! 해볼게요~. 하지만 의식이 없는 사람에게는 통하지 않으니까, 잠든 사람들은 깨어난 후에 해야 할 것 같아요."

"괜찮아. 꼼짝 못하는 사이에 묶어두면 돼. 아무래도 로 단테 이외에도 도난품이 있는 것 같으니까, 변명을 못하도록 범인들을 현관에 옮겨놓은 후에 경찰에 신고하자."

오리가미와 미쿠가 대화를 나누고 있는 사이, 니아는 불만을 표시하듯 손을 흔들어댔다.

"에이~. 나중에 형사가 카드를 발견하고 『젠장~, 또 그 녀석들 짓이냐~!』라고 말하는 것까지가 세트 아냐~?"

"일부러 전과를 남기려고 하는 이유를 모르겠어."

"으으~."

니아는 여전히 납득이 되지 않는다는 표정을 지었지만, 오리가미는 그에 개의치 않으며 작업에 착수했다.

―이렇게, 괴도 『미드나이트 카이트』의 첫 활동(다음 활동은 예정되어 있지 않음)은 거의 완전 범죄에 가까운 형태로 막을 내렸다.

◇

그리고, 다음날.

"―자, 로잘리 양. 당신이 찾는 게 이거 맞죠?"

자택으로 로잘리를 부른 미쿠가 아쿠츠의 저택에서 가져온 보석, 로단테를 테이블 위에 올려놓았다.

"……아! 미, 미쿠 양! 이걸, 대체 어떻게……!"

테이블 맞은편에 앉아있던 로잘리가 양손으로 입을 가리며 경악했다. 미쿠는 의기양양하게 코웃음을 쳤다.

"우후후~, 아이돌은 숨겨진 얼굴을 가지고 있다고 제가 전에 말했잖아요~. 아, 이건 비밀이에요~."

로잘리는 미쿠의 말을 듣고 고개를 몇 번이나 끄덕인 후, 눈물을 뚝뚝 흘렸다.

"고, 고마워요……. 이렇게 로단테를 되찾다니……."

"아얏, 울지 마세요. 로잘리 양이 그만 울라고 로단테를 되찾아온 건데, 이래선 의미가 없잖아요~!"

미쿠가 농담 투로 그렇게 말하자, 로잘리는 손으로 눈물을 훔치면서 미소를 지었다. 그 모습을 본 미쿠 또한 미소를 지었다.

하지만 이내 미쿠는 진지한 표정을 짓더니, 거친 숨을 내쉬면서 손가락을 꼼지락거렸다.

"─자, 그럼 로잘리 양. 지금 당장 약속을……."

"예……? 아─."

로잘리는 한순간 눈을 동그랗게 떴지만, 곧 그 의도를 눈치채고 볼을 붉혔다.

"예……. 알았어요. 그래도, 괜찮겠어요?"

"예? 뭐가 말이죠~?"

로잘리가 의미심장한 말을 입에 담자, 미쿠는 고개를 갸웃거렸다. 그러자 로잘리는 요염하게 머리카락을 쓸어 올리며 천천히 미쿠에게 다가갔다.

그리고 미쿠의 귓가에서 속삭이듯 중얼거렸다.

"─볼 키스만으로 괜찮겠어요?"

"……윽?!"

청순함을 그림으로 그려놓은 듯한 로잘리가 그런 뜻밖의 말을 입에 담자, 미쿠는 당황하고 말았다.

그러자 로잘리는 혀로 입술을 핥으면서 말을 이었다.

"미쿠 양…… 눈을 감아 주시겠어요?"

"아…… 예, 예에에에엡!"

공수가 역전됐다. 미쿠는 미소녀에게 대시하는 것을 좋아하지만, 미소녀에게 대시를 받는 것도 엄청 좋아했다. 갑자기 매혹적인 여성의 표정을 드러낸 로잘리의 지시에 따라, 미쿠는 순순히 눈을 감았다.

◇

"오리가미 야아아아아앙! 니아 야아아아아앙!"

괴도 대작전 다음날. 오리가미가 시도의 집 거실에서 새롭게 손에 넣은 시오리 컬렉션을 앨범에 붙이고 있을 때, 미쿠가 고함을 지르면서 거실로 굴러들어왔다.

"왜?"

"으음~, 밋키~는 오늘도 기운이 넘치네~. 대체 무슨 일이야?"

오리가미, 그리고 우연히 같이 있던 니아가 고개를 갸웃거렸다.

그러자 미쿠는 호흡을 가다듬는 것도 깜빡한 채, 허둥지둥 말을 늘어놓았다.

"로, 로, 로, 로단테를 도둑맞았어요……!"

"ー무슨 소리야?"

"어? 설마 또 아쿠츠 뭐시기한테 말이야? 그 녀석, 경찰한테 잡히지 않았어?"

오리가미와 니아의 물음에 미쿠는 고개를 세차게 저으면서 카드 한 장을 테이블 위에 놓았다.

"이, 이거! 이거 좀 보세요!"

"⋯⋯응?"

오리가미와 니아는 얼굴에 물음표를 띄우면서 카드를 쳐다보았다.

그리고, 곧 눈을 치켜뜨며 경악했다.

『로단테, 확실히 넘겨받았습니다.

고마워요, 미쿠 선배♡

괴도 로즈.』

카드에는 장미 마크와 함께 그런 문장이 적혀 있었다.

"미쿠, 이걸 어디서 얻었어?"

"로잘리 양이 두고 갔어요! 로잘리 양이 눈을 감으라고 했는데, 아무 것도 안 해서~, 방치 플레이인가~? 하고 눈을 슬며시 떠봤더니, 로단테가 없어졌고, 대신 이게⋯⋯!"

"⋯⋯."

미쿠의 두서없는 설명을 들은 오리가미가 아무 말 없이 눈을 가늘게 떴다.

그리고 다음 순간, 어딘가에서 경쾌한 핸드폰 벨소리가
들렸다.

"꺄아!"

아무래도 그건 미쿠의 핸드폰에서 난 소리 같았다. 미쿠
가 스마트폰을 꺼내 화면을 쳐다보더니— 경악에 찬 표정을
지었다.

"로…… 로잘리 양?!"

"……!"

오리가미의 눈썹이 흔들린 가운데, 미쿠는 허둥지둥 통화
버튼을 누르고 스마트폰을 귀에 댔다.

"여, 여보세요! 로잘리 양?! 이게 어떻게 된 거죠~?! 볼에
뽀뽀를 해주기로 약속—."

"줘봐."

오리가미는 미쿠의 말을 끊고 스마트폰을 빼앗았다.

"여보세요."

『—아, 여보세요. 다행이야. 말이 통할 것 같은 사람이 받
았네.』

오리가미가 전화를 받자, 스마트폰에서 여자의 목소리가
흘러나왔다. 고상한 상류층 아가씨, 라는 미쿠의 설명과는
약간 인상이 다른 말투였다.

『혹시 당신이 토비이치 오리가미 양이야? 전직 AST지?
이번에는 협력을 해줘서 정말 고마워.』

로잘리는 은근히 건방진 목소리로 그렇게 말했다.

……아무래도 상대방은 오리가미를 아는 것 같았다. 오리가미는 잠시 생각에 잠긴 후, 입을 열었다.

"……나를 DEM 위저드의 대항마로 써먹을 속셈이었던 거야?"

오리가미가 짤막하게 묻자, 로잘리는 놀랐다는 듯이 휘파람을 불었다.

『대단하네. 그 정도 재료만으로 거기까지 생각이 미친 거야?』

절도범에게 칭찬을 받아도 기쁘지 않았다. 오리가미는 희미하게 미간을 찌푸렸다.

─로잘리 웰벡, 아니, 괴도 로즈는 아쿠츠의 로단테를 노렸다. 하지만 아쿠츠의 곁에 위저드라는 상상을 초월하는 초인이 있다는 사실을 알았다.

그 초인을 쓰러뜨리기 위해, 전직 AST인 오리가미의 지인 중에서도 이용하기 쉬울 듯한 미쿠에게 접근한 것이리라.

로잘리는 오리가미의 반응을 통해 그녀의 상태를 눈치챘는지, 이렇게 말했다.

『아, 그래도 안심해. 로단테는 진짜로 내 가문에서 도둑맞은 거야. 예고장 운운이나 범인을 눈치챈 계기 같은 건 거짓말이지만 말이야. ─동업자에게 가보를 도둑맞는 건 괴도를 자칭하는 자에게 있어 수치 그 자체잖아? 하지만 위저드라니, 그건 완전 반칙이잖아.』

로잘리는 그렇게 말하고는 쾌활하게 웃었다.

『실은 미끼라도 되어주면 좋겠다고 생각했거든? 하지만 진짜로 훔쳐올 줄은 몰랐어. 감탄했어. 혹시 또 인연이 된다면 또 부탁을 하고 싶을 정도야.』

"……."

오리가미가 침묵을 지키자, 로잘리는 아하하 하고 웃었다.

『너무 화내지 마. 동료들에게 안부 전해줘. 그럼 안녕.^{salut}』

그 말을 끝으로, 상대방은 전화를 끊었다.

오리가미는 작게 한숨을 내쉰 후, 스마트폰을 미쿠에게 던졌다.

"앗! 로잘리 양?! 아직 저와의 이야기가 안 끝났잖아요~! 뽀뽀만은 꼭 받고 말 거예요~! 뚜~ 뚜~ 소리를 내봤자 안 속는다고요오오오~!"

미쿠는 불같이 화를 내며 스마트폰을 향해 고함을 질러댔다. 아무래도 미쿠는 로잘리의 정체보다 뽀뽀가 더 중요한 것 같았다.

"……."

오리가미는 짜증을 억누르려는 듯이 소파에 앉아 시오리 앨범을 계속 제작했다.

참고로 니아는 괴도 로즈의 카드를 흥미롭다는 듯이 쳐다보면서, 「우와……. 역시 괴도는 카드를 남기는 구나……」 하고 중얼거렸다.

미키에 미저먼트
easurementMIKIE

ATE A LIVE ENCORE 7

"으으…… 왠지 긴장돼요."

조그마한 체구를 더욱 움츠린 오카미네 미키에가 떨리는 목소리로 그렇게 말했다.

하지만 그것도 무리는 아니었다.

현재 미키에의 앞에는 여러 명의 위저드들이 있으니 말이다.

―도쿄도 텐구시 한편에 있는 육상자위대 텐구 주둔지.

원래 텐구 주둔지는 대정령부대가 배치되어 있으며, 평상시에도 상당수의 위저드들이 모여 있다. 하지만 이렇게 많은 위저드가 한자리에 모이는 상황을, 적어도 미키에는 거의 본 적이 없다.

미키에는 둘로 나눠묶은 머리카락을 희미하게 흔들면서, 안절부절 못하는 것처럼 주위를 둘러보았다.

바로 그때, 누군가가 미키에의 머리를 가볍게 때렸다.

"아얏."

"왜 주눅이 들어 있는 건데? 좀 당당하게 행동해."

이어서 그런 목소리가 머리 위편에서 들려왔다. 미키에는 머리를 매만지면서 고개를 들었다.

그러자, 미키에와 마찬가지로 육상자위대 제식 채용형 와이어링 슈트를 입은 여성이 눈에 들어왔다. 검은 머리카락을 하나로 모아 묶은 이 장신의 여성은 미키에가 소속된 육상자위대 AST의 대장인 쿠사카베 료코 대위였다.

"하, 하지만, 대장님……."

"하지만은 무슨, 벌써부터 이래서야 본격적으로 시작되면 손가락 하나 까딱 못할 거야."

"그건…… 그렇지만요. 옛날부터 시험이나 측정 같은 단어가 붙는 일을 할 때면 긴장을 하고 말아요……."

미키에는 손가락을 꼼지락거리면서 땅이 꺼져라 한숨을 내쉬었다.

그렇다. 현재 텐구 주둔지의 훈련장에 위저드들이 모여 있는 것은 전투에 대비하기 위해서나 집회 때문이 아니라— 위저드를 대상으로 한 능력 측정을 받기 위해서다.

게다가 이곳에 있는 이들은 AST의 대원들만이 아니었다.

훈련장에 모인 위저드들 중에는 미키에가 걸친 것과 전혀 다른 디자인의 와이어링 슈트를 입은 인간들도 상당수가 있었다. 우수한 위저드에게는 특별한 장비가 지급되기도 한다. 하지만, 그렇다고 해도 숫자가 너무 많았다. 마치 AST와는 다른 단체가 모여 있는 듯한 광경이었다.

"저 사람들은 누구죠? 다른 주둔지의 분들인가요……?"

"무슨 소리를 하는 거야. DEM이야, DEM."

료코가 어깨를 으쓱하면서 그렇게 말하자 미키에는 「아……!」 하고 눈을 치켜떴다.

DEM이란 영국에 본사가 있는 군사기업이자― AST가 사용하는 현현장치 및 각종 부속 병기를 개발한 회사의 이름이다.

그리고 리얼라이저의 제조 메이커인 DEM은 민간기업인데도 불구하고 새로운 병기의 테스트 유저 및 그룹 산하에 있는 민간 군사 회사의 사원이라는 명목으로 다수의 위저드를 보유하고 있다. 그리고 그들의 실력은 대정령부대 대원들을 아득히 능가한다고 한다.

"하, 하지만 왜 DEM의 위저드들이 여기 있는 거죠……?!"

미키에가 그렇게 묻자, 료코는 한숨을 내쉬면서 입을 열었다.

"DEM의 위저드도 정기적으로 능력 측정을 받을 필요가 있기 때문이야. 하지만 위저드들이 악력 측정이나 하고 끝~할 수도 없잖아? 어느 정도 넓은 공간과 설비, 그리고 만일의 문제가 발생했을 때 시민에게 존재가 알려지지 않도록 은폐하기 쉬운 장소……. 그럼 이 근처에는 한 곳밖에 없어. ―일본 이외에서도 인근에 전용 훈련장이 없는 DEM 지사의 위저드들은 그 나라의 군이나 경찰의 시설을 빌린대."

"그, 그렇군요……."

미키에는 납득을 한 것처럼 고개를 끄덕였다. 그러자 료코는 약간 인상을 굳히면서 팔짱을 꼈다.

"하지만, 그것만은 아닐 거야."

"그, 그럼……."

"하아……."

료코는 작게 한숨을 내쉬더니, 왼쪽을 힐끔 쳐다보았다. 미키에도 덩달아 료코가 쳐다보고 있는 곳을 바라보았다. 그러자 미키에만큼은 아니지만 약간 긴장한 표정의 AST 대원들이 눈에 들어왔다.

"……너도 알다시피, DEM의 위저드들은 하나같이 정예야. 게다가 최신예 유닛까지 쓸 수 있으니 당연히 강하겠지."

미키에는 그 말을 듣더니, 「아」 하고 외치며 눈을 치켜떴다.

"혹시 저희를 자극……하려는 걸까요?"

혼자서 노력하는 것보다, 경쟁할 상대나 목표로 삼는 인물이 있는 편이 빠르게 성장한다는 것은 공부나 스포츠에 있어서 흔하게 듣는 이야기다. 이런 기회에 숙련도가 뛰어난 위저드를 가까이에서 보면서, 각국의 대정령부대의 의식을 고취시키려는 걸지도 모른다.

하지만 료코는 미키에의 말을 듣고 신통찮은 표정을 지었다.

"으음. 뭐, 그런 의도도 있을 거야. 하지만 DEM이 그런 상냥한 이유로 행동할 거라고 생각해?"

"어…… 아닌가요? 그럼 대체…….."

"단순한 이유야. 실력 차를 과시해 누가 우위인지를 확실하게 하려는 시위행위지."

료코는 도끼눈을 뜨면서 흥 하고 코웃음을 쳤다.

"그, 그런 이유……라고요?"

"아니라고 단언할 수 있어?"

료코는 미간을 찌푸리면서 미키에에게 물었다. 그러자 미키에는 「으……」 하고 신음을 흘리며 입을 다물었다.

리얼라이저를 만들어낸 DEM인더스트리의 공적은 상상을 초월할 정도다. 그 회사가 없었다면 인류는 공간진을 일으키는 정령에게 대항할 수단을 지니지 못했을 것이다.

하지만 그 점을 고려하더라도, DEM의 안하무인에 가까운 행동에 많은 이들이 반감을 가지고 있었다.

지금 짜증 섞인 표정을 짓고 있는 료코는 물론이고— 미키에도 그런 이들 중 한 명이었다.

AST도 DEM 때문에 피해를 입어왔다. 느닷없이 AST에 위저드를 보내서 내부에 독립부대를 만들지 않나, 지사의 방위전에 동원되지 않나…… 신병기를 둘러싼 소동 또한 DEM 때문에 발생됐던 것이다. 그 일을 떠올린 미키에는 입을 꾹 다물었다.

"……."

"뭐…… 그러니까 말이야."

료코는 미키에의 생각을 눈치챘는지, 그녀의 머리를 쓰다듬어 줬다.

그리고 주위에 있던 AST 대원들에게 선언을 하듯 힘찬 목소리로 말했다.

"다들, 정신 바짝 차려. 측정일지라도 실전이라는 생각으로 임하는 거야! DEM의 위저드 따위에게 지지 말란 말이야!"

위축되어 있던 AST 대원들은 그 말을 듣고 정신이 번쩍 들었다.

그것은 미키에도 마찬가지였다. 대원들과 시선을 교환한 그녀는 고개를 끄덕이며 한 목소리로 외쳤다.

"""예……!"""

"좋아. 이제 표정이 괜찮아졌네."

료코는 그렇게 말한 후 입술 가장자리를 추켜올렸다.

바로 그때, 마치 이때를 기다린 것처럼 위저드 세 명이 앞으로 나섰다.

"후후…… 대장님, 아무래도 저희가 나설 때가 왔나 보네요."

"응. 상대는 DEM인더스트리의 위저드─ 싸울 맛이 나겠는걸."

"죽여 버리겠어, 죽여 버리겠어, 죽여 버리겠어, 죽여 버리겠어, 죽여 버리겠어, 죽여 버리겠어, 죽여 버리겠어."

"아, 당신들은……!"

미키에의 외침에 세 여성은 씨익 웃으면서 포즈를 취했다.

"AST 제4분대 소속, 마탄의 란코!"

"마찬가지로 AST 제4분대 소속, 견고의 루리카!"

"……킬KILL킬…… 멸살의 카오루, 킬KILL킬……."

"한 명만 엄청 무시무시한 것 같은데요?!"

미키에는 무심코 비명에 가까운 목소리로 그렇게 외쳤다. 그러자 료코는 눈을 가늘게 뜨면서 입을 열었다.

"아, 너는 처음 보는구나. 문제아만 잔뜩 모여 있는 제4분대 멤버들이야."

"저기, 문제아라기보다 살인마 같은 사람이 섞여 있는데요?!"

"뭐, 설정 같은 거야. 실제로 사람을 죽인 적은 없어. …… 아마 없을걸?"

"아마?!"

미키에는 새된 목소리로 절규를 토했다. 바로 그때, 어딘가에서 웃음소리가 들려왔다.

웃음소리가 들려온 곳을 쳐다본 료코는— 눈썹을 약간 찌푸렸다.

"……뭐가 그렇게 웃긴 거야? DEM의 위저드 씨?"

그리고 악감정을 숨기지 않으면서, 그곳에 있던 몇몇 위저드를 향해 그렇게 말했다. 그러자 그들 중 한 명— 머리카락을 여러 가닥으로 나눠 땋은 여자가 앞으로 나섰다. 서양인 특유의 선이 뚜렷한 얼굴과, 단련된 근육질 육체를 지닌 그

녀는 미키에가 보기에도 실력자라는 걸 한눈에 알 수 있을
정도의 풍채를 지녔다.

"아, 거슬렸다면 사과할게. 우리도 웃을 생각은 없었는데, 당
신들이 너무 귀여운 소리를 하니까 무심코 웃음을 터뜨렸네."

"귀여운 소리?"

"그래. 우리는 당신들이 안중에도 없는데, 당신들은 우리
를 라이벌로 여기고 있잖아. 실력 차를 모르는 어린애가 겁
도 없이 덤비면 귀여워 보이지? 딱 그런 느낌이야."

"흐, 흐음……?"

료코의 볼이 꿈틀거리더니, 이마에 힘줄이 돋았다.

"이야~, 역시 DEM의 위저드는 어른스럽네. ……하지만,
도발을 할 거면 상대를 너무 깎아내리지 않는 편이 좋지 않
을까?"

"어머, 질투나 반항심에서 비롯된 힘으로 우리에게 이길
수 있을 것 같아?"

"아니~. 너희가 졌을 때, 변명을 하기 힘들어지잖아?"

"……흐음?"

료코가 그렇게 말하자, 여자의 얼굴에 처음으로 미소 이
외의 표정이 어렸다. 두 사람의 시선이 뒤섞이더니, 불똥이
튀는 듯한 압박감이 주위를 가득 채웠다.

마치 결투라도 시작될 듯한 일촉즉발의 분위기였다. 미키
에는 료코를 막기 위해 허둥지둥 그녀의 손을 잡았다. 상대

방 여성의 뒤편에 있던 위저드들도 불온한 분위기를 감지하고 표정을 바꿨다.

—하지만, 바로 그 때였다.

"뭐하고 있는 거죠?"

그 긴박한 분위기를 찢듯, 차분한 목소리가 주위에 울려 퍼졌다.

"""……윽!"""

그 목소리를 들은 DEM의 위저드들이 일제히 어깨를 떨면서 그쪽을 쳐다보았다.

미키에와 AST 대원들도 덩달아 그들이 쳐다보는 곳을 향해 고개를 돌렸다.

그러자 인파가 갈라지면서 한 사람이 걸어왔다.

"어—."

그 모습을 본 미키에는 무심코 눈을 동그랗게 떴다.

어깨와 등을 희롱하는 듯한 긴 노르딕 블론드빛 머리카락과 푸른 눈동자를 지닌 여성이었다. 와이어링 슈트를 입은 걸 보면 위저드가 틀림없지만, 외모만 보면 전장에 서는 전사가 아니라 상류층 아가씨, 혹은 아름다운 인형 같았다.

보아하니 나이도 젊었다. AST에서 가장 어린 미키에와 비슷해 보였다. 하지만 그녀가 입을 열며 모습을 드러낸 순간, DEM의 위저드들의 표정에 긴장감이 흐르더니 하나같이 숨을 삼켰다.

"……메이저스 집행부장님."

몇 초 전까지만 해도 료코와 말다툼을 벌이던 위저드가 눈썹을 희미하게 찌푸리며 그 소녀를 쳐다보았다.

그 표정에는 주위의 위저드처럼 경외심이 아니라, 적개심 — 방금 료코를 향해 비쳤던 것 같은 — 이 어려 있었다.

하지만 그것을 눈치챈 사람은 미키에뿐인 것 같았다. 그녀의 정면에 서 있던 료코는 그 표정의 변화보다 그녀가 입에 담은 이름에 정신이 팔린 것이다.

"엘렌 메이저스……?! 그녀가 왜 여기에……."

"……어? 대장님, 저 사람을 아세요?"

미키에의 물음에 료코는 눈앞에 있는 소녀— 엘렌을 쳐다보며 입을 열었다.

"응……. DEM인더스트리 제2집행부 부장, 엘렌 M 메이저스…… 인류 최강이라 불리는 위저드야."

"이, 인류 최강……?!"

미키에는 료코의 말을 듣고 경악에 찬 표정을 지으며 엘렌을 다시 쳐다보았다.

그런 무시무시한 존재 같아 보이지 않을 만큼, 그녀는 가련한 외모를 지녔다.

하지만 주위에 있는 위저드들의 반응, 그리고 엘렌의 당당한 태도가 그녀가 특별한 존재라는 사실을 여실히 증명하고 있었다.

"……."

그런 미키에의 반응을 눈치채지 못했는지, 엘렌은 료코와 말다툼을 벌이던 여자를 쳐다보았다.

"─당신은 제1집행부의……."

"……도미니카 셰링엄입니다."

엘렌의 말에 그 여성─ 도미니카는 퉁명한 목소리로 대답했다. 그러자 엘렌은 고개를 끄덕이면서 말을 이었다.

"셰링엄. 호전적인 것은 좋지만, 적의를 내비칠 대상은 어디까지나 정령이에요. ─게다가 현재 우리는 AST의 훈련시설을 빌린 입장이죠. 상대에 대한 경의를 잊지 마세요."

엘렌이 그렇게 말하자, 도미니카는 순간 시선을 날카롭게 만들었다가, 이내 한숨을 내쉬었다.

"……알겠습니다. 하지만 한 말씀만 드려도 될까요?"

"뭐죠?"

"저희들, 제1집행부의 위저드 톱은 <ruby>당신<rt>티오리쿠스 넘버</rt></ruby>이 아니라 크로울리 집행부장입니다. 그 점을 잊지 말아 주십시오."

""".............윽!"""

도미니카의 발언에 DEM의 위저드들이 술렁거렸다.

그 이유는 그녀들의 태도를 보고 알 수 있었다. 아마 도미니카가 엘렌에게 이런 말을 한 것이 믿기지 않는 것이리라.

하지만 당사자인 엘렌은 전혀 개의치 않으며 고개를 끄덕였다.

"예, 알고 있어요. 그러니 주의해 주세요. 당신의 경솔한 행동 때문에 체면을 구기게 되는 이는 바로 크로울리예요."

"……큭."

엘렌의 말에 도미니카는 언짢다는 듯이 주먹을 말아 쥐었다. 하지만 엘렌은 전혀 개의치 않으면서 료코를 향해 고개를 돌렸다.

"잠시 실례하겠습니다. 당신이 AST의 대장이죠?"

"……쿠사카베 료코. 계급은 대위야."

"DEM인더스트리 제2집행부 부장, 엘렌 메이저스라고 합니다. 쿠사카베 대위, 시설을 제공해줘서 감사해요. 실력을 더욱 갈고닦아, 반드시 정령을 타도하도록 하죠."

엘렌은 그렇게 말하며 손을 내밀었다.

"아, 응……."

료코가 식은땀을 흘리면서 그 손을 잡자, 엘렌은 살며시 고개를 끄덕이며 다른 곳으로 향했다.

엘렌의 모습이 시야에서 사라진 순간, 주위의 분위기가 순식간에 이완됐다.

마치 지금까지 다들 숨을 참고 있기라도 했던 것처럼 강렬한 해방감이 느껴졌다. 미키에는 엘렌이 사라진 방향을 쳐다보면서 땅이 꺼져라 한숨을 내쉬었다.

"하아…… 엄청나네요. 저렇게 젊은데 최강의 위저드라니……. 게다가 엄청 예의도 바르잖아요. ……DEM에도 저런 사람이 있군요."

"예의가 바르다…… 뭐, 그런 것 같기는 하지만……."

료코는 손등에 맺힌 땀을 닦으면서 메마른 미소를 흘렸다.

"……나는 방금 소름이 돋았어. 저 녀석, 우리를 인간으로 여기기는 하는지 의심스럽네. 차라리 어디 사는 누구 씨처럼 왈왈 짖어대는 편이 차라리 귀여울 거야."

"어……."

미키에는 료코의 얼굴을 올려다보더니, 곧 그 『어디 사는 누구 씨』가 눈앞에 있다는 사실을 깨달았다.

"대, 대장님, 또 그런 말을……."

하지만 미키에의 우려는 기우로 끝났다. 옆에 있던 도미니카는 료코가 아니라 엘렌이 사라진 방향을 분노에 찬 눈길로 노려보고 있었던 것이다.

"……다들, 가자."

그리고 언짢은 듯이 한숨을 내쉬더니, 부하로 보이는 위저드들을 데리고 다른 곳으로 이동했다.

"아…… 가버렸네요."

"흥. 내버려둬. 쟤도 상당한 실력자 같지만, 저 괴물을 봤더니 강아지 같아 보이네."

료코는 흥 하고 코웃음을 친 후, 마음을 다잡듯 고개를 내저었다.

"그것보다, 다들 기합 바짝 넣어. 누가 있든 위축되지는 마."

""""아…… 예!""""

료코의 말에 미키에를 비롯한 AST 대원들은 한 목소리로 대답했다.

◇

그 후, 능력 측정이 시작됐다.

구역별로 나뉜 훈련장에 위저드가 수십 명씩 모인 후, 순서대로 위저드로서의 능력과 숙련도를 측정했다.

위저드로서의 능력이라고 뭉뚱그려서 말하지만, 그 안에는 리얼라이저의 신속한 가동, 테리터리의 강도 및 범위, 그리고 속성 변화에 필요한 시간, 단순한 생성 마력치 등 다양한 항목이 존재했다.

미키에가 안내에 따라 향한 곳은 생성된 마력을 포격에 사용했을 때의 위력을 측정하는 에어리어였다. 사격장 같은 필드에 튼튼한 표적이 설치되어 있으며, 500미터 정도 떨어진 곳에 총 같은 장비가 몇 자루 준비되어 있었다.

그리고— 측정 담당으로 보이는 금발 소녀가 눈에 들어왔다. 체구가 조그맣고, 소매를 걷어 올린 흰색 가운을 걸쳤으며, 안경을 썼는데도 이마에 두꺼운 고글을 걸치고 있었다.

"어……?"

그 소녀의 모습을 본 미키에는 눈을 동그랗게 떴다. 그러자 소녀는 고개를 들고 미키에를 향해 손을 흔들었다.

"아, 미케잖아요~."

"밀리 씨! 이런 데서 뭐하는 거예요?"

미키에는 소녀의 이름을 입에 담으면서 그녀를 향해 뛰어 갔다. —밀드레드 F 후지무라. 미키에가 소속된 AST가 사용하는 각종 장비의 정비를 담당하는 메커닉이다.

"아~, 인원이 부족하다고 동원됐어요~."

밀리는 아하하 웃더니, 곁에 있던 장비를 들어서 미키에에게 건네줬다.

"그럼 바로 시작하죠. 이 총으로 저쪽에 있는 타깃을 쏘세요. 전력을 다해서 말이에요."

"아, 예……. 그런데 이 총은 뭔가요?"

"측정용으로 만들어진 저출력 레이저 건이에요. 원래 총으로 풀 파워 발사를 했다간 훈련장이 버티지 못할 테니까요. 뭐, 평소의 100분의 1 정도의 공격력이라고 생각해요."

"그, 그렇군요……."

미키에는 총의 손잡이를 쥐고 밀리가 시키는 대로 사격장에 서서 타깃을 향해 총구를 들었다.

그리고 의식을 집중한 후, 리얼라이저로 마력을 생성했다.

실전과 다르게 방어에 힘을 할애할 필요가 없다. 미키에는 모든 힘을 총에 쏟아 부으며 방아쇠를 당겼다.

"—하잇!"

미키에가 날카로운 기합을 내지른 순간, 총구에서 마력광이 뿜어져 나오더니 타깃에 명중하면서 불똥이 사방으로 튀었다.

타깃에는 희미하게 흠집만 났을 뿐, 손상다운 손상은 보이지 않았다. 너무 위력이 약해서 미키에는 식은땀이 날 지경이었다.

"왠지…… 위력이 줄었다는 걸 아는데도 실망감이 느껴지네요……."

미키에가 그렇게 말하자, 밀리는 들고 있던 단말의 화면을 쳐다보면서 입을 열었다.

"그런가요? 602포인트는 미키에의 계급에 비해 꽤 괜찮은 점수인데요? 마력 생성에 익숙하지 않은 사람은 마력탄이 타깃에 닿지도 않거든요."

"그, 그런가요……."

"예. 저쪽에 있는 사람들은 타깃에 마력탄이 닿지도 않았어요."

미키에가 그 말을 듣고 고개를 돌려보니, 아까 자신만만한 표정을 짓고 있던 마탄의 란코, 견고의 루리카, 그리고 멸살의 카오루가 실의에 찬 표정으로 고개를 푹 숙이고 있었다.

"어? 잠깐만요. 저 사람들, 실력자가…… 그것보다 란코 씨는 별명이 『마탄』 아닌가요?!"

"……예? 아, 제 성을 별명으로 착각했나 보네요. 제 이름은 마단노 란코예요. 잘 부탁해요……."

란코가 어두운 표정으로 그렇게 말했다. 미키에는 볼을 타고 땀이 흘러내리는 것을 느꼈다. ……혹시 다른 두 사람도 아까 말한 게 별명이 아니라 성이었던 걸까. 그래도 『멸살』 같은 말이 들어간 성은 없을 것 같은데…….

미키에가 그런 생각을 하고 있을 때, 사격장의 타깃에 아까보다 강력한 마력탄이 꽂혔다. 타깃의 일부가 박살나더니, 연기가 피어올랐다.

아무래도 다음 위저드가 총을 쏜 것 같았다. 미키에가 고개를 돌려보니, 아까 료코와 말다툼을 벌였던 위저드— 도미니카의 모습이 눈에 들어왔다.

"우, 우와……."

"뭐, 이 정도야 식은 죽 먹기지. 측정 담당, 수치는 얼마지?"

"아, 예. 으음…… 오오, 1520포인트네요. 평균치를 훨씬 웃돌았어요."

밀리가 그렇게 말하자, 도미니카는 어깨를 으쓱하면서 미키에를 향해 으스대는 듯한 시선을 보냈다.

"아가씨, 봤지? 이게 DEM의 위저드—"

바로 그때였다.

도미니카의 말을 막듯, 엄청난 굉음과 눈부신 섬광이 주위를 뒤덮었다.

"꺄아……?!"

"앗……!"

마치 고출력 레이저 캐논이 가까운 곳에서 발사된 듯한 충격파가 미키에를 덮쳤다. 먼지가 피어오르면서 지면이 희미하게 떨리더니, 밀리는 그대로 뒤편으로 굴러가고 말았다.

"무, 무슨 일이 벌어진 거죠……."

갑작스럽게 충격이 발생한 탓에 손으로 얼굴을 가렸던 미키에는 고개를 들고 방금 무슨 일이 벌어진 것인지 알아챘다.

도미니카의 한참 뒤편에서 전방을 향해 손을 내민 엘렌이 있었던 것이다.

그렇다. 방금 그 섬광, 굉음, 그리고 충격은 엘렌이 측정 총을 쏜 탓에 발생한 것이었다.

"……윽!"

마른 침을 삼키면서 타깃을 쳐다본 미키에는 눈을 치켜떴다.

방금까지 존재했던 튼튼한 타깃이 흔적도 없이 소멸했을 뿐만 아니라— 사격장의 지면이 도려내진 것이다.

"흐음……."

엘렌은 가볍게 숨을 내쉬더니, 손에 쥐고 있던 검은색을 띤 무언가를 쳐다보았다.

그것이 산산조각이 나버린 측정용 총의 손잡이라는 것은 엘렌이 그것에서 손을 뗀 후에야 깨달을 수 있었다.

"비품을 부숴서 미안해요. 100분의 1의 위력이니 충분히

견딜 수 있을 거라 생각했어요. 손해는 보상하죠. 나중에 DEM에 청구서를 보내 주세요."

엘렌은 뒤편으로 굴러가버린 밀리를 일으켜주면서 그렇게 말했다. 밀리는 얼이 나간 듯한 눈길로 엘렌과 타깃을 번갈아 쳐다보았다.

"저, 저기…… 대, 대단하시네요."

"예. 그야 최강이니까요."

엘렌은 당연한 소리를 하듯 그렇게 말했다.

하지만 미키에를 비롯한 그 누구도 그 말에 이론을 제기하지 못했다. 그녀가 겸손한 발언을 했다면 더욱 비참한 기분이 들었을 거란 느낌마저 받고 있었던 것이다.

"―다음 측정을 하러 가야 하니, 이만 실례하죠."

엘렌은 그렇게 말한 후, 얼이 나간 이들을 내버려둔 채 걸음을 옮겼다.

"큭……!"

엘렌이 사라진 후, 도미니카는 정신이 퍼뜩 든 것처럼 어깨를 부르르 떨더니, 화난 듯한 발걸음으로 다른 곳으로 향했다.

미키에와 밀리는 서로를 쳐다보다가, 곧 짜기라도 한 것처럼 동시에 「하아~!」 하고 한숨을 내쉬었다.

"지, 진짜 대단하네요, 미케. 저게 100분의 1…… 아, 도중에 총이 박살나버렸으니 100분의 1에도 못 미치는 위력일 거예요."

"예…… . 정말 놀랐어요."

미키에는 엘렌이 박살낸 사격장을 쳐다본 후, 혼잣말을 하듯 중얼거렸다.

"인류 최강의…… 위저드…… ."

◇

"쳇…… 메이저스 녀석, 사사건건 사람을 짜증나게 만드네."

측정 도중의 휴식시간. 도미니카는 짜증이 났는지 인상을 찡그리면서 손에 쥔 스포츠 드링크의 캔을 으스러뜨렸다.

그러자 옆에 앉아있던 부하 위저드, 앤이 허둥지둥 주위를 둘러보았다.

"도, 도미니카 씨. 그런 소리 하지 마세요. 남이 들으면 어쩌려고요……!"

앤이 겁먹은 어조로 그렇게 말하자, 도미니카는 불쾌하다는 듯이 미간을 찌푸렸다.

"들으면 뭐 어쩔 건데? 앤, 너도 제1집행부의 위저드라면 긍지를 가져."

그렇다. 도미니카와 앤은 제1집행부 소속이다. 최근 들어 정령의 발생 빈도가 매우 높아진 일본에 파견되기는 했지만, 원래는 DEM 본사에서 근무하는 엘리트인 것이다.

『DEM의 위저드』 하면 다들 엘렌이 이끄는 제2집행부를 떠올리지만, DEM에 있어서는 제1집행부야말로 정규 전투 부대이며, 제2집행부는 원래 뒷세계의 더러운 일을 맡는 집단에 불과한 것이다.

그런 녀석이 최강을 자칭하고 있다. 그 사실이 도미니카는 불쾌하기 그지없었다.

"뭐가 인류 최강이야? 별것도 아닌 게 나대지 말란 말이야……! 대체 왜 웨스트코트 님은 그딴 여자를 중용하는 건데!"

"그야…… 강하기 때문이겠죠."

"그딴 건 나도 알아!"

도미니카가 고함을 지르면서 으스러뜨린 캔을 던지자, 앤은 어깨를 부르르 떨었다.

"으으…… 불합리해요."

앤은 금방이라도 울음을 터뜨릴 듯한 표정을 지었다. 하지만 도미니카는 개의치 않으며 인상을 찡그리더니, 엄지의 손톱을 깨물었다.

"마음에 안 들어……. 그 여자의 콧대를 눌러줄 방법이 없을까?"

"무리예요. 도미니카 씨가 메이저스 부장님보다 나은 건 키와 잔소리뿐이라고요."

"그러니까 나도 안단 말이야!"

도미니카는 주먹을 말아 쥐고 앤의 머리를 때렸다. 그러자 앤은 또 「불합리해요……」라고 중얼거렸다.

앤이 말한 것처럼 엘렌의 힘은 강대하기 그지없다. 아니, 차원이 다르다고 해도 과언이 아니다. 과거에도, 미래에도, 그녀보다 뛰어난 위저드는 나타나지 않을 것이며, 그녀의 이름이 역사에서 사라지는 일 또한 없으리라— 그런 의미를 담아 유구(悠久)의 메이저스라고 불리고 있는 여자인 것이다.

실제로 지금까지 치른 능력 측정에서 그녀는 엄청난 기록을 내고 있었다. 총 열다섯 개의 항목 중 열 개 항목에서 상한 수치에 도달했고, 남은 다섯 개의 항목에서는 측정기기가 파괴되어 결과를 확인할 수 없었다.

도미니카도 모든 항목에서 상위 클래스의 성적을 기록했지만, 전혀 상대가 되지 못했다. 도미니카는 그걸 떠올리더니 또 인상을 한껏 찌푸렸다.

"……쳇."

"그러니까 이제 포기해요. 격이 다르다고요. 이제 기초체력 측정 같은 항목밖에 남지 않았으니까, 이길 수 있을 리가 없어요. 아무리 마음에 들지 않더라도 엄연한 상사니까, 이렇게 계속 대들다간 감봉당하고 말 걸요?"

"그러니까 나도 알고 있—."

도미니카가 주먹을 치켜들자, 앤은 다시 몸을 부르르 떨었다.

하지만— 도미니카는 동작을 멈추고 잠시 침묵에 잠겼다.

"……어? 도미니카 씨? 왜 그러세요? 불합리한 짓 안 할 건가요……?"

"저기, 앤. 방금 뭐라고 했어?"

"어? 이상한 거라도 주워 먹었어요?"

"그런 말 안 했잖아!"

도미니카가 머리를 때리자, 앤은 왠지 안도한 것처럼 「이래야 도미니카 씨죠!」라고 외쳤다.

"그거 말고, 남은 항목 말이야. 기초체력 측정이라고 했지? 그럼 리얼라이저를 쓰지 않는 거야?"

"아, 예…… 이제 풀장으로 이동해서 50미터 자유형을 할 거예요. ……어, 도미니카 씨. 설마 메이저스 부장님과 승부를 하려고요? 그만두세요. 또 창피만 당할…… 아얏!"

도미니카는 앤의 머리를 때린 후, 턱을 매만졌다.

"……본부에 있을 적에 소문을 들은 적이 있어."

"소, 소문요? 아, 도미니카 씨가 화장실에서 볼일을 볼 때 옷을 전부 벗는다는 소문을 터뜨린 건 제가……."

"잠깐만, 그 이야기는 처음 듣거든?!"

도미니카는 앤의 멱살을 잡고 흔들어댔지만, 제재는 나중에 가하자고 생각하며 말을 이었다.

"……메이저스에 관한 소문이야. 그 여자 말인데—."

앤은 도미니카가 한 말을 듣더니, 믿기지 않는다는 듯이 눈을 동그랗게 떴다.

◇

"하아……."

리얼라이저를 이용한 측정을 마친 미키에는 휴게실에서 크게 한숨을 내쉬었다.

그 한숨에 섞여 있는 것은 피로가 3할, 안도가 1할, 그리고— 낙담이 6할 정도였다.

측정 결과는 평균을 약간 밑돌았다. 측정 담당은 미키에의 연령과 계급 치고는 괜찮은 편이라고 말했고, 미키에 본인도 자신의 실력을 과대평가하고 있지는 않았지만…… 역시 『그녀』를 봐서 그런지 무력감에 휩싸이고 말았다.

"최강의 위저드…… 엘렌 메이저스……."

압도적인 힘. 미키에도 예전에 정령을 두 눈으로 본 적이 있지만, 엘렌에게서 느껴지는 위압감은 정령 못지않았다. 동경이나 선망이 아니라, 공포와 숭배에 가까운 감정이 샘솟으려 했다. 실제로 미키에 이외의 대원들과 DEM 사원들도 표정이 어두웠다.

"……아, 이러면 안 되죠."

하지만 미키에는 마음을 다잡으려는 듯이 손바닥으로 볼을 때렸다.

"이래서야 오리가미 씨한테 비웃음을 살 거예요."

미키에는 되뇌듯이 그 이름을 입에 담았다.

토비이치 오리가미 상사. 예전에 AST에 소속되어 있었던 대원이자, 미키에가 가장 존경하는 위저드다.

　그녀는 그 어떤 고난 앞에서도 포기할 줄을 몰랐다. 그녀가 지금 이 자리에 있었다면 인류 측에 엘렌 같은 강자가 있다는 사실을 기뻐해야 한다고 말했을 것이다. 그리고 분명…… 인간이 저 정도 힘을 지닐 수 있다는 사실이 자신들의 희망이 될 것이라고 말했으리라.

　"—오리가미?"

　미키에가 그런 생각을 하고 있을 때, 갑자기 뒤편에서 다른 누군가의 목소리가 들려왔다.

　"어……?"

　미키에가 그 목소리에 고개를 돌렸고— 그대로 어깨를 부르르 떨었다.

　그럴 만도 했다. 방금 그 말을 한 이는 인류 최강의 위저드, 엘렌 메이저스였기 때문이다.

　"어…… 으, 으음, 엘렌 씨—."

　"당신은 토비이치 오리가미의 지인인가요?"

　"……윽! 오, 오리가미 씨를 아세요?!"

　미키에는 엘렌의 말을 듣고 경악하는 것조차 깜빡한 채 그렇게 외쳤다. 그러자 엘렌은 자신의 복부를 손으로 매만지는 듯한 동작을 취하면서 고개를 끄덕였다.

　"예. 일전에 만난 적이 있답니다. 그래서 지금 상황이 유감이자— 기쁘기도 하죠. 그렇게 강력한 힘을 지닌 정령은……."

"예?"

미키에는 엘렌의 말을 듣고 고개를 갸웃거렸다. 유감……이라고 말한 것은 오리가미가 AST를 그만두었기 때문이겠지만, 기쁘다고 말한 것은 어째서일까. 게다가…… 정령?

"……아뇨, 아무 것도 아닙니다. 아무튼, 그녀는 매우 우수한 위저드였어요."

"그, 그런가요."

미키에는 엘렌의 말이 신경 쓰였지만, 더는 질문을 던지지 않았다. 엘렌을 추궁하는 게 무섭기도 했지만…… 그것보다도 미키에는 마음속 한편이 뜨겁게 달아오르는 느낌을 받았기 때문이다.

오리가미는, 미키에가 동경하는 선배는, 인류 최강의 엘렌에게 인정을 받는 존재였다. 그 사실이 미키에로서는 자기 자신이 칭찬을 받은 것보다 더 기쁘고, 자랑스러웠다.

엘렌은 그런 미키에의 생각을 눈치챈 것처럼 덧붙이듯 이렇게 말했다.

"뭐, 물론 저보다는 약하지만 말이죠."

"아하하……."

미키에는 무심코 웃음을 터뜨렸다. 오리가미에게 대항하듯 방금 같은 말을 한 엘렌이 왠지 귀여워보였던 것이다.

엘렌은 그런 미키에를 보더니 눈썹을 살짝 찌푸렸다.

"왜 웃는 거죠? 설마 제가 토비이치 오리가미보다 약하다는 건가요?"

"아, 아뇨. 그런 게 아니에요……."

미키에는 쓴웃음을 지으면서 고개를 저었다. 솔직히 말해 아무리 오리가미라도 엘렌보다는 약할 것이다.

그것을 다시 한 번 인식한 미키에는— 결의를 다지며 엘렌의 눈을 응시했다.

"저, 저기…… 엘렌 씨."

"예."

"저…… 강해지고 싶어요. 지금보다 훨씬 강해져서, 오리가미 씨가 돌아왔을 때 웃으며 맞이하고 싶어요. 대체…… 어떻게 하면 엘렌 씨처럼 강해질 수 있나요?"

"……"

미키에의 물음에 엘렌은 눈을 가늘게 떴다.

미키에는 그 반응을 보고 가슴이 뛰었다. 그녀는 그제야 자신이 한 말이 얼마나 경솔했는지 눈치챘다.

—엘렌 씨처럼, 은 실언이었을지도 모른다. 처음 만났을 때보다 친근하게 느껴진다고 해도, 상대는 최강의 위저드다. 미키에 같은 위저드에게 그런 말을 들으면 기분이 나빠질 게 뻔했다.

"아, 저기 말이죠. 엘렌 씨처럼, 이라는 말은 말실수……."

"—재능과, 노력."

"예……?"

엘렌은 담담한 어조로 말했다. 그러자 미키에는 뜻밖이라는 것처럼 눈을 동그랗게 떴다.

"양쪽 다 매우 중요하죠. 하나만 부족해도 일류 위저드는 될 수 없어요. 하지만, 그 둘을 갖춘 이가 다음 벽을 깨부수기 위해 필요한 것은— 신념이에요."

"신……념……."

엘렌의 말에 미키에는 읊조리듯 그 말을 입에 담았다.

"예. 집념이라고도 할 수 있겠죠. 위저드란 리얼라이저를 다룰 수 있는 사람이에요. 그리고 그 리얼라이저를 제어하는 데 가장 필요한 것이야말로 강한 의지입니다. 목숨을 걸 수 있을 정도의 신념이, 자신의 몸을 불태울 정도의 망집(妄執)이, 위저드의 힘이 되는 거죠."

엘렌은 그렇게 말하면서 돌아섰다.

"—강해지고 싶다면, 떠올려보세요. 강해지고 싶다는 소망의 근원을 말이죠. 그리고, 믿으세요. 그 마음이야말로 이 세상에서 가장 존귀하고, 강력한 힘입니다."

"아…… 예!"

미키에는 경례 자세를 취하며 그렇게 말했다.

그러자 엘렌은 만족한 듯한 눈길로 미키에를 힐끔 쳐다본 후, 휴게실을 나서려 했다.

바로 그때였다.

"—아, 여기 있네. 엄청 찾았다고요, 메이저스 집행부장님."

부하를 데리고 나타난 도미니카는 엘렌을 막아서며 그렇게 말했다.

"셰링엄? 무슨 일이죠?"

엘렌이 묻자, 도미니카는 히죽거리면서 이렇게 말했다.

"아, 측정이 얼추 끝나서 심심하죠? 그럼 저와 승부라도 하지 않을래요?"

"호오, 모의전 말인가요? 저한테 도전하겠다니, 배짱 한번 좋군요. 그럼 지금 바로 시뮬레이터홀로—."

"자, 자, 잠깐만요."

그 말을 듣고 얼굴이 창백해진 도미니카는 식은땀을 흘리며 엘렌을 제지했다. 몇 초 전까지의 여유는 순식간에 사라져버렸다.

"그, 그런 게 아니라요. 좀 있다 할 측정에서 타임 경쟁을 하자는 건데 말이죠……."

도미니카는 승부를 하자는 말을 꺼냈을 때보다 저자세였다. 그녀의 뒤편에 있는 부하도 그렇게 생각했는지 낮은 목소리로 이렇게 말했다.

"도미니카 씨, 꼴사나워요."

"……흥!"

"아얏!"

도미니카가 팔꿈치로 부하의 머리를 때렸다. 그러자 부하

는 머리를 움켜잡으면서 비난 섞인 눈길로 도미니카를 쳐다
보았다.

"……자, 집행부장님? 어떻게 할래요? 설마 최강의 위저드
가 승부에서 도망……치지는 않겠죠?"

"""…………윽!"""

어째서일까. 도미니카가 그렇게 말한 순간, 주위에 있던
DEM의 위저드들 중 일부의 표정이 변했다.

하지만 엘렌은 그들의 반응을 눈치채지 못한 건지, 태연하
게 머리카락을 쓸어 올렸다.

"—당연하죠. 저는 도망치지도, 숨지도 않습니다."

"아! 승낙한 거죠?! 나중에 취소하지 말라고요!"

"예. 물론이죠."

"설령 종목이 뭐든 간에, 승부는 승부죠. 제가 이긴다면,
제1집행부의 위저드에게 졌다고, 사원들 앞에서 선언해 달
라고요."

"뭐……!"

도미니카가 그렇게 말한 순간, 근처에 있던 DEM의 위저
드가 고함을 질렀다. 아마 제2집행부라는 곳에 소속된 위저
드일 것이다.

"헛소리 하지 마! 그런 제안을 받아들일 리가—."

"입 다무세요."

하지만 엘렌은 그 위저드의 말을 막고 천천히 고개를 끄

덕였다.

 "최강은 지지 않기 때문에 최강인 겁니다. 패배 선언? 필요 없습니다. 만약 제가 진다면, 즉시 DEM인더스트리를 그만두죠."

 ""……윽?!""

 엘렌이 아무렇지도 않게 그런 말을 하자, DEM 사원과 미키에는 눈을 크게 떴다.

 아니, 승부를 제안한 도미니카조차도 입을 쩍 벌렸다.

 하지만 도미니카는 고개를 세차게 내젓더니, 좋아 죽겠다는 것처럼 입가에 미소를 머금었다.

 "하하…… 하하하하! 나중에 가서 딴 말을 하려는 건 아니겠죠?!"

 "물론이에요."

 "그럼 먼저 가서 기다리고 있겠어요! 엘렌 메이저스!"

 도미니카는 엘렌을 손가락으로 가리키며 그렇게 외친 후, 히죽거리면서 다른 곳으로 향했다. 그리고 도미니카의 부하는 엘렌에게 경례를 한 후, 허둥지둥 쫓아갔다.

 그 직후, DEM의 위저드들이 엘렌의 곁으로 모여들었다.

 "집행부장님! 지금이라도 취소하시죠!"

 "그래요! 다음 측정 항목은 수영이라고요!"

 "진정하세요. 지금 여러분이 누구에게 그런 소리를 하고 있는 건지 알고 있는 건가요?"

"""……윽!"""

엘렌이 날카롭게 노려보자, 위저드들은 입을 다물었다.

하지만 그녀들은 하나같이 서슬 퍼런 표정을 짓고 있었다. 미키에는 자신의 볼을 타고 흘러내리는 땀방울을 느끼면서 머뭇머뭇 입을 열었다.

"저, 저기, 엘렌 씨. 이길 수…… 있는 거죠?"

"물론이죠. 다음 측정 항목은 수영이라고 했던가요? 훗, 무지몽매라는 말은 이럴 때 쓰는 것이군요. 아무래도 셰링엄은 제가 수영을 잘한다는 걸 모르나 봐요."

"아, 그런가요?"

미키에가 그렇게 묻자, 엘렌은 자신만만한 표정으로 고개를 끄덕였다.

◇

휴식시간이 끝난 후, 와이어링 슈트에서 수영복으로 갈아입은 료코가 마찬가지로 수영복 차림인 밀리와 함께 풀장으로 향했다.

"휴우…… 뭐, 마력 측정 결과는 나쁘지 않은 것 같네. 이제 기초체력 측정을 하지? DEM 녀석들에게 비웃음을 사면 짜증날 테니까, 실력 발휘를 좀 해볼까?"

료코는 그렇게 말하면서 팔을 힘차게 돌렸다. 그러자 아직

물에 들어가지도 않았는데 이미 고글을 쓰고 킥판을 안고 있던 밀리가 「오오~」 하고 탄성을 질렀다.

"그러고 보니 료코는 수영을 잘 하죠~."

"뭐, 해상자위대에도 나한테 이길 수 있는 녀석은 몇 명…… 잠깐만, 왜 너도 수영복을 입고 있는 건데?"

"아, 이제부터는 리얼라이저를 쓰지 않는 측정이니까 밀리도 기록을 측정해보려고요."

밀리는 그렇게 말하면서 자신만만하게 자신의 가슴을 두드렸다. 키에 비해 풍만한 가슴이 크게 출렁거렸다.

"……뭐, 말리지는 않겠지만 너는 수영을 못하지? 다른 사람들에게 방해가 되지 않도록 주의해."

"홋홋홋, 밀리를 너무 얕보는 것 같군요~. 밀리에게는 비책이 있다고요~. 아마 그 누구도 밀리를 추격하지 못할걸요~?"

밀리는 킥판을 들더니, 「휘잉~」 하고 복도를 뛰었다. 어린애 같은 그 모습을 본 료코는 무심코 쓴웃음을 지었다.

"킥판을 안아든 채 그런 말을 해봤자 설득력이 없는데 말이지……. 아, 함부로 뛰면 위험해~."

료코가 그렇게 말한 순간, 복도를 뛰던 밀리가 옆 통로에서 뛰어나온 누군가와 부딪쳐 바닥을 굴렀다.

"꺄앗?!"

"……앗!"

"하아, 이럴 줄 알았다니깐."

료코는 밀리를 향해 걸어가 그녀를 일으켜줬다.

그리고 밀리와 부딪쳐서 쓰러진 통행인을 향해서도 손을 내밀었다.

"괜찮아? 정말 미안해. 이 애에게는 내가 나중에 따끔하게 말해둘 테니까……."

하지만 료코는 말을 끝까지 잇지 못했다. 엉덩방아를 찧은 이는 바로 수영복을 입은 엘렌 메이저스였던 것이다.

"……윽?!"

"─저는 괜찮습니다."

료코가 경악한 가운데, 엘렌은 혼자서 일어서더니 밀리와 부딪치면서 떨어뜨린 것을 주워들고 풀장을 향해 걸어갔다.

"……."

료코는 혼란스러운 머릿속을 정리하려는 것처럼 손으로 머리를 짚은 채 엘렌의 등을 지그시 쳐다보았다.

엘렌은 최강의 위저드다. 그것은 틀림없다. 그리고 위저드는 몸과 마음, 전부 뛰어난 자만이 될 수 있다.

그렇기에, 아무리 갑작스럽다고 해도 밀리처럼 체구가 작은 소녀와 충돌했다고 엘렌이 엉덩방아를 찧은 것은 뜻밖이었다. 게다가─.

"왜 그녀까지……."

료코는 방금 본 광경이 믿기지 않는다는 듯이 자신의 볼을 꼬집었다.

훈련시설 내부에 있는 50미터 풀에는 지금 많은 위저드들이 모여 있었다.

마력 측정을 마친 그들은 와이어링 슈트에서 수영복으로 갈아입었다.

하지만 그들의 얼굴은 여전히 긴박함과 초조, 혹은 약간의 흥분으로 물들어 있었다.

최강의 위저드인 엘렌 메이저스가 DEM을 관두는 조건으로 제1집행부의 위저드인 도미니카 셰링엄과 승부를 한다는 소문이 수십 분간의 휴식시간 동안 파다하게 퍼져나갔다. 이곳에 있는 위저드들은 자신들의 측정은 안중에도 없다는 듯이, 이 승부가 시작되기만 고대하고 있었다. 그들 중에는 이 대결의 승패를 가지고 내기를 하는 이마저 있었다.

도전자인 도미니카는 이미 준비운동을 마치고 풀 가장자리에서 기다리고 있었다.

수영복을 입으니, 그녀의 단련된 육체가 한껏 돋보였다. 그림자가 생길 정도로 뚜렷하게 융기된 승모근과 이두박근은 그녀의 실력을 유추하기에 충분한 재료였다.

"······대, 대단해."

동료인 AST대원들과 함께 풀 가장자리에 있던 미키에는 마른 침을 삼키며 도미니카를 응시했다. 키가 작은 미키에와는 비교도 되지 않을 정도로 체격이 컸다. 아마 미키에가 제 아무리 근력 트레이닝을 해도 저렇게는 될 수 없을 것이다.

하지만 미키에는 고개를 내저었다. 위저드로서의 힘을 결정짓는 것은 체격이 아니라 마음의 힘이다. 미키에는 최강의 위저드에게서 그것을 배웠다.

만약 미키에가 그녀에게 실력으로 미치지 못한다면, 그것은 소질이 없기 때문이 아니라 절망에 빠져 체념하며 걸음을 멈춰버렸기 때문이리라. 미키에는 이를 악물고 엘렌이 나타나기만을 기다렸다.

바로 그때, 문이 열리더니 엘렌이 천천히 모습을 드러냈다.

그 모습을 본 위저드들은 「오오」 하고 환성을 지르더니— 곧 「어어……?!」 하고 경악했다.

수영복 차림인 엘렌의 체구는 도미니카와 비교도 안 될 만큼 호리호리했으며, 손만 대도 그대로 부러질 것만 같았던 것이다.

하지만 그런 요소조차도 그녀가 지닌 『그것』의 임팩트 앞에서는 제대로 눈에 들어오지 않았다.

"……킥판……?"

미키에는 눈을 동그랗게 뜨면서 그렇게 말했다.

그렇다. 엘렌은 새하얀 수영보조 도구를 손에 쥐고 있었다.

"……풉."

그 모습을 본 도미니카는 못 참겠다는 듯이 웃음을 터뜨

렸다.

"아무래도 소문은 사실인 것 같네……. 후훗. 그럼 부장님, 시작할까요?"

"예. 좋아요. —제 〈프러드웬〉으로 당신을 해치워버리겠어요."

엘렌은 초연한 목소리로 그렇게 말한 후, 도미니카의 옆 레인으로 걸어갔다.

그리고 다이빙대 위에 선 도미니카의 옆에서 풀 안으로 들어가더니, 킥판을 쥐며 발을 풀의 벽에 댔다.

……아무래도 다이빙을 못하는 것 같았다. 그 모습을 본 도미니카는 웃겨죽겠다는 듯이 몸을 배배 꼬았다.

"크, 크큭…… 자, 시작할까. 시작 신호를 부탁해."

도미니카는 근처에 있던 측정 담당에게 말을 걸었다. 그러자 측정 담당은 약간 당혹스러운 표정을 지으면서 손을 치켜들었다.

"그럼, 측정을 시작하겠습니다. 준비— 시작!"

"흐읍—!"

측정원이 그렇게 외친 순간, 도미니카는 힘차게 풀에 뛰어들었다. 그리고 완벽한 자유형 자세로 수영을 하며 앞으로 나아갔다.

"엘렌 씨는—?!"

미키에는 엄청난 속도로 나아가는 도미니카에게서 눈을

떼고, 옆 레인을 쳐다보았다.

하지만 엘렌의 모습은 보이지 않았다. 혹시나 싶어 출발지점을 쳐다보니, 킥판을 두 손으로 꼭 쥔 엘렌이 두 발로 물장구를 치고 있는 모습이 눈에 들어왔다.

"어······?"

―느렸다. 너무나도, 느렸다.

풀 가장자리에서 승부의 행방을 지켜보고 있던 DEM 제2집행부의 위저드들은 그 모습을 보더니 손으로 얼굴을 감쌌다.

그러는 와중에도 도미니카는 순조롭게 쭉쭉 나아가고 있었다. 25미터 지점을 통과한 그녀는 더욱 속도를 올리며 결판을 내려 하고 있었다.

이제 엘렌의 패배는 결정된 것이나 다름없다. 리얼라이저를 이용한 승부라면 몰라도, 도미니카와 이렇게 간격이 벌어져서야 올림픽 금메달리스트라도 만회는 어려울 것이다.

"부장님······!"

"이럴 것 같아서 말린 거라고요······!"

주위에 있는 위저드들의 낙담, 그리고 절망에 찬 목소리가 들려왔다.

그럴 만도 했다. 엘렌 메이저스는 최강의 위저드다. 그런 그녀가 겨우 이런 승부 때문에 DEM을 그만두게 되는 것이다.

"······윽!"

미키에는 더는 두고 볼 수 없다는 듯이 그 자리에서 벌떡 일어섰다.

—솔직하게 말하자면, 미키에의 마음속에는 DEM인더스트리를 향한 의심이 존재했다. 누군가가 그 회사를 좋아하는지 싫어하는지 묻는다면, 미키에는 딱 잘라 싫어한다고 말할 것이다. 만약 DEM이 행한 비인도적인 행위에 엘렌이 가담했다면, 미키에는 그녀를 절대 용서하지 못할 것이다.

하지만, 미키에는 엘렌이라는 위저드가 전선에서 빠지는 것이 얼마나 큰 손실일지 충분히 상상할 수 있었다.

게다가 무엇보다…… 미키에는 보고 싶지 않았다.

오리가미를 인정한 최강의 위저드가, 한심하게 지는 모습을 말이다.

"—엘렌 씨! 뭐하고 있는 거예요!"

미키에는 주먹을 말아 쥐고 고함을 질렀다. 주위에 있던 위저드들이 깜짝 놀란 눈길로 그녀를 쳐다보았다.

"아까 당신이 말했잖아요…… 위저드의 힘은 마음에서 우러나오는 거라고요! 당신의 신념은 겨우 이거밖에 안 되는 거예요?! 최강을 자처한다면—."

미키에는 목청껏 고함을 질렀다.

"근성을 보여 달란 말이야! 엘렌 메이저스!"

—바로 그 순간이었다.

마치 미키에의 말에 호응하듯, 엘렌의 주위에 존재하는 물이 부글거리더니, 고오! 하는 소리를 내며 엄청난 물보라를 일으켰다.

그리고 그 물보라가 50미터 풀을 횡단하듯, 순식간에 골 지점까지 뻗어나갔다.

"어……?!"

뜻밖의 광경을 본 미키에는 눈을 동그랗게 뜨고 그 광경을 쳐다보았다.

이윽고 물보라가 가라앉더니, 풀의 상황이 눈에 들어왔다.

풀 안에는 45미터 지점에서 경악에 찬 표정을 짓고 있는 도미니카와—.

골 지점에 손을 짚은 엘렌이 있었다.

"아……."

미키에, 그리고 풀 주위에 있던 위저드들은 무슨 일이 일어난 건지 모르겠다는 얼굴로 잠시 얼이 나가 있었지만…….

"……."

엘렌이 아무 말 없이 치켜든 오른손에 호응하듯, 환성을 질렀다.

""""우와아아아아아아아아아아아아아아아아아아아!""""

열광의 파도가 풀을 휘감았다. DEM 제2집행부의 위저드들은 물론이고, 이 경이적인 역전극을 본 AST 대원들 또한 아낌없는 박수를 보냈다.

"엘렌 씨!"

미키에는 골 지점에 도착한 엘렌을 향해 뛰어갔다.

"대단해요……! 대체 뭘 어떻게 한 거죠?!"

"그저 평범하게 헤엄을 쳤을 뿐입니다."

엘렌은 태연하면서도 왠지 의기양양한 어조로 그렇게 말했다.

바로 그때, 옆 레인에 있던 도미니카가 믿기지 않는다는 듯이 아연실색하며 이렇게 말했다.

"……마, 말도 안 돼……."

"홋—."

엘렌은 태연한 표정으로 도미니카를 쳐다보더니, 젖은 머리카락을 쓸어 올리며 말했다.

"셰링엄. 비관할 필요는 없어요. 당신이 진 이유는 단 하나예요."

"그, 그게 대체……."

"—제가, 최강이기 때문입니다."

엘렌이 그렇게 말한 순간, 도미니카는 정신줄을 놓은 것처럼 거품을 물며 그대로 풀장 안으로 가라앉았다.

"……응? 꽤 시끌벅적하네."

무릎에 반창고를 붙인 밀리를 데리고 풀에 도착한 료코는 의아하다는 듯이 고개를 갸웃거렸다.

무릎이 까진 밀리가 「이대로는 걷지도 못하고, 수영도 못해요~!」라고 하도 외쳐대기에 치료를 해준 후에 풀에 온 건데…… 대체 그 사이에 무슨 일이 벌어졌던 것일까.

"흐흥~. 수영왕, 날치 밀리를 본 관객들이 환호성을 지르고 있나 보네요."

"……아무도 너를 쳐다보고 있지 않거든? 왜 이렇게 자신감이 넘치는 건데? 그 비책이라는 건 대체 뭐야?"

료코의 물음에 밀리는 흐흥 하고 웃으면서 손에 든 킥판을 내밀었다.

"어쩔 수 없네요~. 료코에게만 특별히 가르쳐 줄게요. 이건 밀리가 밤을 새어가면서 만든 특제 킥판이에요. 내장된 특수 모터가 만들어낸 수류를 이용해 엄청난 속도로 수영을 할 수 있는 엄청난 물건이죠~!"

"흐음…… 이게 말이야? 평범한 킥판 같아 보이는데?"

료코가 미심쩍은 눈길로 쳐다보자, 밀리는 쯧쯧쯧~ 하고 혀를 차며 손가락을 좌우로 까딱거렸다.

"아마추어는 뭘 몰라도 한참 모른다니까요~. 언뜻 보기에는 평범한 킥판 같지만, 여기를 이렇게 하면…… 어, 어라?"

킥판을 만지작거리던 밀리가 갑자기 미간을 찌푸리더니, 킥판을 뒤집어보기 시작했다.

"어, 왜 그래?"

"이, 이건 평범한 킥판이에요~! 어, 어떻게 된 거죠~?!"

"응? 잘못 들고 온 거 아냐?"

"그럴 리가 없어요! 연구실을 나설 때 확인했단 말이에요!
제, 제 머신은 대체 어디 간 거죠……?!"

풀장 쪽에서 들려온 환성이 밀리의 고함 소리를 삼켜버렸다.

레이네 매리지 헌트

MarriagehuntREINE

DATE A LIVE ENCORE 7

"무라사메 선생님! 다음 주 토요일에 한가하신가요?!"

어느 날 방과 후. 무라사메 레이네가 교무실에서 자료 정리를 하고 있을 때, 동료인 오카미네 타마에가 흥분한 목소리로 그렇게 말했다.

나이는 서른…… 아니, 29세일 테지만, 아담한 체구와 동안 때문에 학생으로 자주 오해받는 교사다. 동그란 안경이 그녀의 귀여운 외모에 잘 어울렸지만, 그 점이 그녀를 더욱 앳되어 보이게 했다.

업무상으로만 알고 지내지만, 레이네가 알기로 타마에는 원만하고 따뜻한 성격을 지녔다. 그런 그녀가 핏발 선 눈으로 쳐다보며 흥분한 어조로 말을 하자, 레이네는 약간 놀랐다.

"……다음 주 토요일, 말인가요? 그때는 별다른 예정이 없습니다만……."

레이네가 담담한 어조로 그렇게 말하자, 타마에는 환한 표정을 지으며 말을 이었다.

"정말인가요?! 그럼 같이 파티에 가요! 파티!"

"······파티?"

레이네는 또 뜻밖의 말을 듣고 고개를 갸웃거렸다. 타마에의 평소 인상과 꽤 동떨어진 단어이기 때문이다.

"예! 저, 깨달았어요! 그냥 기다리기만 하면 안 된다는 걸요! 공주님은 졸업할래요. 이제부터 저는 헌터예요! 하지만, 첫 헌팅은 좀 무서우니까······ 동료가 필요해요. 마비 함정 같은 걸 깔아주세요!"

"······예?"

타마에는 눈을 반짝이면서 그렇게 말했지만, 너무나 고도의 비유 표현인지라 레이네는 그 말의 내용을 이해하지 못했다.

파티에도 다양한 종류가 있다. 옛날이야기에 나올 듯한 무도회부터, 정치가 자금 확보를 위해 여는 집회, 그리고 출판사의 수상식 같은 것도 있다.

하지만 타마에가 다른 나라의 왕자와 눈이 맞았다는 이야기는 들어본 적이 없고, 레이네가 알기로 그녀는 특정 정당의 지지자도 아니다. 소설이나 만화로 상을 받을 가능성은 부정할 수 없지만······ 그런 자리에 레이네를 부를 이유가 없다.

아마 홈 파티의 인원이 모자란 것이리라. 레이네는 소거법에 따라 그런 판단을 내린 후 「……아하」 하고 무난한 반응을 보였다.

하지만 레이네도 지인이 없는 자리에 가는 것을 좋아하지 않았다. 그래서 정중히 거절하기 위해 고개를 들며 입을 열었다.

"……오카미네 선생님. 죄송하지만, 저는 그런 자리를—."

"자! 이게 파티장의 약도예요! 당일에 위치를 모르겠으면, 근처에 와서 전화를 주세요! 복장은 너무 차려 입지도, 그렇다고 너무 허름하게 입지도 마세요! 그럼 전우여, 건투를 빌겠어요! 굿럭!"

"……아니, 저기……."

레이네는 말을 이으려고 했지만, 타마에는 멋진 표정을 지으며 엄지를 치켜든 후, 바람처럼 사라졌다.

"……."

홀로 남겨진 레이네는 타마에가 반쯤 억지로 쥐어준 약도를 쳐다보고 작게 한숨을 내쉬었다.

◇

토요일. 레이네는 타마에가 직접 그린 듯한 약도를 보며 걷고 있었다.

결국 타마에의 제안을 거절하지 못한 레이네는 어쩔 수 없이 지정된 장소로 향하고 있는 것이다.

뭐, 가볍게 얼굴만 비춰도 타마에의 면목이 설 것이다. 그 후에는 적당한 타이밍에 귀가하면 된다. 그런 생각을 하면서 걷던 레이네는 주위를 둘러보았다.

"⋯⋯이 근처일까?"

혼잣말을 중얼거리면서 자신이 있는 장소와 타마에가 준 메모를 비교한 레이네는 목적지를 발견했다.

"⋯⋯어?"

그리고 바로 그때, 레이네는 고개를 갸웃거렸다.

그곳은 타마에, 혹은 그녀의 지인이 살 듯한 개인 저택이 아니라, 대로에 인접한 커다란 상업 빌딩이었다.

⋯⋯홈 파티가 열릴 장소는 명백하게 아니었다. 굳이 따지자면 수상한 자기 계발 세미나나 네트워크 비즈니스 설명회 같은 게 개최될 듯한 곳이었다.

하지만 다시 확인을 해봐도 이곳이 목적지가 틀림없었으며, 타마에가 레이네를 그런 수상한 파티에 초대했을 것 같지도 않았다. 레이네는 위화감을 느끼면서도 빌딩 안으로 들어갔다.

그리고 홀로 보이는 층에 도착하자—.

"⋯⋯여기는⋯⋯."

레이네는 행사장 앞에 세워져 있는 간판을 보고 걸음을

멈췄다.

하지만 그것도 무리는 아니었다. 그 간판에는…….

『주식회사 인카운터 주최 텐구시 결혼활동 파티 행사장』

……이라고 적혀 있었던 것이다.

결혼활동. 그 말 그대로 결혼을 위한 활동. 배우자를 찾는 남녀가 모이는 파티였다.

"……."

아무래도 장소를 착각한 것 같다고 생각한 레이네는 뒤돌아섰다.

하지만 바로 그때, 귀에 익은 목소리가 등 뒤에서 들려왔다.

"아! 무라사메 선생님! 와주셨군요! 오늘은 잘 부탁드릴게요!"

뒤를 돌아보니, 방금 이곳에 온 듯한 타마에가 눈에 들어왔다. 어른스러운 드레스를 입었고, 붙임머리를 한 머리카락을 예쁘게 말아 올렸다. 그리고 『복장은 너무 차려 말라』고 말한 사람답지 않게 공주님 같은 옷차림을 하고 있었다.

"……오카미네 선생님. 이게 대체……."

레이네가 묻자, 주먹을 말아 쥔 타마에가 연설을 하는 정치가 같은 어조로 말했다.

"20대의 연애가 요격전이라면, 30대의 연애는 강습전이에요! 아, 저는 아직 20대거든요?! 그래도 선수필승! 이기기 위해선 먼저 공격을 해야 해요! 안 그러면 좋은 조건의 남성들이 차례차례 라이벌들에게 사냥당할 거라고요!"

"……저기, 그게 아니라 저는 결혼활동 파티에 간다는 이야기를 단 한마디도 듣지 못했는데요."

레이네가 그렇게 말했지만, 타마에는 들은 척도 하지 않았다. 그녀는 콧김을 씩씩 뿜으면서 파티장을 향해 당당하게 걸음을 내디뎠다.

"자! 가죠, 무라사메 선생님! 장래의 남편이 기다리고 있……어?"

그 순간, 타마에는 입구에 있던 직원에게 잡혔다.

"아, 예. 참가자인데요. ……예?! 중학생?! 무례하네요! 중학생이 이렇게 초조해할 것 같아요?! 그리고 하다못해 고등학생으로 오해해주겠어요?!"

발끈한 타마에는 한숨을 내쉬면서 엄청 익숙한 손놀림으로 면허증을 제시했다. 경악에 찬 표정으로 그것을 본 직원은 「시, 실례했습니다……」라고 말하더니, 여전히 믿기지 않는 듯한 반응을 보이며 옆으로 비켜섰다.

"진짜 고생이라니까요! 술집에 가도, 편의점에서 술을 살 때도 항상 이런 일을 겪어요."

"……고생이 많군요."

레이네는 저 직원의 심정이 이해는 되지만, 괜한 소리를 할 필요는 없을 것이다. 레이네는 불같이 화를 내는 타마에를 쳐다보면서 하아 하고 한숨을 내쉬었다.

내키지는 않지만, 여기까지 와놓고 돌아가는 것도 타마에에게 미안할 것 같았다. 레이네는 어쩔 수 없이 타마에의 뒤를 따르며 행사장 안으로 들어갔다.

그러자 직원이 가슴에 다는 번호 명찰과 표 같은 것이 그려져 있는 종이 두 장 건네줬다.

"······이건······."

"프로필과 체크 종이군요. 여기에 자기 정보를, 그리고 여기에는 상대방의 인상을 적는 것 같아요."

"······흐음."

레이네는 타마에의 말을 들은 후, 지면을 힐끔 쳐다보았다.

그 종이에는 이름과 직업, 결혼 상대의 조건 등을 적는 항목이 있었다.

"무라사메 선생님, 저쪽 테이블에서 적죠."

타마에는 그렇게 말하면서 테이블 쪽으로 걸어가더니, 종이에 글자를 적기 시작했다. 레이네 또한 종이의 빈칸을 메웠다.

하지만 딱히 적을 게 없었다. 이름과 직업 같은 데이터는 그렇다 쳐도, 결혼 상대의 조건 같은 건 그런 상대를 찾을 생각 자체가 없기에 뭐라고 적어야 할지 짐작조차 되지 않았다. 그래서 레이네는 『딱히 없음』이라고 적었다.

"······응?"

바로 그때, 레이네의 눈에 타마에의 종이가 언뜻 보였다.

이름······오카미네 타마에

나이……20대♡

직업……교사

취미……요리

결혼 상대의 조건…… 나이 35세까지. 키 180센티미터 이상. 4년제 대학 졸업. 연봉 800만 엔 이상. 공무원 혹은 사(士) 자가 붙는 직업, 의사, 상장기업 근무가 바람직. 자영업은 상의 가능. 적극적이며 집안일 및 육아를 돕는 남성. 흡연자 불가. 초혼이 바람직하지만 아이가 없다면 상의 가능. 데릴사위 희망―.

"……선생님. 오카미네 선생님."

"헉……! 아, 예. 왜 그러세요?"

레이네가 말을 걸자, 열심히 표를 작성하던 타마에가 고개를 들었다.

"……선생님. 그 조건은……."

"아, 너무 현실과 타협한 걸까요? 저는 아직 20대니까 좀 더 희망적으로……."

"……아, 너무 비현실적이라고 생각해요. 그 정도 스펙을 지닌 남성은 없을 거예요. 만일 있더라도 그런 조건을 붙인 여성에게 호감을 가지지 않겠죠."

"헉……?!"

레이네가 그렇게 말하자, 타마에는 어깨를 부르르 떨었다. 그리고 제정신이 든 것 같은 눈길로 자신의 종이를 보더니,

자조 섞인 미소를 지었다.

"화, 확실히…… 그럴 것 같아요. 고마워요, 무라사메 선생님. 그렇게 각오를 다졌으면서도, 아직 저 자신이 보이지 않은 것 같아요……."

타마에는 그렇게 말한 후, 표를 수정하기 시작했다.

나이 35세까지. →나이 36세까지.

키 180센티미터 이상. →키 179센티미터 이상.

연봉 800만 엔 이상. →연봉 799만 엔 이상.

"……아니, 저기, 선생님."

그건 오차 범위 수준이기에, 레이네는 다시 주의를 주려고 했다.

하지만 바로 그때, 행사장 곳곳에 설치된 스피커에서 직원의 목소리가 흘러나왔다.

『─아, 아~. 이렇게 와주셔서 감사합니다. 오늘 사회를 맡은, 주식회사 인카운터의 오사카라고 합니다. 저는 옛날부터 교장 선생님의 훈화가 질색이었죠. 그러니 인사를 짤막하게 마치자는 게 제 모토입니다. 그럼 지금 바로 텐구시 결혼활동 파티를 시작할까 합니다. 여러분, 부디 멋진 인연과 만나시길!』

간결하게 개회 선언을 하자, 참가자들이 박수를 쳤다. 오사카는 깊이 고개를 숙인 후, 설명을 시작했다.

『그럼 이제부터 자기소개 타임에 들어갈 테니, 자리에 앉

아 주세요. 벽 쪽에 놓여 있는 게 여성용 좌석, 그리고 맞은
편에 있는 게 남성용 좌석입니다. 상대방과 마주하시면 프
로필 종이를 보여주며 자기소개를 해주세요. 그리고 상대방
의 인상을 나눠드린 체크표에 기입해 주세요. 느낌이 온 분
이 있다면 이름과 번호를 메모해두는 것도 잊지 마시길! 5
분이 지나면 알람이 울리니, 남성분은 옆 자리로 이동해 주
세요!』

"흠흠, 오호라……. 좋아요. 가죠, 무라사메 선생님!"

"……하아."

레이네는 한숨을 내쉰 후, 타마에에게 끌려가듯 벽 쪽에
놓인 자리에 앉았다. 그러자 곧 맞은편 의자에 남성들이 앉
았다.

"처, 처음 뵙겠습니다. 사와무라라고 합니다. 저기, 잘 부
탁드립니다."

"……잘 부탁드려요."

레이네의 맞은편에 앉은 이는 30대 중반 정도로 보이는
성실한 인상에 안경을 쓴 남성이었다. 프로필 종이를 교환
한 후, 서로가 그것을 살펴봤다.

"무, 무라사메 씨군요. 저기, 아, 아름다우시네요."

"……고마워요."

사와무라가 더듬거리는 어조로 레이네의 미모를 칭찬하
자, 그녀는 짧막하게 대답을 하면서 고개를 살며시 숙였다.

하지만 그 후로는 침묵이 이어졌다.

레이네는 말수가 많은 편은 아니며, 사와무라 또한 조용한 타입 같았다. 무슨 말이든 해야겠다고 생각하는 것 같지만, 무슨 말을 하면 좋을지 모르는 눈치였다.

그렇게 침묵이 이어지고 있으니, 옆자리에서의 대화가 더 크게 들렸다.

"—예, 잘 부탁드려요! 그런데 물어볼 게 있는데요. 세키구치 씨는 형제가 몇 명이신가요? 흠흠, 형 한 분과 여동생이 한 분 계시군요. 아하, 즉 차남이신 거군요?! 게다가 은행원이시네요! 어머나, 이런 우연이 다 있군요! 제가 좋아하는 말 베스트3가 바로 결혼, 차남, 은행원이에요!"

"그, 그런가요⋯⋯."

타마에는 테이블 너머로 몸을 쑥 내밀며 상대방 남성에게 그런 말을 늘어놓았다. 남성은 완전히 위축되어 있었다. 타마에는 헌터라기보다 몬스터에 가까워 보였다. 레이네는 그런 타마에를 보면서 미소녀와 마주친 미쿠를 떠올렸다.

그러는 사이 5분이 흘렀다. 사와무라는 왠지 미안해하는 듯한 표정을 지으며 자리에서 일어났다.

"저, 저기⋯⋯ 실례했습니다."

"⋯⋯아뇨."

결국 몇 마디도 나누지 않은 것 같지만⋯⋯ 어쩔 수 없다. 이런 일에는 적성이라는 게 있으니 말이다. 솔직히 말해, 이제 타마에와 마주앉아야 하는 그가 걱정되었다.

레이네가 그런 생각을 하고 있을 때, 맞은편에 다음 남성이 앉으면서 프로필 종이를 내밀었다.

"안녕하세⋯⋯오오오?! 엄청 아름다운 분이시군요!"

"⋯⋯안녕하세요."

레이네가 짤막하게 대답하면서 상대방의 용모와 프로필 종이를 본 순간, 그녀의 눈썹이 희미하게 떨렸다.

이유는 단순했다. 눈앞에 앉아 있는 남성은 명백한 외국인이었으며— 프로필의 직업란에 『DEM인더스트리 근무』라고 적혀 있었던 것이다.

"이야~, 당신 같은 분을 만나 영광입니다. 처음 뵙겠습니다. 저는 앤드류 커시 던스턴 프란시스 바르비롤리⋯⋯."

그는 짜증날 정도로 긴 이름을 밝혔다.

DEM인더스트리는 레이네가 속한 〈라타토스크〉의 철천지 원수라고 해도 과언이 아닌 조직이다. 한순간, 레이네가 〈라타토스크〉 기관원이라는 것을 알고 접촉한 것일지도 모른다는 생각이 스쳤지만, 이내 부정했다.

현재 레이네는 〈라타토스크〉 기관원이 아니라 라이젠 고등학교의 교사로서 이 파티에 참가했으며, 이곳도 타마에의 제안으로 우연히 오게 된 것이다. 타마에가 DEM인더스트리와 연관이 되어있지 않은 한, 그럴 가능성은 낮다. DEM 사원도 인간이다. 결혼 상대를 찾기는 할 것이다.

레이네가 그런 생각을 하는 사이에도 앤드류(생략)는 열정적인 어조로 말을 이었다.

"미스 무라사메. 당신은 운명을 믿습니까? 부끄럽지만, 저는 방금까지 운명이라는 것에 회의적이었습니다. 하지만! 아아, 하지만! 지금 저는 운명을 느꼈습니다! 당신을 처음 본 순간, 저는 마음을 빼앗기고 말았죠. 이건 하늘의 계시입니다. 당신이야말로 저의 운명……!"

"……좀 진정하세요."

"아아, 가만히 있을 수가 없군요! 지금 바로 약혼반지를 주문하죠! 손가락 사이즈는 어떻게 되시죠? 저는 임기가 끝나면 고향인 영국으로 돌아갑니다만, 같이 가주실 거죠?"

"……."

남의 말을 정말 듣지 않는 사람이었다. 레이네는 지긋지긋하다는 듯이 한숨을 내쉬었다.

레이네는 운명 같은 건 전혀 느끼지 못했지만, 이대로 방치해뒀다간 파티가 끝난 후에도 따라다닐지도 모른다. 아무래도 미리 손을 써두는 편이 좋을 것 같았다. 그렇게 생각한 레이네가 입을 열었다.

"……흐음, DEM에 근무하시는군요. —**아이크**와 **엘렌**은 잘 지내고 있나요?"

"……예에엣?!"

앤드류는 레이네가 언급한 이름을 듣고 처음으로 리액션

을 보였다.

하지만 그것도 무리는 아니었다. 레이네가 입에 담은 이는 DEM인더스트리의 실질적인 톱, 그리고 그 심복의 이름이었던 것이다. 게다가 레이네는 그들을 애칭으로 불렀다.

"저, 저기, 미스 무라사메? 물어볼 게 있습니다만⋯⋯. 웨스트코트 MD와 메이저스 집행부장님과 어떤 관계이신지⋯⋯."

"⋯⋯아, 예전부터 알고 지낸 사이예요. 그리고 결혼을 하게 된다면 꼭 불러 달라, 네 반려가 될 인간을 철저하게 조사해 주겠다, 라고 말했죠. 만약 제 반려가 그들의 눈에 차지 않는다면⋯⋯ 좀 성가신 일이 벌어질 것 같군요."

"─히익!"

앤드류는 얼굴이 새파랗게 질린 채 숨을 내쉬었다.

"⋯⋯하지만 저도 이런 파티에 참가한 사실이 그들에게 알려지는 걸 바라지 않아요. 그러니 서로가 만나지 못한 걸로 하는 게 어떨까요?"

"⋯⋯아, 예⋯⋯. 그래주면 감사하겠습니다⋯⋯."

어느새 얌전해진 앤드류가 딱딱하기 그지없는 어조로 그렇게 말했다.

바로 그때, 5분이 지났는지 아까처럼 또 알람이 울렸다. 앤드류는 긴장한 표정으로 경례를 한 후, 타마에의 자리로 이동했다.

"······."

그건 그렇고, 설마 참가자 중에 DEM 사원이 있을 줄은 몰랐던 레이네는 작게 한숨을 내쉬었다.

그래도 『동업자』가 더 있을 것 같지는 않았다. 레이네는 그렇게 생각하며 다음 참가자를 쳐다보았다.

"······응?"

그러나 레이네는 또 미간을 찌푸렸다. 왜냐하면—.

"처음 뵙겠습니다. 나카츠가와 무네치카라고— 으윽! 무라 사메 해석관?!"

의자에 앉자마자 경악에 찬 목소리로 그렇게 외친 남자가 엄청 눈에 익었기 때문이다.

나이는 서른 정도로 보이며, 안경을 끼고 풍채가 좋은 남 자였다. 일단 단정한 정장을 입고 있지만, 어째선지 양손에 는 손가락이 드러나는 글러브를 착용하고 있었다.

틀림없다. 레이네와 마찬가지로 〈라타토스크〉의 기관원인 〈차원을 넘나드는 자〉 나카츠가와였다.
디멘션 브레이커

"······나카츠가와. 네가 왜 여기에 있는 거야?"

"아, 저기, 딱히 3차원 상대와 바람을 피우는 게 아니 라······ 카, 카와고에 공의 제안으로······."

"······카와고에?"

레이네는 그렇게 되물으면서 나카츠가와의 시선이 향하고 있는 곳을 쳐다보았다.

그러자 〈라타토스크〉의 기관원인 〈빨리도 찾아온 권태기〉^{배드 매리지} 카와고에가 눈에 들어왔다. 아무래도 익숙한 느낌으로 마주 앉은 여성과 이야기를 나누고 있었다.

"—호오, 아웃도어가 취미라고요? 이런 우연도 다 있군요. 실은 저도 캠프 인스트럭터 자격을 딸 예정이죠."

"어머~, 정말인가요~?"

"예. 뭐, 방금 정했지만 말이죠. 함께 캠프를 가고 싶은 사람이 생겼거든요."

"아하하, 말주변이 정말 좋으시네요~."

그는 농담 섞인 대화를 즐겁게 나누고 있었다.

별명에 걸맞게 몇 번이나 이혼을 했던 남자지만, 반대로 말하자면 몇 번이나 결혼에 성공한 사람이기도 했다. 이런 자리에는 익숙한 것 같았다.

"……그는 또 결혼을 하려는 거야? 위자료와 양육비가 늘면 생활 자체가 힘들어질 텐데 말이야."

"그, 그게…… 오랫동안 여자를 꼬시지 않으면 감이 둔해진다면서……. 이런 곳에 와본 적이 없다고 말했더니, 이런 것도 다 경험이라면서 억지로……."

"……흐음."

레이네가 턱에 손을 대자, 나카츠가와는 말을 이었다.

"그리고…… 저기, 촌스러운 질문일지도 모르지만, 무라사메 해석관은 왜 이런 곳에 오신 겁니까? 혹시 슬슬 결혼을……?"

"……."

레이네는 눈을 가늘게 뜨면서 옆 자리를 가리켰다.

그곳에서는 타마에가 앤드류에게 「DEM…… 그럼 외국계 기업이죠?! 와아! 이런 우연이 다 있군요! 제가 좋아하는 말 베스트3가 바로 국제, 결혼, 외국계예요!」 하고 말을 늘어놓고 있었다. 앤드류가 완전히 압도당하고 있었다.

"……너와 비슷한 이유야. 동료에게 끌려왔어. 설마 결혼 활동 파티일 줄은 몰랐지만 말이야."

"그, 그랬군요……."

나카츠가와는 식은땀을 흘리면서 그렇게 말하더니, 아하 하고 쓴웃음을 흘리며 머리를 긁적였다.

"이야…… 그래도 이런 자리에는 익숙해지지 않는군요. 여성과 이야기를 나눌 때, 가슴 언저리에 텍스트 윈도우가 표시되지 않으면 긴장이 되어서 말이죠. 다른 분들도 마찬가지인 것 같군요……."

"……다른 분들?"

레이네는 나카츠가와가 한 말에 눈을 살짝 치켜뜨면서 주위를 둘러보았다.

왜 지금까지 눈치를 못 챈 것일까. 홀 곳곳에는 아는 이들이 몇 명이나 있었다.

"저기, 특기란에 적혀 있는 주술이라는 게 뭐죠……?"

"아, 예. 그게 말이죠. 여러 종류가 있는데, 제가 가장 자신 있는 건 짚인형을 이용한 거예요……."

"그, 그런가요……."

"바람을 피우지 못하도록, 매칭이 됐을 때는 머리카락을 한 올 주셨으면 하는데요……."

"으음……."

품속에서 짚인형을 꺼내 상대방 남성을 완전히 질리게 만든 〈짚인형〉 _{네일 노커} 시이자키…….

"으음, 물어보고 싶은 게 있습니다만, 만약 저와 결혼을 하게 된다면 이직을 고려해주실 수 있으신가요?"

"이직……이라고요? 아니, 그건 좀……."

"예? 어째서죠? 출근을 하면 부부가 충분한 시간을 함께 보낼 수가 없잖아요. 그래서는 사랑을 키울 수가 없을 텐데요? 건강할 때도, 아플 때도 함께 하는 게 부부잖아요. 항상 반경 10미터 이내에 있을 수 있도록 노력해야 하지 않을까요? 혹시 결혼을 얕보고 계신가요?"

"그, 그게……."

결혼에 대한 이상론을 늘어놓아 상대방 남성을 질리게 만든 〈보호 관찰 처분〉 _{딥 러브} 미노와…….

그리고—.

"아, 저기 말이죠. 역시 이 프로필에는 문제가……."

"문제? 어디가 문제라는 거죠? 칸나즈키 쿄헤이, 29세,

아스가르드 종합경비보장 근무, 취미는 볼링(의 핀이 되는 것), 결혼 상대의 조건, 13세~15세 정도의 여왕님……."

"바로 그거예요."

"그거……?"

"그러니까 결혼 상대의 조건 말이에요! 여기서 하고 있는 건 결혼활동 파티거든요?! 그 이전에 그건 법적으로 완전히 아웃이거든요?!"

"맙소사…… 그런가요. 이거 실례했습니다. 조건을 다시 쓰도록 하죠."

"이해해 주셨군요……."

"예. 이 칸나즈키 쿄헤이, 피눈물을 흘리는 심정으로 대상 연령을 12세로 수정하죠."

"하나도 이해 못했잖아?!"

행사 스태프와 다투느라 자리에도 앉지 못한 칸나즈키…….

〈프락시너스〉 올스타라고 해도 과언이 아닌 멤버들을 본 레이네는 작게 한숨을 내쉬었다.

"……나카츠가와, 물어볼 게 하나 있어. 미키모토는 어디 있어?"

"아, 미키모토 공은 오지 않았습니다."

"……으음, 그랬구나."

〈사장 오빠〉 미키모토는 처자식이 있다. 아무래도 양심이
아직 남아 있는 것 같았다.

"오늘이 단골 가게 제니퍼 양의 생일이래요."

"……."

그것도 문제가 있는 것 같지만, 레이네는 지적을 할 기력이 없었다.

그리고 약 두 시간 후. 참가 남성 전원과 대면을 마친 레이네는 샴페인잔을 한 손에 든 채 파티장 구석에 서 있었다.

이제부터 두 시간 동안 자유 시간이며, 자기소개 때 마음에 든 참가자와 자유롭게 대화를 나눠도 된다고 한다. 그리고 그 후, 마음에 든 참가자의 번호를 종이에 적어서 내며, 서로의 번호를 적어서 낸 이들이 있다면 매칭 성공……이라고 한다.

참고로 레이네는 나카츠가와 다음에 카와고에와도 대면을 했지만, 칸나즈키는 자기소개 타임이 끝날 때까지 스태프와 다투느라 결국 자리에 앉지도 못했다.

"우후후~. 무라사메 선생님, 어떠셨나요? 마음에 드는 분은 있었나요?"

레이네와 마찬가지로 샴페인잔을 든 타마에가 싱글벙글 웃으면서 그렇게 물었다. ……아까 자기소개 타임 때 그런 짓을 해놓고 왜 이렇게 웃는 건지 모르겠지만, 아무래도 타마에는 나름 수확이 있는 것 같았다.

"……딱히 없네요. 오카미네 선생님은 어떤가요?"

"예~? 저 말인가요? 글쎄요~. 처음 만났던 남성도 와일드해서 멋졌고, 두 번째 남성도 꽤 안정적이어서 좋을 것 같지만…… 외국계 엘리트를 남편으로 삼아서, 장래에 혼혈 미남 아들에게 사랑을 받는 것도…… 아앗! 어쩌면 좋죠?! 저를 차지하기 위해 다투지 말아 주세요오오오오!"

"……."

레이네는 정열적으로 몸을 배배 꼬는 타마에를 조용히 응시했다. 바로 그때, 몇몇 남성이 다가왔다.

"─저기, 무라사메 씨. 잠시 이야기를 나누지 않겠습니까?"

"무라사메 씨, 괜찮으시다면 잠시 시간을─."

"안녕하세요, 무라사메 씨─."

그 모습을 본 타마에는 눈을 반짝이더니, 스파클링 와인을 단숨에 들이켠 후 탁~! 하는 소리가 나게 잔을 테이블에 내려놨다.

그리고 태클을 날리는 이종격투기 선수 같은 자세를 취하더니, 남자들을 향해 그대로 몸을 날렸다.

"여러분, 안녕하세요! 오카미네예요! 저와 장래에 대해 이야기해요오오오오!"

"""우, 우와아아앗?!"""

남성들은 타마에에게 쫓기면서 도망쳤다. 타마에는 짐승 같은 눈빛으로 그들을 쫓아갔다.

"……."

그 모습을 보니, 타마에가 웨딩드레스를 입게 되는 날은 아직 먼 것 같지만— 그래도 남성들을 응대할 필요가 없게 해줬다는 점에 대해서는 감사해야만 할 것 같았다. 솔직히 말해 레이네는 자기소개 타임 때 이미 지칠 대로 지친 것이다.

"……휴우."

레이네는 스파클링 와인을 한 모금 마신 후, 벽에 기대면서 한숨을 내쉬었다.

바로 그때, 한 참가자가 레이네에게 다가왔다.

"잠시 실례해도 될까?"

실루엣을 보고 남성이라고 생각했지만— 그렇지 않았다. 드레스 차림의 참가자가 많은 가운데, 바지를 입고 온 몇 안 되는 여성 중 한 명이었다. 하나로 모아 묶은 머리카락과 단정한 얼굴은 아름답거나 귀엽다는 말보다 늠름하다는 표현이 어울려 보였다.

"……그러세요."

레이네는 그렇게 말하면서 미간을 살짝 찌푸렸다. 이 여성은 어디선가 본 적이 있는 것 같았던 것이다.

하지만 그녀는 그런 레이네의 반응에 개의치 않는 듯, 느긋한 어조로 말을 걸었다.

"당신도 이런 자리에는 익숙하지 않나 봐?"

"……예. 동료에게 억지로 끌려온 거죠."

"아하하. 나와 마찬가지네. 솔직히 말해 아직 결혼을 할 생각이 없지만, 『이런 것도 다 경험이에요, 대장님』하면서 내 밑의 애들이 하도 성화라서 말이야."

"……대장님?"

레이네가 되묻자, 여성은 허둥지둥 고개를 저었다.

"아니, 뭐, 별명 같은 거야. 이래봬도 남들을 이끄는 일을 하거든."

"……그렇군요. 실례지만, 이름을 여쭤도 될까요?"

"아, 이름도 안 밝혔네. 쿠사카베 료코, 공무원이야."

"……무라사메 레이네, 교사예요. 공무원이라면…… 어떤 일을 하시죠?"

레이네의 물음에 료코는 애매하게 웃으면서 농담 투로 「……남들에게 이야기하지 못할 일?」이라고 말하며 어깨를 으쓱했다.

레이네는 그 후로 한동안 료코와 이야기를 나눴다. 대화 내용 자체는 별것 아니지만, 괜한 신경을 쓰지 않아도 되기에 남성을 상대하는 것보다 편했다. 아무래도 료코도 함께 시간을 죽일 상대를 찾고 있었던 것 같았다.

"아하하, 뭐야~. 음침한 사람인가 했더니 꽤 말이 통하잖아. 자, 잔 내밀어 봐."

술 때문인지 얼굴이 약간 붉어진 료코가 레이네의 잔에 스파클링 와인을 멋대로 따라줬다.

참고로 레이네의 잔에는 술이 남아 있었지만, 료코 기준으로는 텅 빈 거나 다름없는 것 같았다.

"……고마워요."

"뭐, 그런데 결혼에 대해 솔직히 어떻게 생각해? 동료나 부모님의 말을 이해 못하는 건 아냐. 나도 적령기이기는 하고, 아이를 가지고 싶기도 하거든. 하지만 결혼을 한 나를 상상할 수 없다고나 할까……."

"……뭐, 이해는 해요."

"아~, 그래~? 게다가 뭐랄까? 자세하게는 말 못하지만, 직업상 나보다 약한 남자와 사귀는 건 상상도 못하겠거든. 역시 남자는 강해야지!"

료코가 주먹을 말아 쥐며 그렇게 말한 순간, 어딘가에서 행사 스태프와 칸나즈키의 목소리가 들려왔다.

"그러니까! 그런 조건에 부합되는 분은 이곳에 없어요!"

"뭐, 뭐라고요?! 여기는 지옥 한복판인가요?! 그, 그럼 백 보 양보해서, 스파이크 힐의 굽으로 제 엉덩이를 중점적으로 유린해줄 11세 여성은……."

"그러니까……!"

"……."

료코는 그들의 대화 소리에 어깨를 부르르 떨면서 갑자기 입을 다물었다.

뭐, 저런 대화를 듣고 질리는 건 어찌 보면 당연하지

만…… 왠지 반응이 이상했다. 레이네는 의아하게 생각하며 고개를 갸웃거렸다.

"……왜 그러시죠?"

"……아, 술을 너무 많이 마셔서 환청이 들리나봐. 옛날 상사와 비슷한 목소리가 들리는 것 같네."

"……상사?"

"응. 뭐랄까, 스너프킨#3의 목소리를 추잡하게 만든 듯한……."

료코는 손으로 이마를 짚더니, 「에이, 기분 탓일 거야」라고 중얼거리며 고개를 저었다.

"뭐, 남자라면 강하기만 하면 안 되지. 사회적 상식과 도덕을 갖춘 사람이어야 해."

"……예? 뭐, 그렇기는 하죠."

레이네가 그렇게 대답하자, 료코는 가볍게 한숨을 내쉬면서 그녀의 어깨를 두드렸다.

"아무튼 곧 프리 타임도 끝날 것 같아. 오늘은 즐거웠어. 괜찮은 남자는 없지만, 너 같은 사람과 만난 건 수확일지도 몰라."

"……쿠사카베 씨."

레이네는 조용히 고개를 숙였다.

"……죄송해요. 오해를 하신 것 같은데, 저는 동성혼을 할

#3 스너프킨 핀란드 작가 토베 얀손의 작품인 「무민」에 나오는 캐릭터.

생각이……."

"그런 뜻으로 한 말이 아니거든?!"

료코는 테이블을 내리치며 새된 목소리로 그렇게 외쳤다.

그 후, 프리 타임이 종료되고 약 30분이 흘렀을 즈음…….

참가자들에게서 마음에 든 이성의 번호가 적힌 매칭카드를 회수한 스태프가 성립된 커플을 발표하기 시작했다.

『—10번 남성분과 5번 여성 분, 축하드립니다! 매칭이 됐습니다!』

직원이 마이크를 통해 그렇게 말하자 남녀가 한 명씩 단상으로 올라갔고, 참가자들은 축복(혹은 원념에 찬)의 박수를 보냈다.

레이네는 헌팅을 마치고 돌아온 타마에와 함께 행사장 구석에서 그 광경을 보며 대충 박수를 쳤다.

타마에는 깍지를 낀 채 저주를 걸듯 하늘을 향해 기도를 올리고 있었지만, 매칭카드에 번호를 하나도 적지 않은 레이네는 그저 느긋했다.

참고로 카와고에는 매칭에 성공했다. ……뭐, 그건 딱히 상관없지만 만약 그가 결혼에 골인한다면 이혼을 하지 못하도록 예의주시해야겠다고 레이네는 생각했다.

『—성립된 커플은 전부 발표했습니다! 매칭된 분들은 축하드립니다! 아쉽게도 매칭이 되지 않으신 분들도 포기하지 말고 계속 도전해 주십시오!』

직원의 그 무자비한 말이 행사장에 울려 퍼졌다. 그 순간, 참가자들이 아쉬워하는 목소리가 곳곳에서 들려왔다.

"어…… 어……?"

타마에는 실 끊어진 꼭두각시처럼 그 자리에서 무너지듯 몸을 웅크렸다.

그리고 한동안 아무 말 없이 바닥을 쳐다본 후, 「우워어어어어어…… 우워어어어어어어어어……」 하고 마치 땅울림 같은 소리를 내기 시작했다. 아니, 울음을 터뜨렸다.

"……선생님. 정신 차리세요, 선생님."

레이네가 몸을 웅크리고 등을 쓰다듬어 주자, 타마에는 눈물과 콧물로 범벅이 된 얼굴을 들었다.

"어, 어때떠…… 쩌안떼 무쓴 문쩨까 있는 꺼야꼬요오오오오……."

"……진정하세요. 이럴 때도 있는 거예요. 경향과 대책을 다시 짜서 재도전을 해보죠. 저도 이번에 오카미네 선생님을 지켜보면서 발견한 점이 있으니, 미력하게나마 도와드릴게요."

"무……, 무라싸메 떤땡니이이임……."

타마에는 레이네의 품에 안겼다. 그러자 레이네는 그녀의 머리를 쓰다듬어 줬다.

"우리…… 우리 꼭 리벤지해요, 무라사메 선생님……. 다음에야말로 저희 둘 다 매칭에 성공하는 거예요!"

"……아, 저는 사양하겠어요."

레이네는 차분하게 거절했지만, 타마에가 자기 말을 들었는지 확신을 가질 수 없었다. ……그녀는 좀 더 이성적인 인간이라고 생각했지만, 초조함은 이렇게 간단히 인간에게서 여유를 빼앗아가는 것일까.

아무튼, 첫 결혼활동 파티는 이렇게 끝났다. 레이네는 마음이 진정된 타마에를 일으켜 세운 후, 그대로 홀 입구를 향해 걸어갔다.

그런 와중에, 타마에가 울어서 부은 눈을 비비면서 레이네에게 말을 건넸다.

"……그래도 좀 의외예요. 저는 몰라도 무라사메 선생님까지 매칭이 안 될 줄은 몰랐거든요. 선생님은 미인인데다, 오늘 인기도 있었잖아요."

"……아뇨. 딱히 그렇지도 않아요. 게다가— 저는 번호를 적지 않았어요."

레이네가 그렇게 말하자, 타마에는 놀란 것처럼 눈을 크게 떴다.

"어, 그런가요? 마음에 드는 분이 없었나요? 멋진 남성이 잔뜩 있었던 것 같은데……."

타마에는 레이네를 올려다보며 그렇게 말했다. 그러자 레이네는 작게 한숨을 내쉬며 입을 열었다.

"……딱히 그들에게 문제가 있는 건 아니에요. ……아, 문제가 있는 참가자도 있긴 했지만……."

레이네는 가볍게 헛기침을 한 후, 말을 이었다.

"……저한테 그들과 가까워질 마음이 없었을 뿐이에요."

"그럼…… 무라사메 선생님은 결혼 생각이 없으세요? 아, 그럼…… 실례를 범했네요. 억지로 이런 데 끌고 와서 죄송해요……."

타마에는 이제 와서 레이네에게 사과했다. 그러자 레이네는 「아뇨, 이미 지나간 일이니까요」 하며 고개를 저은 후, 말을 이었다.

"……결혼 생각이 없는 건 아니라…… 꼭 결혼이라는 형태로 맺어져야만 한다면, 그럴 생각도 있다고나 할까……."

"……응? 그게 무슨 말이죠?"

"……만약 결혼을 해야 한다면, 마음속으로 정해둔 사람과 하고 싶어요."

"그, 그런 상대가 있는 건가요?!"

타마에는 레이네의 말을 듣고 눈을 동그랗게 떴다.

그녀도 여성이다. 남의 — 특히, 평소 그런 분위기를 전혀 풍기지 않던 동료의 — 사랑 이야기에 관심이 있을 것이다. 방금까지 엉엉 울던 타마에는 약간 흥분한 표정으로 레이네를 쳐다보고 있었다.

"에이~, 무라사메 선생님. 그런 사람이 있으면 미리 말해 주세요~. 그런데, 어떤 분인가요? 직업은 뭐죠?"

"······직업······말인가요. 지금은······ 학생이죠."

"연하 남편?!"

타마에는 눈에 보이지 않는 탄환에 가슴이 꿰뚫린 것처럼 몸을 웅크렸다. 그리고 숨을 헐떡이면서 다시 고개를 들었다.

"······서, 선생님이 이렇게 강렬한 한 방을 지니고 있을 줄은 몰랐어요······."

"······그런가요?"

"그, 그럼 애인 분이 졸업하면 결혼······하는 건가요?"

"······딱히 그런 건—"

순간 레이네는 말을 멈추며 눈을 가늘게 떴다.

"······아뇨, 맞아요. 적절한 말일지도 모르겠군요. 그가 『졸업』한다면, 분명 제 소망은 이뤄지겠죠. 그러기 위해 오랜 시간을 들여왔어요. —분명 제 생애에 그 사람 이외의 다른 이를 좋아하게 되는 일은 없겠죠."

레이네의 대답에 타마에는 「꺄아~!」 하고 외치며 몸을 배배 꼬았다.

"무라사메 선생님도, 애인 분도 정말 일편단심이네요! 아아······ 이 기분은 대체 뭘까요······. 마음속에 쌓여 있던 독기가 정화되는 것만 같아요. 이건······ 학생 시절, 선배를 동경했을 때의 그 순수한 마음……?"

그렇게 말한 타마에는 눈을 반짝이며 두 손을 모았다.

"그래요……. 상대의 조건 같은 걸 따져선 사랑이라 할 수 없겠죠. 그런 건 옛날부터 알고 있었으면서, 저는 혼기를 놓치는 게 무서운 나머지 도망치고 있었던 걸지도 몰라요……. 사람은 몇 살이 되더라도 사랑을 할 수 있는데 말이에요!"

타마에는 연극배우라도 된 것처럼 과장스럽게 두 손을 펼쳤다. 그러자 스포트라이트가 그녀를 비춘…… 듯한 느낌이 들었다.

"……오카미네 선생님. 저기 말이죠."

타마에의 발언 자체는 옳지만, 그녀가 자신의 말에 지나치게 도취된 것 같았다. 레이네는 볼을 긁적이면서 타마에에게 말을 걸었다.

그러자 타마에는 아하하 하고 웃으면서 다시 걸음을 내디뎠다.

"걱정하지 마세요. 저도 백마 탄 왕자님이 나타나지 않을 거라는 건 알아요. 그 정도로 세상물정을 모르지는 않거든요. ……하지만 말이죠. 결혼을 하기 위해 남자를 찾는 게 아니라, 제가 맺어지고 싶다고 생각하는 사람을 찾고 싶—어, 우왓?!"

타마에는 말을 하던 도중에 균형을 잃었다.

아무래도 레이네를 쳐다보며 걸음을 옮기다 보니 앞쪽에 계단이 있다는 것을 눈치채지 못하고 발을 헛디딘 것 같았다.

"······아! 선생님—."

"꺄아앗?! 어, 어······."

하지만— 타마에는 곧 비명을 삼켰다.

이유는 단순했다. 타마에가 지면에 부딪치기 직전, 그 자리에 있던 남성이 그녀의 몸을 부드럽게 받아낸 것이다.

키가 크고, 금발을 어깨 언저리까지 길렀으며, 잘생긴 얼굴은 왕자님을 연상케 했다.

그렇다. 그는 바로 〈라타토스크〉의 부사령관인 칸나즈키 쿄헤이였다.

"괜찮습니까, 레이디. 다치신 곳은—."

"아, 예······. 괜찮—."

그 순간, 시선이 마주친 두 사람은 숨을 삼켰다.

그리고 잠시 두 사람의 시간이 정지됐다.

타마에는 겉보기엔 미남인 칸나즈키에게서 눈을 떼지 못했다.

칸나즈키는 겉보기엔 열네 살인 타마에에게서 눈을 떼지 못했다.

이 세상에 신이 존재하는지는 모르겠지만, 이것은 신의 농간이라고 말할 수밖에 없을 듯한 우연이었다.

"저, 저기······."

"이름을 여쭤도······ 될까요?"

"……."

레이네는 계단 위에서 그런 두 사람을 뜨뜻미지근한 눈길로 쳐다볼 수밖에 없었다.

■작가 후기

오랜만입니다. 타치바나 코우시입니다. 귀엽디 귀여운 여자애(강조)가 표지를 장식한 『데이트 어 라이브 앙코르 7』을 여러분에게 전해드립니다. 이번 단편집은 걸즈 사이드, 즉 여자아이 시점의 이야기로 통일되어 있습니다. 어떠셨는지요. 마음에 드셨기를 바랍니다.

자, 여러분에게 보고드릴 일이 있습니다. 많은 분들이 알고 계시겠지만, 『데이트 어 라이브』 애니메이션 신 시리즈 기획 진행 중입니다! 짝짝짝! 자세한 내용은 앞으로 공개가 될 테니, 기대해주시길!

이번에는 후기 페이지가 얼마 안 되니, 바로 각화 해설을 하려 합니다. 스포일러 주의!

○토카 푸드파이트

도화선에 불을 붙인 이는 바로 토카입니다. 이번에는 많이 먹기 대회에 참가하죠. 질 리가 없어요.

하지만 메인은 무쿠로와 친분 쌓기입니다. 무쿠로의 마음 속에서는 토카=반전판 이미지였기 때문에, 이런 에피소드가 필요했죠. 삽화인 중화 로리 무쿠로가 귀엽습니다.

○요시노 익스페리언스

예전부터 쓰고 싶었던, 요시노와 나츠미가 학교에 가는 이야기입니다. 여전히 나츠미 시점에서는 글이 술술 써지는군요. 코토리의 클래스메이트인 아야노코지 카논도 왠지 마음에 듭니다.

○쿠루미 밸런타인

쿠루미 사천왕이 드디어 한꺼번에 등장한 에피소드입니다. 안대, 붕대, 아마로리의 뒤를 이을 마지막 한 수를, 일러스트를 맡아주시는 츠나코 씨와 상의했더니 「일본고스」라는 답이 나왔죠. 그야말로 하늘의 계시입니다. 이제까지 등장한 이들을 능가할 정도로 농축된 분신이 탄생했습니다. 말투에서도 그 농축된 매력이 철철 흘러나옵니다.

○야마이 익스체인지

야마이 자매의 체인지. 쌍둥이 캐릭터의 정석이라 언젠가는 써보고 싶었던 이야기입니다. 참고로 두 사람의 친구들은 아이, 마이, 미이처럼 대명사 느낌의 이름을 지녔습니다.

○미쿠 버글러

문제아 트리오가 괴도가 되는 이야기입니다. 참고로 니아가 들고 있는 카드는 츠나코 씨가 디자인해주신 『미드나이트 카이트』의 로고가 그려져 있습니다. 호화롭군요.

○미키에 미저먼트

이 단편집에 실린 이야기 중 가장 먼저 집필된 작품입니다만, 분량상 지난 권에 들어가지 못했기에 이번 권에 수록됐습니다. 걸즈 사이드라 마침 잘 됐다고 생각했습니다. 엘렌은 수영으로도 인류 최강이었던 겁니다.

○레이네 매리지 헌트

수요가 있을지는 의문이지만, 개인적으로는 엄청 마음에든 이야기입니다. 레이네 씨가 타마 선생님에게 이끌려 결혼활동 파티에 가는 이야기죠. 그리고 『데어라』의 성인 멤버들이 등장합니다. 저 두 사람은 앞으로 대체 어떻게 될까요. 두근두근.

이번에도 많은 분들께 신세를 졌습니다. 츠나코 씨, 담당 편집자님, 디자이너이신 쿠사노 씨, 편집부, 영업을 담당해주시는 분들, 출판, 유통, 소매, 그리고 이 책을 읽어주신 여러분에게 진심으로 감사드립니다.

그럼 다음에 발매될 『데이트 어 라이브 18』을 통해 또 여러분과 만날 수 있기를 진심으로 바랍니다.

2017년 10월 타치바나 코우시

DATE A LIVE
ENCORE 7

안녕하십니까. 근로청년 번역가 이승원입니다.

『데이트 어 라이브 앙코르 7』을 구매해주셔서 진심으로 감사드립니다.

정신을 차리고 보니 어느새 완연한 봄이 되었습니다.

며칠 전만 해도 추위 때문에 정신을 못 차렸는데, 지금은 낮에 반팔로 돌아다니는 사람도 드문드문 보이는군요.

……뭐, 옥상 시멘트 작업하면서 본 거지만 말이죠, AHAHA.

추위가 좀 가셔서 살겠다~ 싶더니, 이제 또 물이 세기 시작합니다. 겨울이 지나서 그나마 다행입니다만, 마감 시즌에 물이 세니 정말 멘탈이……ㅜㅜ

그래도 장마 시즌이 오기 전에 시멘트 작업 후 방수 페인트를 발라 둬야 올해 여름도 마음 편히 보낼 테니까요!

또 열심히 살아보겠습니다!

그럼 『데이트 어 라이브 앙코르 7』에 대해 이야기를 좀 해볼까 합니다.

스포일러가 포함되어 있을 수도 있으니 본편을 안 읽으신 분은 유의해주시길!

이번 권은 걸즈 사이드! 예, 걸즈 사이드입니다!

아, 모 게임 제작 라이트노벨의 걸즈 사이드처럼 멘탈 부서지는 전개는 없습니다. 어디까지나 데어라의 매력적인 여성 캐릭터들의 이야기를 다루고 있을 뿐이죠.

예전에는 어디까지나 시도와 다른 정령 사이의 이야기를 메인으로 다뤄왔다면, 이번 권에서는 정령과 정령 사이의 이야기를 다루고 있습니다. 많이 먹기 대회에 참가한 토카와 무쿠로, 중학교에 간 요시노와 나츠미, 쿠루미들의 밸런타인데이 초콜릿 대소동, 야마이 자매의 바꿔치기, 미쿠&오리가미&니아의 괴도 데뷔, 그리고 미키에와 엘렌의 능력 측정 등이 펼쳐집니다.

시도라는 중심인물에서 벗어나 히로인간의 유대를 드러내면서 평소와는 다른 재미를 자아내고 있죠. 신선한 매력이 있어 정말 작업을 하면서도 즐거웠습니다!

그리고 마지막 에피소드는…… 각 사이드의 문제아(?)들이 총집결을 한 듯한 편이었습니다. 역시 결혼 적령기는 사람을 조급하게 만드는 것 같습니다. ……으윽, 저도 가슴이…….

그럼 이만 줄이겠습니다.

L노벨 편집부 여러분, 매번 폐를 끼쳐 죄송합니다. 앞으로도 잘 부탁드립니다.

주말만 되면 침대와 합체(?)하는 악우여. 게임기 켜기도 귀찮아서 하루 종일 뒹굴뒹굴만 한다면서? 그런데 장식주(?)는 언제 다 모은 거냐?! 아니, 헌터랭크는 언제 세 자릿수까지 올린 건데?! 나는 산지 두 달이 다 되어 가는데, 켜본 게 다인데에에에에~!

마지막으로 언제나 제게 버팀목이 되어주시는 어머니와 『데이트 어 라이브』를 읽어주신 모든 분들에게 진심으로 감사드립니다.

표지부터 스포일러 덩어리인(^^) 『데이트 어 라이브 18』 역자 후기 코너에서 다시 뵙겠습니다!

2018년 3월 중순
역자 이승원 올림

데이트 어 라이브 앙코르 7

초판 1쇄 발행 2018년 4월 10일

지은이_ Koushi Tachibana
일러스트_ Tsunako
옮긴이_ 이승원

발행인_ 신현호
편집국장_ 김은주
편집진행_ 최은진 · 김기준 · 김승신 · 원현선 · 김솔함 · 권세라
편집디자인_ 양우연
국제업무_ 정아라 · 고금비
관리 · 영업_ 김민원 · 이주형 · 조인희

펴낸곳_ (주)디앤씨미디어
등록_ 2002년 4월 25일 제20-260호
주소_ 서울시 구로구 디지털로 26길 111 JnK디지털타워 503호
전화_ 02-333-2513(대표)
팩시밀리_ 02-333-2514
이메일_ lnovelpiya@naver.com
L노벨 공식 카페_ http://cafe.naver.com/lnovel11

DATE A LIVE ENCORE Vol. 7
© Koushi Tachibana, Tsunako 2017
First published in Japan in 2017 by KADOKAWA CORPORATION, Tokyo.
Korean translation rights arranged with KADOKAWA CORPORATION, Tokyo.

ISBN 979-11-278-4467-7 04830
ISBN 979-11-278-4271-0 (세트)

값 7,000원

아라포 현자의 이세계 생활 일기 1권

코토부키 야스키요 지음 | JohnDee 일러스트 | 김장준 옮김

정리해고 당한 후, 매일 밭을 돌보며 『제로스 멀린』으로서
게임에 빠져 살던 백수 아저씨, 오사코 사토시(40세).
오리지널 마법을 만들어 명실상부 톱 플레이어가 된 그는
최종 보스를 무난하게 공략하지만
로그인 중 발생한 어떤 사고로 생을 마감한다.
그는 홀로 죽었다고 생각했지만,
정신을 차리고 보니 거대한 산림 지대의 한가운데에 서 있었다.
이세계 여신의 말에 따르면 그는 게임 속 능력을 이어받아 전생했다고 한다.
대산림 지대에서 서바이벌을 거치고 전(前) 공작 노인과 만난 제로스는
현자로서 능력을 인정받아 마법을 쓰지 못하는 소녀의
가정교사 일을 의뢰받는데―?!
"나는 평온한 일상이 인생의 모토인데……."

마흔 살 현자의 이세계 생활 일기 개시!

라이트노벨의 새로운 빛! ㄴ노벨의 신간은 매월 10일에 발매됩니다. http://cafe.naver.com/lnovel11

금색의 문자술사 외전 1권

토모토 스이 지음 | 스마키 슝고 일러스트 | 김장준 옮김

4인의 용사 소환에 휘말려 이세계 【이데아】로 오게 된 오카무라 히이로.
훗날 영웅으로 추대받는 그도 여행 틈틈이 동료들과
자유로운 이세계 라이프를 만끽하고 있었다.
"그냥 못 넘어갈 말이군. 맛있는 음식은 진리라고."
도시 축제에서, 위험한 바다에서, 진미를 추구하는 요리 레이스 발발!
"내 이름은 2대째 와일드 캣! 대괴도다!"
희귀본이 숨겨진 탑에서 대치한 것은 소문 자자한 대괴도?!
그리고 일행의 여행과는 별개로 암약하는 그 인물과 뜻밖에 재회하게 되는데―.

히이로 파티의 일상과 모험을 가득 담은 단편집 등장!

데스마치에서 시작되는 이세계 광상곡 1~11권

아이나나 히로 지음 | shri 일러스트 | 박경용 옮김

한창 데스마치를 치르던 프로그래머 스즈키 이치로(29).
『사토』란 닉네임을 쓰는 그가 잠시 잠들었다 깨어나 보니
듣도 보도 못한 이세계에 방치되어 있었다!
혼란에 빠질 틈도 없이 눈앞에는 처음 보는 괴물의 대군이 다가오고,
하늘에서는 유성우가 쏟아진다.
정신을 차리고 보니, 최강 레벨의 힘과 막대한 부를 손에 넣었는데……?!
이렇게 사토의 「유유자적, 가끔 시리어스, 그리고 하렘」인
이세계 모험담이 시작된다!!

**최강 레벨과 막대한 재보를 가지고
시작되는 유유자적 이세계 관광!!**

© Yon Kiriyama, Eight Shimotsuki 2016
KADOKAWA CORPORATION

공주기사는 오크에게 잡혔습니다. 1~2권

키리야마 욘 지음 | 시모츠키 에이토 일러스트 | 이승원 옮김

"나는 사회의 톱니바퀴가 되고 싶어…… 정사원이 되고 싶단 말이야!"
한창 불경기인 모리타니아 왕국에서 취직활동에 실패해
파견 오크로서 일하는 사토나카 오크 야타로.
창고 습격 업무 중이던 그는 여유 교육의 화신인 마법사 사사키,
엘프인 하루카와 함께 특별 보너스를 받기 위해 공주기사인 안쥬를 잡지만……
「큭…… 죽여라!」「관심 없으니까, 입 좀 다물어 줄래요?」
초식계 남자인 야타로가 공주기사다운 대접을 해주지 않자,
안쥬의 불만은 쌓이기만 했다.
게다가 야타로는 혼기를 놓치는 걸 두려워하는 안쥬가
멋진 연애를 할 수 있도록, 그녀가 여자력을 갈고닦는 걸 돕게 되는데?!

평범해지고 싶은 오크와 공주기사의
마일드 사회파 코미디!

© Taro Hitsuji, Kurone Mishima 2017
KADOKAWA CORPORATION

변변찮은 마술강사와 금기교전 1~10권

히츠지 타로 지음 | 미시마 쿠로네 일러스트 | 최승원 옮김

알자노 제국 마술 학원의 계약직 강사인 글렌 레이더스는 수업 중
자습 → 취침 상습범.
그러다 웬일로 교단에 서나 싶으면 칠판에 교과서를 못으로 고정해놓는 둥,
그야말로 학생들도 기가 막혀 하는 변변찮은 강사다.
결국 그런 글렌에게 진심으로 화가 난 학생,
「교사 킬러」로 악명이 자자한 시스티나 피벨이 결투를 신청하지만—
이 해프닝은 글렌이 허무하게 패배하는 안타까운 결말로 막을 내린다.
하지만 학원에 닥친 미증유의 테러 사건에 학생들이 휘말리자,
"내 학생에게 손대지 마!"
비로소 글렌의 본성이 발휘된다!

TV애니메이션 방영 화제작!!

라이트노벨의 새로운 빛! L노벨의 신간은 매월 10일에 발매됩니다. http://cafe.naver.com/lnovel11

Copyright © 2016 Noritake Tao
Illustrations copyright © 2016 ReDrop
SB Creative Corp.

중고라도 사랑이 하고 싶어! 1~7권

타오 노리타케 지음 | ReDrop 일러스트 | 이진주 옮김

"웃기지 마! 이 비처녀가!" 고등학생 아라미야 세이이치는
교내에서 제일가는 불량 학생 아야메 코토코의 말썽에 휘말린 사건을 계기로
아야메 코토코가 끈덕지게 따라다니는 상황에 처하게 되고, 심지어 고백까지 받는다.
그러나 세이이치는 신념에 따라 그것을 거절한다.
"야젬의 히로인 말고는 흥미 없어." 미인이지만 중고라는 소문이 도는
코토코는 아예 논외였다. 그것으로 포기하리라고 생각했건만…….
"반드시 네 이상이 돼주겠어."
그렇게 선언한 코토코는 게임의 히로인과 같은 트윈테일 미소녀로 변신!
이건 대체 무슨 야젬? 인가 싶을 만큼 억지스러운 방법으로 세이이치에게 접근한다!!
불량소녀와 오타쿠.
얽힐 일이 없을 터였던 두 사람의 이야기는 어디로 향할 것인가?!

「소설가가 되자」에서 화제가 된,
「사실은 일편단심 순정 소녀」계 러브코미디!!

라이트노벨의 새로운 빛! L노벨의 신간은 매월 10일에 발매됩니다. http://cafe.naver.com/lnovel11